ABITURIENTENJAHRGANG 1951
60 Jahre danach

Autobiografien ehemaliger Schüler
der Oberschule in Berlin-Weißensee

＿＿＿＿＿＿＿

HERAUSGEBER: Günter Pasternak und Hart Sturm

INHALT

VORWORT

Vor 60 Jahren sollten wir in die 12. Klasse versetzt werden. Nicht allen gelang es, die 12. Klasse an unserer Weißenseer Oberschule zu vollenden. Manche von uns waren als politisch nicht geeignet vom weiteren Unterricht an der Schule ausgeschlossen worden oder sie kamen von Familien, die nicht der Arbeiterklasse angehörten. Diese Schüler hatten dadurch keine andere Wahl, als ihren Schulabschluss in Westberlin zu suchen. Trotzdem fühlten auch diese Schüler, dass ihre richtige Schulheimat die Weißenseer Oberschule blieb; und dieses Gefühl der Zugehörigkeit hat sich bis in das hohe Alter erhalten.

Bei unserem Treffen am 8. Mai 2010 war es sehr interessant zu erfahren, wie es den Einzelnen so im Leben ergangen war. Alle hatten wir Erinnerungen und Erfahrungen der Kriegsjahre und der schlimmen Zeit nach dem Krieg, als Deutschland als gespaltenes Land eine neue Zukunft suchte. Im Osten wurde diese Zukunft von der Sowjet Union gelenkt, und am 7. Oktober 1949 wurde die Deutsche Demokratische Republik gegründet. Die drei Westzonen wählten ein demokratisches System und schlossen sich zur Bundesrepublik zusammen.

Über die Jahre wurden die Gegensätze zwischen Ost und West immer krasser, und das war schon deutlich während unserer Schulzeit zu spüren.

Auch in anderer Hinsicht hatte der Krieg eine bittere Hinterlassenschaft. Die Zeit nach dem Krieg war von Knappheit und Hunger geprägt, von Not und Zerstörung. Die Jahre nach dem Krieg waren Jahre, in denen wir als junge Menschen erfuhren, wie bestialisch der Hitlerstaat gehandelt hatte, die Verbrechen in den KZs, der hinterlistige Überfall auf die Sowjet Union, die Vertreibung von Millionen Menschen aus ihrer Heimat. Wir hatten keinen Grund mehr, unser Vaterland lieb zu haben. Obwohl wir keine Schuld an dem Geschehenen hatten, wurden wir doch so erzogen, dass in uns ein Schuldgefühl erweckt wurde und welches für manche von uns bis in unsere hohen Jahre geblieben ist. Als Ersatz – vielleicht – war es dann unsere Schule, die uns ein Zugehörigkeitsgefühl, ein Heimatgefühl gab. Ich kann das sehr genau empfinden. Ich wanderte 1960 nach Australien aus. Hier hatte man ein Nationalgefühl, war stolz Australier zu sein, war stolz auf die Vergangenheit des Landes. Ich dagegen konnte nie das Gefühl entwickeln, richtig stolz auf meine Heimat zu sein.

Als ich von dem Klassentreffen wieder hier, in Australien, zu Hause war, kam mir der Gedanke, wie gut es wäre, wenn wir, unsere Klasse, versuchen würden, unsere Erinnerungen aus dieser unserer Schulzeit aufzuschreiben, und wie es uns dann allen so im späteren Leben ergangen ist. Ich ging gleich mit Begeisterung daran, meine Geschichte aufzuschreiben und versuchte gleichzeitig, meine ehemaligen Klassenkameraden zum Gleichen aufzufordern. Das gelang mir nicht so recht, und erst Günter Pasternak war dann in der Lage, das ganze Projekt in Gang zu bringen.

Die Beiträge sind von verschiedener Länge, manche kürzer, manche länger, alle hochinteressant und intensiv.

Ich habe sie in alphabetischer Ordnung zusammenfügt.

Wir alle hoffen, dass unsere Erinnerungen dazu beitragen werden, die Vergangenheit lebendig zu erhalten, und den jetzigen Schülern unserer Schule zu zeigen, wie das Leben einmal war, im Krieg und gleich nach dem Krieg.

Hartmut Sturm

EINLEITUNG

Die Generation der in den Jahren 2011/2012 Achtzigjährigen hat den 2. Weltkrieg noch bewusst erlebt, hat den „Kalten Krieg" am eigenen Leib erfahren müssen, die Spaltung Deutschlands in „Ost" und „West", den Mauerbau und endlich die Wiedervereinigung nach dem Bankrott der DDR 1989. Die Lebensläufe und Kurzbiografien der Schülerinnen und Schüler in dem Büchlein schildern ihre Erlebnisse und Erfahrungen aus diesen Epochen, die beruflichen Entwicklungen und das familiäre Umfeld. Sämtliche dieser Schülerinnen und Schüler waren ständig oder zeitweilig Klassenkameraden der Weißenseer Oberschule in der Woelckpromenade zwischen 1942 und 1951. Vor nunmehr sechzig Jahren endete ihre Schulzeit nach der 12. Klasse mit dem Abitur in Weißensee oder für Einige in Westberlin, nachdem sie die Schule nach der 11. Klasse aus politischen Gründen verlassen mussten. Der Zusammenhalt der Schülerinnen und Schüler während der Klassen 10 bis 12, auch weiterhin mit den relegierten Klassenkameraden, wird aus den Biografien ersichtlich, obwohl die Trennung in Ost und West nach dem Mauerbau 1961 die Kontakte zeitweilig unterbrach. Bis 1961 hatte eine Reihe von ehemaligen Mitschülern die DDR verlassen und sich neue Existenzmöglichkeiten vornehmlich in Westdeutschland geschaffen.

Im 59. Jahr nach dem Ende der Schulzeit kam es zu einem Treffen der noch erreichbaren und „überlebenden" Klassenkameraden im Schloss Königs Wusterhausen, bei dem unser in Australien lebender Teilnehmer die Idee äußerte, dass jeder seine Biografie fertigen sollte, um die Sammlung der Weißenseer Oberschule zu übergeben. Die Sammlung der Beiträge ist darüber hinaus ein Zeitdokument, das das Interesse von Historikern, Soziologen etc. finden könnte. Obwohl sich zunächst die Begeisterung für das Projekt in Grenzen hielt, fand sich dann die Mehrzahl zur Mitarbeit bereit.

In sämtlichen Beiträgen nehmen die Kriegserlebnisse mit den Bombenangriffen in Berlin, die Evakuierung der Kinder 1942/1943, der Einmarsch der Roten Armee 1945, Flucht und Vertreibung aus den ehemaligen deutschen Ostgebieten einen bedeutenden Platz ein. Beeindruckend war für alle der Neubeginn der Schule 1945 im Park und in abgestellten Straßenbahnwagen, da das Schulgebäude noch nicht wieder bezogen werden konnte. Beschrieben wird auch von Einigen die zunehmende Politisierung des Unterrichts nach 1946, speziell durch das Fach „Gegenwartskunde" und die kontroversen Diskussionen. Auch der „Schulstreik" von 1950 findet Erwähnung. Die damaligen Lehrer sind fast alle genannt, ein großer Anteil verließ gleichermaßen wie die Schüler die DDR.

Aus den Beschreibungen der beruflichen Entwicklung aller Teilnehmer kann man entnehmen, dass, allerdings oft mit Hindernissen verbunden, zufrieden stellende Berufsziele erreicht wurden.

Leider mussten wir in Königs Wusterhausen vieler Klassenkameraden gedenken, die nicht mehr unter uns weilen. Einige der Namen tauchen in den Biografien auf. Was kaum Berücksichtigung fand, ist die Tatsache, dass sich fast alle männlichen Schüler Spitznamen gegeben hatten. Oft waren sie eine Verballhornung der Familiennamen, z. T. durch die Lehrer. Wir hatten u. a. Kalle, Kulle, Micki, Nalle, Feuchte, Zielke (statt Litke), Jambus (oder Heimer), Tromba, Paster in der Klasse. Ob das heute noch genau so ist?

Günter Pasternak

RUTH BRÜGGEMANN, geb. SCHARF

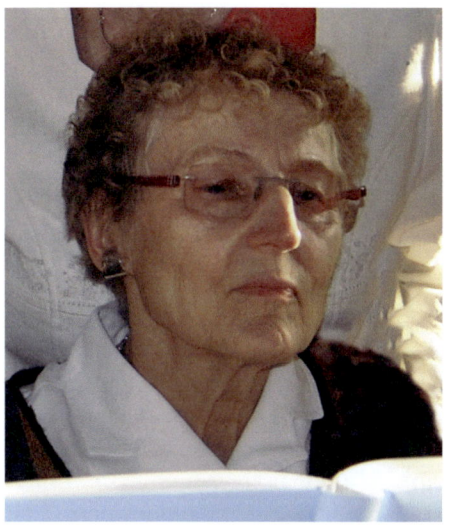

Am 31.März 1933 wurde ich in Berlin-Weißensee in das neugegründete „Dritte Reich" hinein geboren. Fast wäre ich zur Halbweise geworden, weil die ideologische Verblendung der neuen nationalsozialistischen Herrscher die gesamte jüdische Bevölkerung aus allen öffentlichen Diensten entlassen wollte, auch die Ärzte an den Kliniken. Meine Mutter wäre verblutet, wenn der jüdische Doktor nicht trotz des Berufsverbots auf den Hilferuf der Schwestern im Entbindungsheim gekommen wäre. Meine Eltern waren einfache Leute. Mein Vater war Arbeiter und stammte aus einer Handwerkerfamilie. Meine Mutter, ein Bauernkind, kam aus Oberschlesien.

Ich hatte es gut, musste weder Zuneigung noch materielle Güter teilen, da mein Vater durch den Schreck bei meiner Geburt keine weiteren Kinder mehr wollte. Ich hatte Eltern, Großeltern, Onkel und Tanten aber keine Geschwister! So war ich natürlich viel auf der Straße und spielte mit den Nachbarskindern.

Im Jahre 1939 kam ich in die Schule. Ich ging gerne hin. Da lernte man ja lesen und konnte sich bald Bücher aus der Volksbücherei holen. Bei uns zu Hause gab es nämlich keine, außer Mutters Kochbuch, Vaters Realienbuch, meine Bilderbücher und das Märchenbuch. Bei der Einschulung und Klasseneinteilung auf dem Schulhof der 8. Volksschule in der Wörthstraße in Weißensee wunderte ich mich, wieso manche

Eltern sich so aufregten, wenn ihre Tochter in eine gemischte Klasse (mit Jungen) gehen sollte. Draußen liefen doch auch alle durcheinander herum. Weder mich noch meine Eltern störte das.

Am 1.9.1939 brach der II. Weltkrieg aus. Für unseren Schulalltag brachte das zunächst keine Veränderungen. Das Lehrpersonal bestand fast eh nur aus Frauen. Allerdings für die Familien war das schon anders; der überwiegende Teil der Väter wurde zum Wehrdienst einberufen.

Als die Luftangriffe auf Berlin begannen, ca. 1942, überall Luftschutzkeller ausgebaut wurden, gingen wir Kinder noch Bombensplitter sammeln und zeigten sie stolz! Das änderte sich bald. Ab 1943 wurden die Schulen evakuiert. Wer Verwandte außerhalb der Großstadt hatte, konnte dahin ausweichen. Ich ging zu meinen Großeltern nach Oppeln. Ich besuchte dort bis 1944 die Hauptschule (Mittelschule). Die Ostfront rückte näher. Meine Mutter holte mich nach Berlin zurück. Die Fliegeralarme hatten sehr zugenommen. Fast täglich Alarm, der Sirenenton lässt mich heute noch zusammenfahren. Zerbombte Häuser, immer ein Köfferchen bereit, das in den Luftschutzkeller mitgenommen werden musste. Die Angst, wenn man das Brummen der Flugzeuge hörte, die „Tannenbäume" am Nachthimmel sah, Leuchtzeichen der Bomber, welcher Bereich mit Bomben belegt werden wird, Flugabwehr der Flak, Explosionen, das Schwanken der Häuser. Entwarnung: man kletterte aus dem Mauseloch, davon gekommen, übernächtigt. Schule gab es nur noch jeden zweiten Tag mit den wichtigsten Fächern. Das Leben hatte sich dramatisch verändert. Lebensmittel gab es nur auf Zuteilung, auf „Marken". Ich habe nie hungern müssen. Mein Vater war wegen seines Asthmas dienstverpflichtet in Berlin und kam abends immer nach Hause. Er half oft noch seinem Freund in dessen kleiner Molkerei, so hatten wir immer etwas Milch. Im Mai 1945 hatte der Krieg endlich ein Ende. Aber die Bevölkerung musste anfangs bei schönstem Wetter – auf Geheiß der Besatzer – immer noch im Keller bleiben. Berlin wurde unter den vier Siegermächten aufgeteilt. Weißensee lag im russischen Sektor und die Bevölkerung hatte vor den Russen, wahrscheinlich wegen der Hetze der

Nazis über die Gräuel der Bolschewisten, mehr Angst (die Frauen sowieso) als vor den Engländern und Amerikanern, die uns die Bomben auf den Kopf geworfen hatten.

Langsam normalisierte sich das Leben. Der Wiederaufbau begann. Die Trümmer wurden beseitigt, wobei die Frauen die Hauptarbeit leisteten. Jeder musste arbeiten, zu essen gab es wenig. Schwarzmarkt und Tauschhandel blühten.

Die Schule begann wieder. Meistens kam man in die Klasse, in die man nach Alter gehörte. Da man im Ostsektor alle Lehrer mit Nazivergangenheit, d.h. Parteigenossen, suspendierte, war der Lehrermangel groß. Man griff auf alte Herrschaften zurück oder setzte auch berufsfremde Personen ein, was sich auf den Unterricht nicht immer günstig auswirkte. Ich ging in die Mittelschule und wurde wegen des vielen Schulausfalls so unzufrieden, dass ich mitten im Schuljahr 1947 in die Oberschule überwechselte. Ich musste Russisch und Geometrie nachlernen. Nun war ich Schülerin der Vereinigten Oberschulen für Jungen und Mädchen und konnte Abitur machen, was ich immer schon wollte.

Meine neue Schule war ein stattliches Gebäude mit hohem Dach in der Woelckpromenade, das in den Jahren 1908 bis 1912 erbaut worden war und bei den Weißenseern das Realgymnasium hieß, malerisch am Schwanenteich gelegen. Ich gehörte zum sprachlichen Zweig der Oberschule II. Wir hatten wöchentlich abwechselnd Vor- oder Nachmittagsunterricht. Auch hier war das Lehrpersonal überwiegend gesetzten Alters.

Gut war, dass in den ersten Nachkriegsjahren Schulspeisung verabreicht wurde. Jede der Besatzungsmächte war eine Woche lang zuständig. Bei den Westmächten gab es meistens Kekssuppe, manchmal Schokolade, von den Russen Gemüsesuppe mit Graupen, manchmal mit Maden.

1949 wurde die von der russischen Besatzungsmacht besetzte Zone, einschließlich des russischen Sektors von Berlin, zur Deutschen Demokratischen Republik erklärt. Deutschland war nun geteilt in die BRD und in die DDR. Es wurden zwei verschiedene Welten. Es gab andere Ausweise, anderes Geld und viele Einschränkungen der Bewegungsfreiheit. Wir lebten jetzt im sozialistischen, dem so genannten besseren Deutschland. Trotz vieler Erfolgsmeldungen und Propaganda standen wir materiell lange nicht so gut da wie der kapitalistische Westen. Auch das Schulsystem wurde der marxistisch – leninistischen Ideologie unterworfen. Viele Leute hauten ab. Unsere Klassenstärken waren nicht sehr groß.

1950. Da man damals fast nicht verreisen konnte, waren Klassenfahrten eine tolle Abwechslung. Einmal fuhren wir mit der Bahn nach Magdeburg zur Besichtigung des Domes mit Abstieg in die Krypta, wo es noch Pestleichen zu sehen gab. Ein andermal ging es nach Kloster Chorin. Unser Lehrer, Herr Dr. Hering, hatte das ermöglicht. Mit Herrn Seibt und Fräulein Langner fuhren wir im Sommer nach Rathen in die Sächsische Schweiz, in ein Strohlager, gegenüber der Bastei. Warm zu essen gab es abends fast nur Nudelpapps, den uns das Gasthaus aus der mitgebrachten Schulspeisung kochte. Wir erwanderten als ungeübte Städter oft stöhnend die schöne Gegend. Unsere Lehrer führten ein strenges Regiment. Aber trotz allem, es war eine eindrucksvolle Erfahrung.

Ein Ereignis hat wohl in diesem Jahr auch stattgefunden, an das ich persönlich mich nicht erinnern kann, ein Schülerstreik. Die Folge war, dass wir als 11. Klasse der II. Oberschule mit der 11. Klasse der I. Oberschule zusammen gelegt wurden. Einige ehemalige Schüler waren nicht mehr da, wir anderen rauften uns ganz gut zusammen und machten im Juni 1951 das Abitur. Vorher gab es noch ein Fußballmatch: Schüler gegen Lehrer. Unsere Jungs wurden Sieger. Das war natürlich großartig.

Das Abitur war ein bedeutender Abschnitt in unserem jungen Leben. Der Klassenverband löste sich auf, einige Freundschaften jedoch halten noch immer. Jede und jeder kümmerte sich um seine Berufsausbildung. Ich hatte mich an der Humboldt Universität für das Studium der Germanistik und Theaterwissenschaften beworben. Man suchte jedoch dringend Studenten für asiatische Sprachen. Studenten für Germanistik gäbe es schon zu viele, erklärte man mir bei der Immatrikulationskommission. Ich ließ mich überzeugen und studierte dann Sinologie, Japanologie und ein bisschen Tibetisch. Nach dem Staatsexamen im Jahre 1956 fand ich jedoch nur schwer Arbeit. Die Dame auf dem Staatssekretariat, die für die Arbeitsbeschaffung zuständig war, sagte zu mir, nach einem Blick auf den Ring an meiner linken Hand: „Na, Sie sind ja verlobt, nicht?" Das bedeutete: Sie werden ja bald heiraten und versorgt sein, und der Staat brauchte sich um einen Arbeitsplatz für mich nicht mehr zu kümmern.

An der Akademie der Künste in Ostberlin habe ich dann auf freiberuflicher Basis sechs Monate gearbeitet. Zu meinen Aufgaben gehörten : 1. Die Betreuung von zwei chinesischen Bildhauern, die als Meisterschüler bei dem Bildhauer Prof. Gustav Seitz arbeiteten. Sie konnten keine westliche Fremdsprache. Ich stellte die Verständigung in verschiedenen Bereichen her, unter anderem besuchten wir die Kunsthochschule in Weißensee, gingen ins Theater und schauten Ausstellungen an. 2. Ich brachte den Bestand an Fotos von chinesischen Kunstwerken im Archiv des Hauses in Ordnung, musste sie bestimmen und ergänzen. 3. Für eine Plakatausstellung aus China übersetzte ich die Texte. Ich führte Schulklassen und versuchte den Jugendlichen die chinesische Kultur etwas näher zu bringen.

1957 heiratete ich und zog im Herbst offiziell in die Bundesrepublik zu meinem Mann nach München. Bei einem Besuch an der Universität in München, musste ich feststellen, dass es auch im Westen wenig Aussichten für Sinologen gab.

Ab 1958 wohne ich nun in Ulm an der Donau. Eine Universität gab es hier noch nicht, und andere Möglichkeiten in meinem Fach zu arbeiten auch nicht. So wurde ich Hausfrau mit exotischen Sprachkenntnissen, bekam drei Kinder und war ausgelastet genug. Meine Liebe zur chinesischen Kultur blieb.

Ein lustiges Erlebnis möchte ich noch anfügen. Bei einer längeren Studienreise durch China im Jahre 1996, wurde ich in einer Dorfschule von den Kindern examiniert. Ich sollte den Text, der sehr säuberlich an der Tafel stand, vorlesen. Ich habe es noch gekonnt, nach vierzig Jahren! Alle freuten sich.

So hat mein damals recht ausgefallenes Studium mir persönlich den Blick für fremde Kulturen geöffnet. Ich habe gelernt, dass es viele unterschiedliche Menschen auf der Welt gibt, die auch ihre Vorstellungen respektiert wissen wollen. Wir alle brauchen Toleranz um in Frieden miteinander leben zu können.

WOLFGANG DREWS

Geboren am 19. Juli 1932, eingeschult Ostern 1939 in die 7. Volksschule in Weißensee, Gustav-Adolf-Straße.

1943 Übergang auf das „Günther Roß-Realreformgymnasium" in Berlin-Weißensee. Diese Schule wurde zum Zeitpunkt meiner Aufnahme nach Finsterwalde evakuiert. Wegen einer schwereren Erkrankung konnte ich nicht daran teilnehmen, sondern wurde nach meiner Genesung im Februar 1944 in das Kinder-Land-Verschickungs-Lager (KLV-Lager) der Herder- und Treitschke-Oberschule (Berlin-Wilmersdorf und Charlottenburg) nach Grätz bei Posen evakuiert. In Berlin fand meines Wissens für die betreffenden Schülerjahrgänge kein Unterricht mehr statt. Im Januar 1945 wurde Polen nach heftigen Kämpfen von der Roten Armee besetzt. Das KLV-Lager in Grätz wurde aufgelöst, und mit insgesamt vier Personen erreichten wir Ende Januar 1945 wieder Berlin. Über den Verbleib meiner damaligen Schulkameraden ist mir nichts bekannt.

Nach der Eroberung Berlins durch die Russen im April/Mai 1945 fand zunächst kein Unterricht statt. Etwa Ende Mai/ Juni gab es die ersten vorsichtigen Unterrichtsveranstaltungen. Das Schulgebäude der „Oberschule für Jungen" konnte wegen Kriegsbeschädigungen nicht benutzt werden. Da der Frühling und Sommer 1945 sehr mildes Klima zeigten, hatten wir zwei Unterrichtsräume. 1. den Park rund um die Schule bis hin zum Weißensee; (geschrieben wurde mit Stöcken auf geglätteten Sandflächen) und 2. standen in der Schönstraße jede Menge beschädigter und zerschossener

Straßenbahnwagen auf dem Gleiskörper geparkt, allerdings ohne Scheiben, alle wertvolleren Sachen waren ausgebaut und geklaut, die restlichen reichten uns gerade noch als notdürftiger Unterschlupf bei Regen und schlechtem Wetter.

Zum Winter 1945/1946 wurden dann langsam die ersten Räume der Schule wieder ausgebaut, die Fenster mit Pappe vernagelt, die ersten Lampen wieder installiert. Der Unterricht fand im wöchentlichen Wechsel Vor- und Nachmittag statt und dauerte von morgens um 7 Uhr 30 bis gegen Abend um 18 Uhr 30. Die Jungen- und Mädchenschule waren getrennt, wenn die Jungen am Vormittag unterrichtet wurden, waren die Mädchen am Nachmittag dran und umgekehrt. In der 9. oder 10. Klasse wurde dann der gemeinsame Unterricht für Jungen und Mädchen eingeführt.

Die beiden letzten Jahre vor dem Abitur (11. und 12. Klasse) waren die aufregendsten, da nun die Politik in der Schule eine immer stärkere Rolle zu spielen begann. Die Diskussionen wurden schärfer, Gegensätze traten immer häufiger auf. Da Verantwortliche versuchten, bestimmte Meinungen durchsetzen zu wollen, riefen sie damit auch öffentlich große Widersprüche hervor. Schließlich griffen die Verantwortlichen, wo immer sie zu finden waren, zu Zwangsmaßnahmen. Am Ende des elften Schuljahres wurden die beiden elften Klassen politisch überprüft und aus zwei Klassen wurde eine gebildet. Dass man damit für viele Schüler den Beweis für politischen Zwang hergab, verstanden etliche der damals Verantwortlichen nicht, wie eben auch auf vielen anderen Gebieten.

Im Jahr 1951 machten wir Abitur und das ist heute fast auf den Tag genau sechzig Jahre her. Wir waren froh, wie alle Abiturienten auf der Welt und glaubten, uns nun frei entfalten zu können.

Damals suchte man mit vielen Versprechungen Lehrer für die „demokratische" Schule. Zusammen mit meinen Klassenkameraden Erhard Blessing und Gerd Litke meldete ich mich für diese Ausbildung. Man versprach uns damals, dass wir nach ein bis zwei Jahren unterrichtlicher Tätigkeit jedes beliebige von uns ausgewählte Studium sollten ergreifen können. Nach zwei bis drei Jahren wollte man von diesen Versprechungen aber nichts mehr wissen und stritt diese ab!

Ich arbeitete bis zum August 1955 als Lehrer an der 3. und an der 4. Grundschule in Berlin-Weißensee.

Im August 1955 geriet ich in Gegensätze zu Regierungsorganen der DDR. Da es mir auf Grund des ungleichen Kräfteverhältnisses nicht gelang, diese von meinem Standpunkt zu überzeugen, tat ich, was damals vor dem Mauerbau viele Menschen taten, ich verließ die DDR. Eine tatkräftige Hilfe dabei war mir mein Klassenkamerad „Kulle" Künne, der mich in der ersten, für mich sehr mühsamen Zeit bei sich aufnahm. Ich musste zunächst einige Zeit jobben, da, man höre und staune, unser Abitur ab 1951 im Westen nicht anerkannt wurde[1] (heute wäre das keine Frage!). Um es kurz zu machen: 1956 legte ich noch einmal als Externer eine dem Bayerischen Abitur entsprechende Nachweisleistung ab. So konnte ich dann im Anschluss noch einmal ein Ergänzungsstudium von zwei bis drei Semestern nachholen und dann die Erste Lehramtsprüfung noch einmal ablegen. 1957/1958 arbeitete ich in Bayern als Lehramtsbewerber in verschiedenen ein- und zweiklassigen Landschulen.

1958 schied ich aus dem bayerischen Schuldienst auf Antrag aus und ging nach Bremerhaven, wo ich heute noch lebe.

Zunächst arbeitete ich sechs Jahre an einer Grundschule, dann hatte ich von den an sich sehr netten kleinen Schülern genug und ließ mich an eine Kombinatsschule (bestehend aus Hauptschule, Realschule, Wirtschaftsgymnasium – wirtschaftswissenschaftlichem Gymnasium und Gymnasium – damals eine Spezialität im Lande Bremen) versetzen.

1969 wurde ich gemäß meiner Bewerbung auf eine ausgeschriebene Stelle an dieser Schule zum Schulleiter der Haupt- und Realschule sowie Direktorstellvertreter aller anderen oben angeführten Schulzweige ernannt. Diesen Job machte ich bis zu meiner Pensionierung im Jahr 1993.

---

[1] Im Westen wurde 1951 ein 13. Schuljahr eingeführt

Ich bin verheiratet, meine Frau hat mich im Jahr 2010 zu unserem Klassentreffen in Königs Wusterhausen begleitet. Wir haben zwei Kinder und vier Enkelkinder.

Übrigens, was euch vielleicht interessiert, unser Deutschlehrer aus Klasse 10, Karl Moschell, meldete sich 1960 bei mir. Er saß in Marienfelde im Flüchtlingslager. Es gelang mir, nach längeren Bemühungen, für ihn eine Lehrerstelle in einer Grundschule in Bremerhaven zu erhalten. Er lebte und arbeitete noch bis Mitte der sechziger Jahre in Bremerhaven, wo er dann auch verstarb. Kurz vor seinem Tod erhielt er noch Besuch von unserem ehemaligen Russischlehrer Hantzsch. Wir verbrachten noch zu Dritt einen gemütlichen Nachmittag.

INGRID GEBAUER, geb. WURL

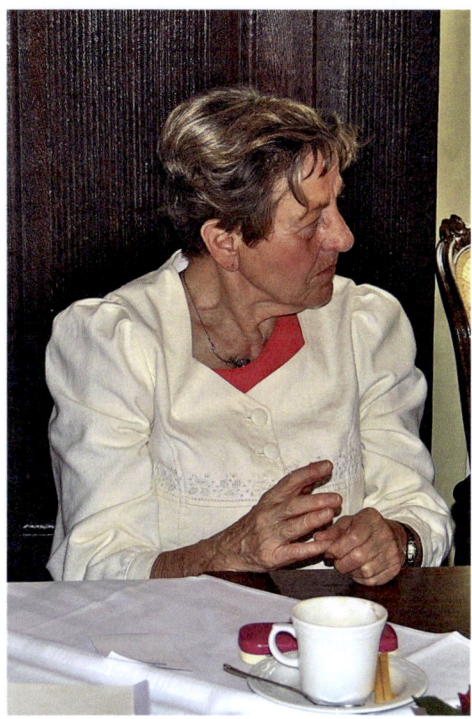

Das Licht der Welt erblickte ich in Berlin am 15. Mai 1932 als erstes Kind des Stadtinspektors Paul Wurl und seiner Ehefrau Margarete, geb. Krüger. Mein Bruder, mit dem mich noch heute ein herzliches Verhältnis verbindet, ist drei Jahre jünger als ich.

Meine Schulzeit begann Ostern 1938, 30. Volksschule, Prenzlauer Berg. Ich ging gern in die Schule.

Sonntags wurden Ausflüge gemacht in die schöne Berliner Umgebung. Mein Vater plante sie immer so, dass wir Kinder auch etwas dabei lernten. Die Schulferien verlebten wir oft bei meiner Großmutter mütterlicherseits in Beyersdorf bei Landsberg an der Warthe, dem Geburtsort meiner Mutter. Ihr älterer Bruder hatte den Bauernhof geerbt. Meine Großmutter lebte dort im Ausgedinge. Spielgefährten waren vier Cousins, der älteste so alt wie ich.

1939 Kriegsbeginn! Mein Vater wurde schon vier Tage vorher eingezogen. Meine Mutter in Tränen, aus Solidarität schluchzte ich mit. Mehrmals am Tag wurde der Briefkasten inspiziert, ob wohl ein Feldpostbrief angekommen war.

Dann begannen die nächtlichen Störungen durch die alliierten Luftangriffe. Oft mussten wir nachts zweimal in den Keller, der für acht Familien unseres Hauses eingerichtet worden war.

Ab Herbst 1942 besuchte ich das Clara-Schumann-Lyzeum, Oberschule für Mädchen in Berlin-Weißensee. Das Schulgebäude wurde aber bald als Lazarett eingerichtet und wir wurden mit dem „Günther Roß-Gymnasium" für Jungen zusammen gelegt. Vormittags- und Nachmittagsunterricht wechselten wöchentlich. Nach zweimaligem Bombenalarm in der Nacht durften wir bei Vormittagsunterricht zwei Stunden später kommen.

Im Sommer 1943 wurde die Parole ausgegeben: Wenn irgend möglich, Frauen mit Kindern raus aus Berlin! Wir zogen nach Beyersdorf zu meiner Großmutter. Die „Städtische Oberschule für Mädchen" war jetzt mein tägliches Ziel in Landsberg (Warthe). Ich gehörte zu den „Auswärtigen", denn von Beyersdorf musste ich etwa eine halbe Stunde mit der „Eule" fahren, dem Zug auf der Strecke Soldin-Landsberg. Auf dem Bauernhof meines Onkels fühlten wir uns ganz wohl. Mein Bruder und ich freundeten uns schnell mit den polnischen und russischen Hilfskräften meines Onkels an. Die siebzehn Jahre junge Polin war ein ganz liebes Mädchen. Sie war sehr fleißig und lernte schnell Deutsch. Wir sangen uns gegenseitig heimatliche Volkslieder vor. Bei den bäuerlichen Arbeiten halfen wir, mein Bruder und ich, gern mit. Es machte uns Spaß. Um unsere Wohnung in Berlin bangten wir und freuten uns, wenn eine Nachricht von unserer Nachbarin kam, dass das Haus noch steht.

Die Ostfront rückte immer näher. Lange Flüchtlingstrecks zogen durch Beyersdorf. Im November 1944 begannen auch hier die ersten Bauern Fluchtwagen versteckt vorzubereiten. Aber die Parole lautete: „Landsberg wird verteidigt!", und Parteibonzen kontrollierten! Mein Onkel wurde zum Volkssturm eingezogen, hatte aber doch einen Leiterwagen mit einer Firststange zum Überhängen eines Teppichs bestückt und unter Stroh versteckt.

Am 31. Januar, früh um 5 Uhr, läuteten die Glocken, Lautsprecherwagen fuhren durch den Ort: „Frauen und Kinder raus! Landsberg wird verteidigt!" Meterhoher Schnee, eisige Kälte! Meine Großmutter, meine Mutter, meine Tante und wir sieben Kinder machten uns auf dem voll gepackten Leiterwagen auf den Weg Richtung Westen. Oma, 68 Jahre, war die einzige, die einen Pferdewagen lenken konnte. Ein kleiner Wagen mit Hafer, Heu und Stroh für die Pferde war noch hinten angehängt. Wir reihten uns ein in den Flüchtlingstreck und waren erleichtert, als wir nach zwei Tagen mit nur einer kurzen nächtlichen Ruhepause die Oder überqueren konnten. In Reichenberg, etwa dreißig Kilometer westlich der Oder, bekamen wir eine Unterkunft im Tanzsaal eines Gasthofes zugewiesen, auf einem Strohlager.

Mit meinem Vater hatten wir briefliche Verbindung über seine Feldpostnummer. Er gab uns verklausuliert zu verstehen, dass wir noch weiter nach Westen fahren sollten. Irgendwie hatten wir herausbekommen, dass in Pechüle, einem Dorf in der Nähe von Treuenbrietzen mehrere Familien aus Beyersdorf Unterkunft gefunden hatten. Deshalb strebten wir auch dort hin. Also nach sechs Wochen in Reichenberg wieder auf Tour! Angstvolle Augenblicke gab es, als wir unterwegs von Tieffliegern beschossen wurden. „Raus aus dem Wagen und in den Straßengraben!" befahl uns jemand. Meine Oma betete, dass sie uns bloß nicht die Pferde erschießen. Endlich in Pechüle angekommen, wurden wir, Oma, Mutter, mein Bruder und ich, vom Bürgermeister in die gute Stube eines Bauern eingewiesen. Sicher war der nicht sehr erfreut. In der anderen guten Stube waren nämlich schon Verwandte aus dem Ruhrgebiet eingewiesen, und in den Stuben unterm Dach waren Flüchtlinge aus Jugoslawien. Meine Tante mit ihren fünf Kindern bekam eine Unterkunft auf dem Dachboden eines alten Schulgebäudes.

Hier, in dem Doppelort Pechüle-Bardenitz, überlebten wir mit viel Glück das Kriegsende. Auch unsere Wohnung in Berlin hatte überlebt. Es war ein Abenteuer, die erste Fahrt mit dem Zug nach Berlin, meine Mutter und ich auf dem Dach des Personenwagens. Andere Reisende standen auf den Puffern.

In unsere Wohnung war eine jüdische Familie eingewiesen worden. Alle Fensterscheiben waren zu Bruch gegangen; sie waren durch Bretter und Teppiche ersetzt worden. Wir mussten noch ein ganzes Jahr warten, bis diese Familie eine bessere Wohnung bekommen hatte. In diesem Jahr ging ich in die Volksschule von Bardenitz, dem Nachbarort von Pechüle.

Die Kriegswirren hatten einen jungen Lehrer aus Essen hierher verschlagen, der einen frischen Wind in die Dorfschule brachte. Sein ganzer Unterricht war interessant, hatte etwas Lebendiges. Für Elternabende wurden kleine lustige Theaterstücke vorbereitet. Trotzdem war die Freude groß, als wir im März 1946 wieder unsere Wohnung beziehen konnten. Ich ging nun wieder in die „Oberschule für Mädchen, Berlin-Weißensee", die bald in „Vereinigte Oberschule für Jungen und Mädchen" umbenannt wurde. Schulspeisung gab es, jeden Mittag warm im Kochgeschirr. Aber wir hatten immer Hunger. Auch die winterliche Kälte war schlimm, morgens hatten wir Reif am Bettenholz. Meine Großmutter bekam Typhus. Mit einem Handwagen transportierten wir sie ins Krankenhaus und holten sie auch wieder damit ab, als die Krankheit überstanden war. Hunger und Kälte mussten wir aushalten. In den Ferien konnten wir „unserem" Bauer in Pechüle bei der Ernte helfen und uns mal wieder satt essen. Nach der Kartoffelernte konnten wir das Feld noch einmal durchhacken, für uns.

Mein Vater war in amerikanischer Kriegsgefangenschaft und kam erst 1949 wieder nach Hause. Langsam verbesserten sich die Verhältnisse, sehr langsam.

In der Schule wurde die Koedukation eingeführt. Die alten (nicht den Jahren nach) Lehrer wanderten nach und nach ab (nach Westen?). Junglehrer mit Kurzausbildung und der richtigen politischen Ausrichtung wurden eingestellt. 1950 streikte die Schülerschaft. Anlass war die Entlassung der Deutschlehrerin Fräulein Konrad (sie hatte auch Religionsunterricht gegeben – nach dem Verbot in ihrer Wohnung). Ich habe eine gute Erinnerung an Fräulein Konrad. Sie hat uns mit Homer, Ilias und Odyssee und mit den Dramen unserer Klassiker bekannt gemacht. Wir Schüler blieben vor der Schule stehen und weigerten uns, die Schule zu betreten. Ein Mitschüler von uns hatte vom nächsten öffentlichen Telefon den RIAS[2] angerufen und von unserem Protest berichtet. Es gab sofort eine Rundfunk-Sondermeldung. Die rief den russischen Kommandanten auf den Plan. Er machte der Schulleitung klar: Wenn der Aufruhr nicht sofort beendet würde, würde die Schule geschlossen. Wir mussten uns der Macht beugen.

Das letzte Schuljahr wurde geschafft und endete mit dem Abitur. Meine Bewerbung zum Chemiestudium an der Humboldt-Universität wurde abgelehnt. Ich entschloss mich, ein Jahr als Chemische Praktikantin im wissenschaftlichen Labor der „Chemischen Fabrik Grünau" zu arbeiten. Es folgte ein Studium an der Staatlichen Ingenieurschule Beuth, Berlin. Nach sechs Semestern Abschluss als Ingenieur (grad.), Fachrichtung Chemie. Mein zukünftiger Ehemann war im selben Semester wie ich und hat zur gleichen Zeit sein Examen gemacht. Er hatte die Möglichkeit, bei Verwandten in Hamburg zu wohnen und wollte sich von dort aus bewerben. (Vorher fand noch unter konspirativen Umständen unsere Verlobung statt. Aber das kann man nur mündlich erzählen). Seine Bewerbungen hatten schnell Erfolg. In Kalscheuren bei Köln fing er als Laborleiter bei der französischen Firma LABO Motorenöle, an. Als er eine Unterkunft auch für mich gefunden hatte, zog ich von Berlin nach Köln. Bis zu einer Festanstellung arbeitete ich als „Werkstudentin" bei Klöckner-Humboldt-Deutz am Fließband. Endlich erhielt ich im März 1956 die Anstellung mit festem Gehalt bei der Pharmazeutischen Firma „Dr. Schwarz GmbH" in Monheim/Rheinland in der Nähe von Düsseldorf. Auch ein Zimmer wurde mir vermittelt. Leider lagen etwa fünfzig Kilometer zwischen den Liebenden.

Mein zukünftiger Ehemann hatte sich ein Motorrad, gebraucht, angeschafft und besuchte mich jedes Wochenende. Wir machten gemeinsame Ausflüge, erkundeten die Umgebung. Im November 1956 heirateten wir standesamtlich mit zwei Freunden als Trauzeugen, nahmen uns aber fest vor, ein Fest mit Eltern und Geschwistern in besseren Zeiten nachzuholen.

---

[2] Rundfunk im Amerikanischen Sektor

Ein ganz großes Ereignis war die Geburt unserer ersten Tochter Christiane. Mein Mann hatte eine Wohnung in der Nähe seines Arbeitsplatzes gefunden, Eigentlich war es nur ein großes Zimmer, das wir geschickt mit Möbeln und Vorhängen in Küche, Wohnraum und Schlafnische unterteilten. Aber wir fühlten uns wie die Könige. Ich hatte mir fest vorgenommen, nach Geburt und Schonzeit wieder in meinem Beruf zu arbeiten. Aber Säuglingsbetreuung gab es nicht! Wir brachten es auch nicht fertig, das Kind in fremde Hände zu geben. Die beiden Großmütter waren weit weg. Ein gutes Jahr später kam unsere zweite Tochter zur Welt. Große Freude! Alles gesund!

Die Firma LABO, bei der mein Mann arbeitete, wurde nach Frankreich zurück verlegt. Im Januar 1959 zogen wir nach Alsdorf bei Aachen, wo mein Mann einen neuen Arbeitsbereich bei der Firma Thyssen-Gas gefunden hatte. Wir bezogen eine Neubau-Werkswohnung, vier Zimmer, Küche, Bad und fühlten uns wie die Könige. Um den Anschluss in meinem Beruf nicht ganz zu verlieren, arbeitete ich mehrere Male drei bis vier Monate aushilfsweise im Laboratorium der Firma Thyssen-Gas. In diesen Zeiten konnte unsere ältere Tochter in den Kindergarten gehen und die jüngere wurde von einer Nachbarin betreut. Aber unsere Kinder forderten doch vollen Einsatz, und ich habe meine beruflichen Ambitionen zurückgestellt. Als die Firma das Gaswerk in Alsdorf aufgab, Erdgas aus den Niederlanden war billiger geworden, musste mein Mann sich entscheiden, ob er bei der Firma bleibt, verbunden mit dem Umzug nach Duisburg oder sich anderweitig bewirbt. Bei dem Angebot der Firma Geigy in Grenzach fiel die Entscheidung nicht schwer. Grenzach am Hochrhein, drei Kilometer von Basel, am Südhang des Schwarzwaldes!

Auch hier stand eine Vier-Zimmer-Neubauwohnung in Aussicht (die später in Eigentum überging). Wir sind heute noch glücklich, dass wir hierher geraten sind.

Unsere beiden Töchter haben den Beruf Krankenschwester gewählt. Beide sind verheiratet. Enkelin und Enkel sind auch schon so erwachsen, Enkelin Julia studiert Psychologie, Richtung Wirtschaft, und Enkelsohn Marco studiert Maschinenbau. Auch mit unseren Schwiegersöhnen verstehen wir uns sehr gut. Wir sind alle gesund, lieben gute Musik, reisen gern, machen Wanderungen, Ausflüge und freuen uns, dass wir hierher geraten sind. Und hoffen, dass es noch ein Weilchen so bleibt.

MICHAEL GRILLE

Michael Adolf Jürgen Grille am 5. März 1933 geboren in Berlin, im Bezirk Weißensee. Warum der so verpönte Adolf zu meinen Vornamen gehört, ist leicht erklärt: Großvater Adolf Grille hatte 1896 eine Gärtnerei gegründet in der Parkstraße, die es schon bald zu Größe und Ansehen über die Grenzen hinaus gebracht hatte. Seine drei Söhne und fünf Töchter waren alle in dem Geschäftshaushalt – Mittagstisch für die Mitarbeiter einbezogen. Und für mich als Ältester der nächsten Generation wurde ebenso die Gärtnerei prägend. Erst war es herrlich dort zu spielen – mit anderen Kindern im weitläufigen Gelände, in Schuppen, Heizungen, Gewächshäusern, Garagen, dem umfangreichen Erdlager – gern auch mit vielen Schläuchen und Wasser. Bäume, nicht nur zum Klettern, sondern das Obst, Kirschen, Äpfel und Birnen waren vor uns nicht sicher. Ganz nebenbei wurde der Ablauf des Jahres in der Gärtnerei so für mich zur Selbstverständlichkeit.

Mein Vater, Alfred Grille, war mit seinem Bruder Karl nach Großvaters Tod Erbe des Gärtnereibetriebes, der sich fortan „Adolf Grille Söhne" nannte. Endlich sei erwähnt, dass ich ein behütetes Elternhaus hatte. Meine Mutter war zuvor Lehrerin. Mein jüngerer Bruder kam zur Welt zu Kriegsbeginn 1939 als ich schon die Schulbank der ersten Klasse drückte. Eigentlich hätte das die rote Schule Amalien- Ecke Parkstraße sein sollen. Das herrliche Gebäude wurde aber Lazarett und unser Unterricht fand in der Wilhelmstraße statt. An dem erheblich längeren Schulweg gab es eine Bäckerei, bei der wir Kinder Schlagcreme kaufen konnten. Die Reste davon zierten danach häufig des Bäckers Schaufenster.

Anfangs war das Sirengeheul für Bombenalarm stets nur nachts gewesen. Am Tage haben wir auf den flachen Dächern der Gärtnerei Granatsplitter gesammelt.

Der Friseur in der Parkstraße hat mir erklärt, dass ich „Heil Hitler" beim Betreten seines Geschäftes sagen müsste. Und dann, erinnere ich mich, trugen all die Leute von nebenan eines Tages gelbe Sterne an der Kleidung. Da erst erfuhr ich, dass die große Taubstummenanstalt nebenan eine jüdische war. Die Kinder des Direktors, Dr. Felix Reich, waren zu Geburtstagen oft in unserem Haus: Inge, Bärbel und Markus. Dann erfuhr ich, dass Onkel Felix eine große Gruppe Kinder auf die Insel Man in Sicherheit gebracht habe.

Als wir Kinder in den Nächten immer häufiger aus den Betten geholt wurden, hieß es, alle Berliner Schulkinder werden evakuiert. Meine Mutter entschied, zum Bruder unserer Hausangestellten auf dem Bauernhof im Oderbruch zu ziehen. Dort wurde schnell ein Herd aus Lehm und Steinen im Dachgeschoss des Bauernhauses geschaffen, zwei Kammern als Schlafzimmer hergerichtet und unten ein Wohnzimmer frei gemacht. Da hatte ich den weitesten Schulweg: Mit der Bahn bis Wriezen, umsteigen und zwei Stationen bis Freienwalde, wo ich als Fahrschüler immer zehn Minuten zu spät ankam. Nach Schulschluss war der Heimweg noch länger, weil die Ule, ein Triebwagen, von Wriezen ins Oderbruch, für mich nicht erreichbar war. Zwei Stunden in Wriezen warten, oder die Strecke zu Fuß gehen – auch zwei Stunden. Das hatte erst ein Ende, als die Wriezener Oberschule eine Berliner Klasse eingerichtet hatte.

Etwa um 17 Uhr konnte ich wieder auf dem Bauernhof sein. In Wriezen hatte ich zum ersten Mal eine Lehrerin: Frau Brandt. Aber auch dort gab es bald Alarm – am Tage. Die Wriezener Kinder durften schnell nach Hause gehen, Fahrschüler sollten in den Bunker. Oft waren wir aber während des Alarms im Park und bei der Badeanstalt. Dort sahen wir die feindlichen Kampfverbände am Himmel. Es fielen Massen von Stanniolstreifen zur Irritation der Ortung durch Radar.

Manchmal wurden wir Schüler in die Kartoffelfelder geschickt, um die Kartoffelkäfer abzusammeln, die angeblich von den Amerikanern abgeworfen wurden. Für mich war es eine schöne Zeit voller Erlebnisse und Erfahrungen.

Ende 1944 war manchmal ein dumpfes Grollen, ähnlich einem Gewitter in der Ferne, zu hören. Da sagten einige, das sei die Front.

Aus Berlin gab es schlechte Nachrichten: Sprengbomben hatten Teile von Großmutters Haus auf den Bunkereingang stürzen lassen, in dem sich auch unsere Familienangehörigen befanden. Wie allenthalben hatten Brandbomben auch in meinem Elternhaus Feuerbrand im Dachstuhl ausgelöst. Keiner konnte verhindern, dass alles abbrannte bis zur Kellerdecke. Die Ruine durfte wegen Einsturzgefahr nicht betreten werden.

Anfang 1945 holte mich meine Mutter wieder nach Weißensee. Wir wohnten mit einer weiteren ausgebombten Familie im Haus von Karl Grille. Der Gärtnereibetrieb hatte sich stark verändert, mutiert zum landwirtschaftlichen: zwölf Pferde, vier Kühe, etwa ein Dutzend Schweine, Ziegen, Schafe, auch Enten, Gänse, Perlhühner, Kaninchen in etwa dreißig Boxen. Es bestand Ablieferungspflicht, aber die Familien waren als Selbstversorger auf Vorratshaltung angewiesen. Aus einer Großküche im Betrieb wurden auch die Mitarbeiter versorgt.

Unser Wohnhaus bekam ein flaches Holzdach für die untere Etage. Tagsüber gab es immer wieder Alarm. An Schule kann ich mich nicht mehr erinnern. Wir wohnten alle, auch meine Großmutter, ab Februar 1945 in zwei Räumen.

Im April rückte die Front näher und wir hielten uns vorwiegend im Gärtnereigelände in der Nähe des Bunkers auf. Es müsste der 22. April gewesen sein: die Russen kamen in den Bunker und kontrollierten alle Personen. Es waren recht ordentlich gekleidete Offiziere. Aber unser Wohnhaus wurde geplündert. Wir sollten dann unser Haus frei machen für eine Einquartierung und einigten uns mit den Russen. Wir konnten in einem kleinen Zimmer bleiben, während in den größeren sechs russische Offiziere und ihre Burschen schliefen.

Die höheren Offiziere interessierten sich für Gärtnerei oder das, was dort an Gemüse produziert wurde. Kotikow und Shukow – die beiden Namen sind mir in Erinnerung geblieben. Sie legten Wert darauf, die ersten Gurken im Treibhaus selbst zu ernten, als Gegenleistung beschafften sie uns für die kaputten Gewächshäuser neues Glas. Die Verständigung fand mit ihnen zum Teil in Deutsch statt.

Als zwölfjähriger Junge habe ich auch interessante Stunden mit pausierenden Mannschaften auf unserem Rasen verbracht. Dabei lernte ich einige russische Wörter. Dass ich schon in Kriegszeiten mit Russen in Kontakt gekommen war, vergaß ich zu erwähnen. In der Gärtnerei waren auch russische Kriegsgefangene beschäftigt. Ich erinnere mich, dabei gesessen zu haben, wenn sie um einen der wärmenden Koksöfen (einfache durchlöcherte Tonnen mit glühendem Koks) herum saßen. Zu den Kriegsgefangenen aus Polen hatte ich nie so ein Zutrauen gefasst. Zu diesem Thema muss ich auch unsere französischen Gefangenen erwähnen. Sie wohnten in einem Lager mit Bewachern im Gelände der Gärtnerei.

Zurück ins Jahr 1945. Es muss etwa August gewesen sein, als Direktor Ekkehard Tilsner vor unserem Gymnasium an einem Tisch saß und Schüler für die Wiederaufnahme von Unterricht notierte. In den Wochen danach fanden sich Klassen zum Unterricht im Park bei schönem Wetter und bei Regen in abgestellten Straßenbahnwagen zusammen. Die Erinnerungen an die Freizeit, die ich hauptsächlich in der Gärtnerei verbrachte, sind stark. Ich baute einen Steingarten hinter dem Wohnhaus mit Teich und Wasserfall, alles wuchs prächtig, sogar eine Eidechse sonnte sich auf einem Stein und ließ sich füttern. In unserem Vorgarten pflanzte ich Tomaten, die ich pro Pfund für eine Mark verkaufte. Sie wurden zu den Tänzerinnen des Metropol-Theaters gebracht. So ging es drei Jahre lang.

Das fünfzig-jährige Jubiläum der Gärtnerei 1946 wurde in der Aula meiner ersten Schule gefeiert. Die Gärtnerei gab Gemüsejungpflanzen an Gemüsebauern und Privatkunden ab. Die Nachfrage nach kräftigen Pflanzen war riesig. Die Betriebe hatten ein Abgabesoll zu erfüllen; eine Neuerung waren Erdpressballen.

In der Schule wurde die Schulspeisung eingeführt. Wir stellten uns im Keller mit den Essgeschirren an. Ob unsere Lehrer auch etwas davon abbekamen? Aufzählen könnte ich schon nicht mehr alle Lehrer, aber einige: Frau Freynath, Russischlehrerin, Herr Hantzsch, ebenfalls Russischlehrer, Karl Moschell (Deutsch), Herr Berlinicke und Frau Steffenhagen (Zeichnen), Kurt Seibt (Englisch), Dr. Götze (Mathe und Physik), Krimhild Stein (Biologie), Fräulein Dr. Conrad, Frau Bornschein, Frau Langner, Dr. Heidlauf und Dr. Hering (alle Deutsch), Frau Reich und Herr König (Chemie), Herr Lieske und Herr Gogeißel (Sport) und Herr Eichelmann (Gegenwartskunde). Direktorin war noch Frau Dr. Maxsein. Gelegentlich gab es sogar Schokolade und „Notverpflegung" aus USA-Beständen.

Ich hatte schon in der Oberschule in Wriezen die Koedukation kennen gelernt. Hier in Berlin wurde sie etwa 1947/1948 verwirklicht. Kurz davor muss es gewesen sein, als ich und mein Freund Hans-Karl Künne sich im Schrank im Klassenraum versteckten, um während des Unterrichts der Parallelklasse für Mädchen am Nachmittag zur Verwunderung aller da heraus zu kommen. Den armen „Papa Lieske" hat unsere Klasse schrecklich geärgert. Fräulein Conrad „tanzten" wir auch oft auf der Nase herum. Ich glaube, es war ihr Unterricht, den fast alle Klassenkameraden einmal gemeinsam schwänzten, und zum Weißensee Boot fahren gingen, damit die Klassenarbeit nicht geschrieben werden konnte. Fräulein Conrad fiel, aus mir unbekannten Gründen, bei der Schulleitung in Ungnade. Obwohl wir oft ungezogen zu ihr waren, haben wir gegen ihre Entlassung protestiert.

Ich war kein guter Schüler, eher zu faul. Einige Male wurde meine Mutter nach der Versetzungskonferenz zum Gespräch mit dem Klassenlehrer gebeten. Das war z. B. die recht junge Frau Bornschein. Meiner Mutter empfahl sie Nachhilfeunterricht für mich und vermittelte ihn auch. Für Zeichnen war ich eher zu haben, da hatte ich auch immer meine besten Noten.

Das Alltägliche vergisst man bald, das Besondere bleibt einem im Gedächtnis: So eine Klassenfahrt in die Sächsische Schweiz, wo wir in Wehlen auf einem Heuboden schliefen und tagsüber die schöne Umgebung erwanderten. Kurt Seibt, wohl unser meistverehrter Lehrer und Frau M. Langner sorgten für Ordnung und Disziplin. Eine spätere Klassenfahrt in den Harz habe ich nicht vollständig mitgemacht. Und schon ist da die Lücke im Gedächtnis: Ich fuhr mit meinem Freund Günter Pasternak auf dem Fahrrad nach Stolberg und...? Keine Erinnerung weiter. Nur bei der Abfahrt vom Brocken bin ich wohl in einer Kurve mit Split in den Graben gerutscht. Der Sturz war nicht der einzige, mich hat es mehrmals erwischt, wobei es vor allem Schaden am Fahrrad gab.

Besondere Freude bereitete mir ein kleines Gewächshaus direkt hinter unserem Haus. Es wurde mir vom Gewächshausbauer Paul Kuppler aus Britz 1948 aufgestellt. Was ich vorher nur in meinem Zimmerfenster hatte – ein Dutzend kleiner Kakteen, pflanzte ich auf den Tischen in dem kleinen Gewächshaus aus. Von einer Fahrt mit meinem Vater nach Erfurt brachte ich von „Kakteen Haage" eine richtige kleine Sammlung mit.

Als Schüler habe ich mich nicht um Politik gekümmert. Etwa 1949 mit Gründung der DDR bekam alles „einen politischen Anstrich". Bereits 1946 waren SPD und KPD im Osten zur SED vereinigt worden. Parolen, Spruchbänder in den Straßen und viele Propagandaschriften wurden überall verteilt. Wir bekamen unsere abonnierten Zeitungen „Der Tag" und „Der Tagesspiegel", die in West-Berlin gedruckt wurden, nicht mehr ins Haus. Man hörte von Enteignungen. Im Westen gab es alles, im Osten herrschte Mangel. Schüler gingen freiwillig in den Westen auf „bessere Schulen", andere wurden vor die Alternative gestellt, mit einem Versetzungszeugnis die Schule zu verlassen oder sitzen zu bleiben. Die Zulassung zum Studium wurde in Frage gestellt. Der politische Wandel hatte um sich gegriffen: 1950 streikte die Schule und danach folgte eine Gesinnungsprüfung der Schüler. Ein kleiner Kreis hat sich in meinem Elternhaus zusammen gefunden, um irgendwie als Gesinnungstreue zu erscheinen. Es wurde darüber heiß diskutiert als Alternative zum Eintritt in die FDJ[3] in den Kulturbund, die Deutsch-Sowjetische Freundschaft oder die Gesellschaft für Sport und Technik beizutreten.

Wie in einen Strudel geraten, saß auch ich eines Tages im Abi: Von Mitschurin bis Lyssenko in Biologie konnte ich etwas schreiben und in Russisch half mir mein auswendig Gelerntes. Für eine Durchschnittsnote von 2,7 hat es wohl noch gereicht.

Mein Traum war, die gärtnerische Lehre in einem mir bekannten Betrieb in Berlin-Mariendorf, also West-Berlin zu machen. Um die Genehmigung zu erlangen, ging ich in eine Amtsstube in der Dirksenstraße. Im Westen könnte ich Kenntnisse von der Blumen- und Zierpflanzenproduktion erlangen für die Zeit, wenn im „Demokratischen Sektor" nicht mehr nur Gemüse angebaut werden muss. So fuhr ich mit dem Fahrrad eine Zeit lang morgens die siebzehn Kilometer hin und abends zurück. Anstrengend! Dann besorgte mir eine Verwandte ein Zimmer nur zwei Kilometer vom Lehrbetrieb Hugo Schlösser entfernt. Im ersten Lehrjahr gab es monatlich 36 Westmark, von denen ein Drittel sofort in Ostmark (Zwangsumtausch) ausgezahlt wurden. Die verbleibenden 24 Westmark konnte ich mir ebenfalls in Ostmark tauschen, manchmal im Kurs 1 : 5, so dass ich mit 132 Ostmark im Monat das Mehrfache von einem Lehrling im Osten bekam.

Meinen Führerschein hatte ich ganz nebenbei im Jahr des Welt-Jugendtreffens 1951 schon gemacht. Ich wollte aber ein Motorrad haben. Eine kleine Werkstatt in Heinersdorf war mir bei der Beschaffung des Rahmens behilflich. Den Motor holte ich von einem Schrotthändler in Köpenick, Kette und Bereifung kaufte ich in der HO. Nach einem Jahr lief das „Tretmotorrad" aus den Marken „Wanderer und Presto" zusammengebaut. Angemeldet bekam ich es nicht, weil ich offizieller Grenzgänger war und in West-Berlin arbeitete. Die Geschichte will ich zu Ende erzählen: Den Motor schaffte ich mit einer Tasche in der S-Bahn in den Westen, das Übrige

---

[3] Freie Deutsche Jugend

fuhr ich wie ein Fahrrad am Neujahrsmorgen 1952 über die Grenze. Doch auch im Westen konnte ich das Motorrad nicht anmelden, weil mein offizieller Wohnsitz in Ost-Berlin war.

Bei dem Transport einer Reiseschreibmaschine in einer Aktentasche auf dem Fahrrad wurde ich angehalten und die Maschine, die ich für das Schreiben meiner Abschlussarbeit benutzen wollte, wurde konfisziert. Ich bekam eine Strafe von 200 Ostmark. Durch die Hilfe einer Bekannten wurde die Prüfungsarbeit Anfang 1953 im Osten gebunden und über die Grenze gebracht. In dem Prüfungsverfahren war ich endlich einmal besonders gut. Deshalb durfte ich bei der späteren Feier eine Ansprache halten.

Ende Mai 1953 – etwa zwei Wochen vor dem 17. Juni-Aufstand erreichte mich im Lehrbetrieb ein Telefonanruf von meinem Vater: Ich soll nicht mehr nach Weißensee fahren, denn beide Grille-Familien sind schon nach West-Berlin geflüchtet. Traurig war das alles und eine Aufregung, weil die „andere Oma" mit meinem Vetter auf der Flucht aus der S-Bahn geholt und eine Nacht eingesperrt worden war. Nur ich hatte einen Vorteil, weil ich endlich mein Motorrad anmelden konnte.

Mein Vater und sein Bruder hatten nach dreimonatiger Suche einen hochverschuldeten Gärtnereibetrieb in Zehlendorf gefunden, auf dessen Gelände sich 13 verschiedene Mieter, Büros und unterschiedliche Werkstätten befanden. Aus der Firma „Hermann Rothe" wurde jetzt wieder eine Gärtnerei. Ab Herbst war ich als Geselle beim Aufbau dabei. Mir kam ein Unfall mit dem Motorrad dazwischen – ich bekam ein Gipsbein. Im April 1954 ging ich auf die Wanderschaft in die Großgärtnerei „Thomas Rochford" nach England nördlich von London. Ein Jahr dort, einige Monate in der französischen Schweiz am Genfer See bei der Firma „Brunner Frères" und schließlich für ein Jahr nach Versailles zur Firma „Truffaut".

Im Jahr 1957, mit guten praktischen Erfahrungen ausgestattet, wollte ich nun Gartenbau studieren. Wegen meines Ost-Abitur-Zeugnisses musste ich eine Nachprüfung in Geschichte und Englisch über mich ergehen lassen. An der Technischen Universität, Fakultät für Gartenbau und Landespflege, studierte ich sechs Semester. Die drei Jahre waren schnell vorbei und Vater wartete schon auf meine Hilfe. Waren es bei der Übernahme des Betriebes sechs oder sieben Mitarbeiter, waren es 1961 schon über achtzig. Und Vater ging es nicht gut.

Mein Vater hatte mich in den Verkauf unserer Produkte am Blumengroßmarkt eingewiesen und fortan fuhr ich 34 Jahre lang (1962-1996) täglich früh um fünf Uhr dort hin. Meine Arbeit war auch oft Sonntags, manche Jahre wegen der Heizung auch nachts erforderlich; wir zogen uns 1996 vom Großmarkt in der Friedrichstraße gänzlich zurück.

Mein Vater kam 1962 mit Herzbeschwerden ins Krankenhaus. Nach seiner Heimkehr und kurz vor seinem 61. Geburtstag starb er. Sein Nachfolger wurde ich – an der Seite von Vaters Bruder Karl Grille.

So fest eingebunden zu sein in den Betriebsablauf ließ wenig Zeit für das Private. Es war da aber eine Kommilitonin aus Schlesien, schon 1959 in unser Semester gekommen, die mir ganz besonders gut gefiel – in jeder Hinsicht. Einige gegenseitige Besuche und Briefe, ein Urlaub auf Sardinien, die Verlobung und die Hochzeit – und Irmgard Moser beendete ihre Referendarausbildung erfolgreich. Im Jahr darauf (1965) schenkte sie uns Zwillinge: Lutz und Uwe. Unsere Tochter Monika erblickte 1967 das Licht der Welt.

Ich war 25 Jahre Schatzmeister des Landesverbandes Gartenbau. Im Verband gab es Tarifverhandlungen, Abnahme von Gesellenprüfungen, Dekorationen und Beteiligungen bei den Blumenhallen der „Grünen Woche". Höhepunkt aller Erfolge war die Beteiligung unserer Firma an der Bundesgartenschau 1985 in Berlin-Britz. Die Firma erhielt bei Leistungsschauen insgesamt 239 Medaillen in Gold, Silber und Bronze, außerdem drei Staatsmedaillen.

Meine Arbeiten im Betrieb wurden immer umfangreicher. Die Probleme nahmen zu. Heizöl wurde immer teurer, Blumen aus Holland überschwemmten unseren Markt, Schnittblumen wurden immer billiger. In Belgien und Holland kaufte ich persönlich Azaleen, Lorbeerbäume und verschiedene

Grün- und Blattpflanzen. 1978 erweiterten wir maßgeblich unsere Verkaufsfläche durch die Umgestaltung einiger Gewächshäuser zu einem Pflanzen-Center.

Keiner hat es gewusst, nicht einmal geahnt, und doch geschah es: 1989 die Wende, die DDR war am Ende. Als inzwischen Ältester der Familien Grille, sah ich es als meine Pflicht, alle meine Kräfte, alles Wissen und alle Erinnerungen dafür einzusetzen, unser Erbe zurück zu bekommen. Durch vielfältige Aktivitäten in Ämtern, mit Anwälten, mit der Treuhand und mit der Bank wurde die Rückführung vorbereitet. Die ehemalige Gärtnerei „Adolf Grille Söhne" war seit den fünfziger Jahren ein Teil vom „Volkseigenen Gut Gartenbau Berlin" geworden. Bevor eine Entscheidung schriftlich vorlag, begannen wir unseren Einsatz in den Gärtnereien. Es wurde die Firma „Grille Gartenbau GmbH" gegründet und personelle und materielle Vorbereitungen zur Produktion getroffen. So wurde zwar mit vierzig Mitarbeitern produziert, in Ost-Berlin wollte man aber endlich Blumen aus Holland, aus Dänemark, aus aller Welt – wie im Westen. Wir wussten sehr bald, dass mit Zierpflanzenbau kein Blumentopf mehr zu gewinnen war. Im vierten Jahr unserer neugegründeten Gartenbaufirma kamen Interessenten für den Grund und Boden, im fünften verhandelten wir und verkauften dann schließlich 1996.

Mein Elternhaus, das gegenüber der Gärtnerei in Weißensee steht, hatte in der Zeit der DDR und noch nach der Wende verschiedene Nutzer. Als Eigentümer war der „Devisenbeschaffer der DDR" Herr Schalck-Golodkowski im Grundbuch eingetragen. Die Rückübertragung gelang 1995 auf meinen Bruder und mich.

In Zehlendorf gehen das Pflanzen-Center, Schnittblumengeschäft, Verkaufs-Baumschule und Hydrokultur-Service bei großer äußerlicher Veränderung weiter. Unser Sohn Lutz, der eine Lehre in Berlin machte, nach Frankreich und die USA ging, hat sein Studium in Hannover abgeschlossen und ist im Jahr 2000 mein Nachfolger im Betrieb geworden, während ich mich allmählich vom Geschäft zurück ziehe. Endlich Zeit, mich meinem Hobby seit über 50 Jahren, dem Fotografieren, voll zu widmen. Darüber hinaus füllen sich die Tage neben dem Pflegen des Gartens mit Besuchen von Ausstellungen, Gartenschauen, Parks, Botanische Gärten und weiterhin Fachschauen, wie seit fünfzig Jahren.

GISELA LAURIN, geb. SCHWARZ

 Sechzig Jahre nach dem Abitur – das sind 78 Lebensjahre. Gelebtes Leben voll naiven Glücks, Geborgenheit, Fleiß, Streben, Erfolg; aber auch Zweifel, Todesangst und Hoffnung.

Mit dem Namen Gisela Schwarz wurde ich am 1. Januar 1933 als älteste Tochter eines Bezirksschornsteinfegermeisters und seiner Ehefrau in Berlin geboren. Die ersten Lebensjahre verbrachte ich in einer liebevollen Atmosphäre.

Das erste einschneidende Erlebnis: die drei Jahre jüngere Schwester, freudig erwartet, trat in mein Leben. Nun galt mir nur noch geteilte Aufmerksamkeit; ein wenig gewöhnungsbedürftig, aber gleichzeitig erstes gern übernommenes Verantwortungsgefühl für ein geliebtes Menschenkind.

Der erste Wermutstropfen, mein Vater konnte an meiner Einschulung Ostern 1939 nicht teilnehmen; er war bereits Soldat.

Nach dem Umzug ins damalige Wartheland 1940 gab es für mich viele fassungslose Momente. Mit meiner polnischen Freundin Wanda wurde mir strikt verboten zu spielen – nicht von den Eltern. 1943 wurde eine polnisch-jüdische Familie mit Gewehrkolbenschlägen aus ihrer Wohnung im Hinterhaus geprügelt und ich musste stumm zusehen. Meine Eltern ließen sich 1944 scheiden. Meine Mutter nur weinend, mein Vater betrunken – das sind meine Erinnerungen daran. Wie konnten Menschen so lieb und gleichzeitig so grausam zueinander sein. Ich begriff es nicht.

Am 20. Januar 1945 begann die Flucht bei -24^0 C auf einem offenen LKW, nur mit einem Koffer und einem Wäschekorb. Wir Kinder durften kein Spielzeug, nicht meine Lieblingspuppe, nicht einmal unsere Schulsachen mitnehmen. Vorbei an endlosen Flüchtlingstrecks mit toten Pferden im verschneiten Straßengraben. Mütter mit ihren Kindern auf kleinen Leiterwagen. So viel Trostlosigkeit. Übernachtung auf Stroh im kalten Tanzsaal eines Dorflokals; die Zehen erfroren, die Füße so geschwollen, dass ich nicht mehr in meine Stiefel kam. Aber es musste weitergehen. Eine kurze Strecke konnten wir mit deutschen Soldaten, auf einem toten Schwein sitzend, mitfahren. Nach drei Tagen kamen wir spät abends im Sommerhaus meiner Großeltern bei Templin an. Wir wurden sehr herzlich empfangen, es war geheizt und es gab zu essen.

Wenige Wochen besuchte ich eine einklassige Dorfschule, ein sehr interessantes Erlebnis. Ich durfte mir aussuchen, an welchem Unterrichtsstoff ich teilnehmen wollte. Diese Auswahlmöglichkeiten habe ich nie wieder erhalten. Danach durfte ich bis zum Kriegsende das Joachimsthaler Gymnasium für Jungen in Templin als einziges Mädchen besuchen. Es war mein erster schulischer Kontakt zum anderen Geschlecht.

Ende April 1945 wurde ich von einem sowjetischen Tiefflieger auf meinem Fahrrad auf der Dorfstraße beschossen, aber nicht getroffen. Ich sehe das junge Gesicht des Piloten mit seiner offenen Lederkappe noch heute vor mir. In der Familie wurde nie darüber gesprochen. Als vor einigen Jahren während der Schönefelder ILA eine US-Jagdfliegerstaffel über meinen Garten in Müggelheim flog, stand ich plötzlich weinend auf dem Rasen. Da fiel mir mein Kindheitserlebnis nach Jahrzehnten wieder ein. Ich hatte es verdrängt, aber nicht verarbeitet.

Die Ereignisse in den letzten Kriegstagen lösten ein Gefühlschaos von Todesangst bis zu menschlichem Hoffnungsschimmer aus.

Weil ich keine Uhr besaß, wurde auf mich angelegt. Wir flehten um unser Leben und sie ließen uns leben; im Nebenhaus wurde eine Frau erschossen. Eine junge aus dem KZ Ravensbrück befreite Russin musste uns bei Feldarbeiten beaufsichtigen. Wenn kein Offizier in Sicht war, durfte ich mich ausruhen, kam einer, so schrie sie und trieb mich an die Arbeit. Wir nannten sie Maria, die Gute.

Heute sehe ich das Verhalten der sowjetischen Soldaten uns Deutschen gegenüber mit anderen Augen. Deutschland hatte die Sowjet Union überfallen, viele Angehörige ermordet, die Ortschaften gebrandschatzt.

Im August 1945 liefen wir achtzig Kilometer nach Berlin. Ich wurde in die Oberschule an der Woelckpromenade eingeschult. Zunächst hatten wir Unterricht im Freien am Pfuhl vor dem Schulgebäude. Ein Klappstühlchen mussten wir selbst mitbringen, dazu 45 Minuten Fußweg. Trotzdem war es eine friedvolle und glückliche Zeit. Als Schulspeisung bekamen wir täglich eine warme Mahlzeit; sie hatte den ständigen Hunger erträglich gemacht. Später durften wir unser Schulgebäude wieder in Besitz nehmen. Den Anschluss nach so viel Unterrichtsausfall zu finden, war anfangs nicht leicht. Aber mit Fleiß und Eifer war auch diese Hürde zu nehmen. Meine Begeisterung für die klassische Musik habe ich unseren Musiklehrern und dem Schulchorgesang zu verdanken. Den politischen Anforderungen von Seiten der Schule stand ich damals – vielleicht auf Grund meiner Erlebnisse – sehr reserviert gegenüber. Zur Schule aber bin ich stets gern gegangen. Mein noch heute unbändiger Wissensdurst hat seine Wurzeln in den vielseitigen Anregungen im Unterricht gehabt. Das offene kameradschaftliche Verhältnis zu meinen männlichen wie weiblichen Klassenkameraden als Ergebnis der Koedukation hat mir auch in meinem späteren Leben sehr geholfen.

Als ich nach bestandenem Abitur 1951 weinend nach Hause kam, dachte meine Mutter, ich sei durchgefallen und tröstete mich. Aber es war nur die Tatsache, die mich so unglücklich machte, dass ich nie wieder zur Schule gehen durfte.

Im September 1951 begann ich eine dreijährige Lehre zum Exportkaufmann beim Deutschen Außenhandel. Wegen meiner Leistungen schlug die Berufsschule vor, schon nach 1,4 Jahren den Lehrabschluss zu machen. Der Betrieb lehnte mich wegen meines bürgerlichen Elterhauses ab. Daraufhin bot mir die Schule an, sofort als Lehrerin zu beginnen und nebenbei ein Pädagogikstudium zu absolvieren. Jetzt wurde ich zur Prüfung zugelassen und habe sie mit „Auszeichnung" bestanden. Ich arbeitete weiter im Betrieb und sollte ein wirtschaftswissenschaftliches Studium aufnehmen.

Dank einer sehr guten Beurteilung eines Kontorleiters habe ich mich heimlich an der Medizinischen Fakultät der Humboldt-Universität Berlin beworben. Im Herbstsemester 1953 konnte ich mein Medizinstudium aufnehmen. Mit achtzehn Jahren hatte ich wohl noch nicht die geistige Reife und hätte mir das Studienfach nicht zugetraut.

Im November 1958 hatte ich das Letzte der 23 Prüfungsfächer ohne Probleme abgeschlossen. Während des Studiums habe ich bereits meine Dissertation über ein physiologisches Thema mit einem großen Experimentalteil begonnen und im Dezember 1958 erfolgreich verteidigt.

Im Januar 1959 begann ich am Institut für experimentelle Herz- und Gefäßchirurgie der Akademie der Wissenschaften meine theoretische Pflichtassistenz. Zwei Jahre danach wechselte ich in die Robert-Rössle-Klinik der DAdW. Nach klinischer Vollapprobation absolvierte ich dort auch meine Facharztausbildung zu Anästhesiologin und Intensivmedizinerin.

Im April 1966 wurde ich als Oberarzt der Anästhesieabteilung des Städtischen Krankenhauses im Friedrichshain eingestellt. Diese Tätigkeit habe ich bis zum Eintritt in den Ruhestand 1998 ausgeübt.

Meine Kindheitseindrücke über das Familienleben hatten mich so beeinflusst, dass ich nie heiraten wollte, mir aber unbedingt ein Kind wünschte. Im November 1968 wurde meine Tochter Franziska geboren. Im August 1974 habe ich dann doch noch geheiratet; allerdings bestand die Ehe nur sieben Jahre.

Nach meiner Berufstätigkeit habe ich mich mit der spanischen Sprache beschäftigt und meine Kenntnisse im Bridgespiel vervollkommnet. Ich habe ein Leben lang gelernt und die Basis dazu wurde in meiner Schulzeit gelegt.

GERD LITKE

Es ist ziem-
lich wahr-
scheinlich,
dass ich am
13.6.1932
geboren bin.
Da ich ü-
b e r z e u g t
bin, dass mir
meine El-
tern darüber
die Wahr-
heit gesagt
hatten, war-
um sollten
sie auch lü-
gen. Die

amtliche Dokumente bestätigen das Datum. Geboren wurde
ich in der Siegfriedstraße in Berlin-Lichtenberg.

Meine Familie bestand zu diesem Zeitpunkt aus meinen Eltern und meinen beiden Schwestern Inge und Anne, die damals sechs und sieben Jahre alt waren.

Aus dem Dunkel der Vergessenheit sehe ich mich auf dem
Arm meines Vaters in ein Zimmer blicken, in welchem links
im Bett meine Mutter liegt, und geradezu in einem Wäschekorb wird mir ein winziges Baby gezeigt, das man mir als
meinen neugeborenen Bruder vorstellt. Der Grund für die
Tatsache, dass meine Mutter im Bett liegt, wird mit dem Biss
des Klapperstorches ins Bein meiner Mutter erklärt, aber
nicht begründet.

Als nächstes sehe ich mich mit einem Bündel Papierfähnchen
herumlaufen, auf welchen die olympischen Ringe zu sehen
waren. Auch in den Straßen lagen diese massenhaft herum.

Mein Vater war inzwischen vom Straßenbahnschaffner zum
-fahrer aufgestiegen.

Ich hatte eine schöne Kindheit, wenn, ja wenn mein Vater nicht zu Hause war. Er führte ein strenges Regime und leitete aus der Bibel das Recht her, als Familienoberhaupt nach Gott die höchste Autorität zu sein. Da unsere Familie sich stetig vergrößerte, zogen wir bald darauf in die Hagenstraße ebenfalls in Lichtenberg um. Dort kam dann meine Schwester Evamaria eineinviertel Jahre später zur Welt. Als sich dann wieder Nachwuchs ankündigte, wohnten wir bald in Hohenschönhausen in der Straußberger Straße.

Für Kinder hatte mein Vater kein Verständnis. Mädchen waren sowieso Menschen zweiter Klasse und erst mit meiner Geburt fühlte er sich als Mann bestätigt. Aus Dankbarkeit hörte er mit dem Rauchen auf und hielt das auch bis zum Ausbruch des Krieges durch. Warum er trotzdem alles tat, um mein Selbstwertgefühl zu zertreten, habe ich nie verstanden.

Im Jahr 1936 inszenierte der damals schon berühmte Curt Goetz sein Lustspiel „die tote Tante", später erfolgreich verfilmt als „Haus in Montevideo" mit ihm selbst in der Hauptrolle und später mit Heinz Rühmann. Die zwölf Kinder wurden rekrutiert aus dem Mozartchor, in dem meine Schwestern sangen. Nur für den Jüngsten, den Lohengrin, brauchten sie noch einen, nämlich mich. Ich wurde zu den Aufführungen mit einem PKW abgeholt, ganz toll und hatte weiter nichts zu tun, als in einer Suppe zu löffeln und so zu tun, als bohrte ich in der Nase. Meine Schwester verpetzte mich und rief laut: "Lohengrin popelt". Ich höre noch heute die aus dem dunklen Zuschauerraum heraufklingenden Lachsalven. Als man wenig später für einen Film einen Jungen in meinem Alter brauchte, wurde ich zu einem Casting bestellt, verkroch mich aber ängstlich hinter meiner Mutter, und aus war es mit der Schauspielerkarriere.

Zu Ostern 1938 wurde ich in Hohenschönhausen in die 8. Klasse eingeschult. Da wir aber am 2. Mai nach Malchow in die Stadtrandsiedlung 2 umzogen, war ich dort nur wenige Tage.

In Malchow begann ein ganz neues Leben. Wir bewohnten eine Hälfte eines Doppelhauses, hatten einen eigenen Garten, der mir riesig vorkam, obwohl er nur 900 m² betrug.

Nun hatten wir Hühner und Kaninchen, später Gänse und Enten, sogar mal einen Hammel, Obst und Gemüse. Weniger schön war das Unkrautjäten, Raupen vom Kohl absammeln und Futter für die Kaninchen heranschaffen.

Von der 8. Klasse kam ich in die 2. Klasse. In der 4. Klasse machte ich am Realgymnasium in der Woelckpromenade eine Aufnahmeprüfung und wurde dann in die erste Klasse eingewiesen.

Nun war ich also am Gymnasium, das jetzt aber offiziell Oberschule hieß, wie auch das Telefon nun Fernsprecher genannt wurde.

Nun war alles ganz anders. Ich war nicht mehr der Beste, sondern einer unter vielen. Die Lehrer hatten fast alle Spitznamen. Der Zeichenlehrer hieß Hulehule, der Mathelehrer Dr. Hasselbart hieß Wetterfrosch, der Religionslehrer Dr. Bünger war die Spinne, weil er uns ständig mit Geschichten aus dem ersten Weltkrieg unterhielt und uns beweisen wollte, dass man auch im Kampf ein Christ bleiben könnte. Inzwischen war bei uns noch einmal Nachwuchs angekommen. Wir waren nun sechs Geschwister.

Unser Klassenlehrer war Dr. Nessler, ein fachlich und methodisch ungeheuer kompetenter Mann. Leider war es mit seinen pädagogischen Fähigkeiten nicht so gut bestellt. Wir hatten ihn in Deutsch, Geschichte und Englisch. Man hörte von ihm niemals irgendwelche Naziparolen, deshalb war er sicher auch nach dem Krieg wieder an unserer Schule. Wenn er Vokabeln abfragte und bei einem Schüler Unsicherheit spürte, nahm er dessen rechte Wange liebevoll in die Hand und ließ bei jeder nicht gewussten Vokabel mit der anderen Hand eine Ohrfeige niedersausen. Nach dem dritten Schlag konnte der betreffende wahrscheinlich seinen eigenen Namen nicht mehr sagen. In späteren Jahren war er ganz anders. Er behandelte uns als Menschen, und wir haben viel bei ihm gelernt.

Inzwischen waren wir im dritten Kriegsjahr. Die Rationen auf den Lebensmittelkarten waren so, dass wir nicht zu hungern brauchten. Allerdings sah es mit Genussmitteln sehr trübe aus. Doch wie Apfelsinen und Bananen schmeckten, hatten wir eigentlich schon fast vergessen. Doch auch vieles andere gab es nicht mehr. Leder wurde durch Igelit ersetzt, es gab nur noch Schnur aus Papier, mit welcher man keine Drachen steigen lassen konnte. Damals kam der Begriff „Friedensware" für Qualität auf.

Wenn auch die feindlichen Bombergeschwader zu der Zeit nur des Nachts kamen, so machte sich der ständig unterbrochene Schlaf negativ bemerkbar. In Malchow waren Luftschutzbunker gebaut worden, in die wir bei Alarm gingen. Später bekamen wir eine Kabine im Bunker zugewiesen, in der wir Kinder schlafen konnten. Wir mussten uns die Kabine teilen mit der Familie unseres späteren Russischlehrers Hantzsch.

Dann kamen endlich die langersehnten Sommerferien. Ich fuhr in ein Ferienlager der HJ[4] nach Templin. Wir verbrachten schöne Tage in wunderbarer Natur mit Sport und Spiel, natürlich auch mit vormilitärischem Drill.

Eines Tages wurde ich krank: Scharlach. Ich wurde ins Krankenhaus nach Neuruppin gebracht, wo ich die ersten Wochen in der Isolierbaracke mit vielen Ausländern zubrachte. Ein belgischer Zwangsarbeiter hatte sich rührend um mich gekümmert, brachte mich nachts zur Toilette und kühlte mir die fieberheiße Stirn. Schon damals kam mir eine Ahnung, dass der Mensch nicht nach seiner Nationalität oder Rasse, sondern nach seinem Charakter und seinem Verhalten zu beurteilen ist.

Normalerweise ist Scharlach nach sechs Wochen beendet. Ich musste zehn Wochen im Krankenhaus bleiben, da mein Herz geschädigt war.

Als ich im September nach Hause kam, war meine Schule evakuiert worden und befand sich in Finsterwalde. Ich durfte sowieso nicht zur Schule gehen, musste mich schonen.

---

4 Hitler Jugend

Im ausgehenden Winter 1944 kam ich in ein Kindersanatorium in Bad Altheide in Schlesien. Dort erholte ich mich gut und durfte anschließend zu einem Förster in einem nahegelegen Dorf. Die Försterleute hatten keine Kinder, waren so um die Fünfzig herum und behandelten mich wie den eigenen Sohn.

Ich durfte nun wieder zur Schule gehen, in eine einklassige Dorfschule. Wenn der Lehrer eine Frage stellte, die niemand beantworten konnte, so kam stereotyp der Satz: dann wollen wir doch mal unseren Gymnasiasten fragen.

Es war die schönste Zeit meiner Kindheit. Ich wurde behandelt wie ein Prinz, durfte mit zur Jagd, begleitete den Förster zu den Holzfällern und zu den Frauen in den Pflanzgärten. Abends las ich Abenteuerbücher und Jagdgeschichten, das Essen war vorzüglich. Die Schule begann um sieben Uhr und war um zehn schon wieder zu Ende. Den größten Teil des Tages konnte ich in Wald und Feld herumstrolchen. Ab und an fuhr ich mit dem Fahrrad zur Post oder etwas einkaufen, ansonsten hatte ich keine Verpflichtungen.

Dann war alles abrupt zu Ende. Meine älteste Schwester heiratete im Januar 1945, ich fuhr natürlich hin und durfte, da der Krieg in seiner letzten Phase angekommen war, nicht mehr zurück. Ich habe das Försterpaar nie wieder gesehen.

So erlebte ich das Ende des Krieges mit all seinen Schrecken in Berlin. Im April, als die Geschossbündel der Stalinorgeln über uns hinweg pfiffen, hörten wir plötzlich ungewohnte Stimmen und die Worte: Uri, Uri. Unsere Befreier befreiten uns zunächst mal von unseren Uhren. Später kamen dann die fürchterlichen Worte: „Frau komm mit" dazu, die dann auch an meine neunzehnjährige Schwester gerichtet waren.

Anderseits waren die Russen zu Kindern sehr freundlich und so schenkten sie meiner kleinen Schwester oft Brot und andere Lebensmittel.

Nach der Kapitulation arbeitete ich einige Zeit beim Bauern, der mich sehr für meine Arbeit lobte, mir aber am Ende nur die Hälfte dessen bezahlte was er den Frauen gab. Ich war sehr enttäuscht.

Als die Schule wieder losging, wurde ich, da ich fast zwei Jahre lang keinen regulären Unterricht gehabt hatte, in die zweite Klasse eingestuft. So hatte ich ein Jahr Oberschule verloren, war aber eigentlich altersgemäß behandelt worden.

Nun war alles ganz anders. Von den alten Lehrern waren nur noch ganz wenige da. Alle alten Nazis waren aussortiert. Viele schon pensionierte wurden reaktiviert. Und dann waren da auch recht abenteuerliche Gestalten. So hatten wir bei einem Pfarrer Latein, den wir den Popen nannten. Zeichnen hatten wir bei dem schon siebzig-jährigen Herrn Berlinicke, den wir Opa riefen.

Bei gutem Wetter wurden wir auf Parkbänken unterrichtet und waren dankbar für jeden Vogel, der seine Visitenkarte in Form eines weißen Kleckses auf der Kleidung unseres Lehrers hinterließ. Bei Regen saßen wir in den alten Straßenbahnwagen, die zu Dutzenden in der Schönstraße auf den Gleisen standen.

Die Schülerzahl vergrößerte sich ständig, da immer neue Zugänge aus allen Teilen Deutschlands und den Ostgebieten, die uns nun nicht mehr gehörten, eingingen. So wurde die Schule in Oberschule 1 und Oberschule 2 geteilt, die sich im Vor- und Nachmittagsunterricht abwechselten.

Mein Vater war noch im letzten Kriegsjahr eingezogen worden. Er kam bis Küstrin und geriet, ohne einen Schuss abgegeben zu haben, in Gefangenschaft. Von dort wurde er bis weit hinter Moskau transportiert und musste Sümpfe trockenlegen. Obwohl er ein starker Raucher war, tauschte er seine Zigarettenration gegen Brot ein und hat wahrscheinlich dadurch überlebt.

Ich war nun der einzige „Mann" in unserer Gegend und musste auch als solcher handeln. Ich nutzte den Garten intensiv aus, mit Vor- und Zwischenfrucht, schickte meinen Bruder Pferdeäpfel sammeln; da wir ja nun keine Tiere mehr hatten, fehlte auch der Dünger. Manchmal musste ich auch bei der Nachbarin Kaninchen schlachten und bekam dafür ein kleines Stückchen Fleisch. Überhaupt beherrschte der Gedanke an Essen fast ausschließlich unser Denken und Fühlen. Die Rationen auf den Lebensmittelkarten reichten kaum zum

Überleben. So war auch das Gefäß für die Schulspeisung das wichtigste Utensil in meiner Schultasche.

Ich baute mir ein Katapult. Das Material dafür lag überall herum: alte Autoreifen, Lederstücke und Bleirohre für Munition gab es in den Trümmern genug. Ich entwickelte gute Fertigkeiten im Erlegen von Spatzen, Staren und Amseln. Meine größte Beute waren Elstern und Ringeltauben. Ich hatte meine Waffe immer bei mir. Manchmal hatte ich schon auf dem Schulweg Beute gemacht. Von meiner Mutter erbettelte ich mir manchmal einen Esslöffel Grieß oder Graupen und so hatte ich zu meinen gebratenen Vögeln einen Teller Essen zusätzlich.

Peter Stier

In der Klasse machten es mir einige Mitschüler nach und so bildeten wir einen Jagdklub, gaben uns Namen nach dem Vorbild von Karl May. Peter Stier war natürlich Sitting Bull, Kurt Schmidt die listigen Schlange, Klaus Matthes war der schnelle Hirsch, Günter Schulz nannten wir Falkenauge und ich war Deadly Gun, die tödliche Büchse. Wir strolchten durch die Parks und beobachteten die Singvögel, die wir auch im allgemeinen nicht belästigten. Unser Hauptjagdgebiet war das Wäldchen um den Faulen See. Einmal wurden wir von der Polizei erwischt, durch halb Hohenschönhausen geführt, und dann mit fürchterlichen Strafandrohungen entlassen.

Kutte Schmidt

Außer mir wohnte noch Walter Priebe aus meiner Klasse in Malchow. Viele Jahre gingen wir täglich zusammen zur Schule, unterhielten uns über Gott und die Welt und fragten uns manchmal Hausaufgaben ab. Wir verkehrten auch in unseren Elternhäusern und strolchten durchs Gebüsch im Märchenland, einer Kleingartenkolonie hinter unseren Siedlungen. Einmal hätten wir fast einen Fasan erwischt. Er lag schon am Boden und wir krochen auf allen Vieren durch die

Sträucher. Es war ja dunkel und gerade als wir ihn ertasteten, hatte er sich erholt und schwirrte davon. Und wir hatten ihn schon in der Pfanne gesehen.

Walter war mit Abstand der Stärkste in der Klasse. Er legte auch großen Wert auf körperliche Fitness. Nie nutzte er seine physische Überlegenheit aus. Unsere Streitereien waren immer rein verbal.

Eines Tages klopfte es spätabends noch an unserer Haustür. Ich öffnete und sah einen zerlumpten, zum Skelett abgemagerten Mann vor mir, den ich erst nach längerem Hinsehen als meinen Vater erkannte. Er war verlaust, wog noch 40 kg und hatte den Nacken voller Furunkel. Es dauerte sehr lange, bis er wieder einigermaßen gesund und arbeitsfähig war.

Da er noch 1944, nachdem er einen Berufswettbewerb gewonnen hatte und zum Aufsichtsbeamten befördert worden war, in die NSDAP eingetreten war, wurde er von der BVG zunächst nicht wieder eingestellt und musste in der Gummifabrik arbeiten. Warum er sich den Nazis zugewandt hatte, denjenigen, die die Bücher seines geliebten Thomas Mann verbrannt hatten, hat er mir nie erklären können.

Wir waren nun Schüler der Klasse 5rn (Realgymnasium naturwissenschaftlicher Zweig). Da nun die Einheitsschule eingeführt wurde, wurden wir am Ende des Schuljahres in die Klasse 10 versetzt. Nun wurden wir zum ersten mal mit Mädchen zusammen unterrichtet. Das war eine Revolution. Niemals haben wir in Gegenwart der Mädchen einen nicht stubenreinen Witz erzählt oder obszöne Wörter gebraucht. Wir wollten uns vor den Klassenkameradinnen nicht blamieren und waren zunächst recht fleißig.

In der 5. Klasse hatten wir mit Chemie angefangen. Wir hatten einen Lehrer, Dr. Ebert, ein Riese mit großem fachlichem Wissen. Aber er wusste nicht, wie man mit jugendlichen Rabauken umging. Es ging drunter und drüber in den Stunden. Zu Ostern hatte ich eine 5 in Chemie und war versetzungsgefährdet. Ich war alarmiert und setzte mich neben Walter und ließ mir von ihm die geheimnisvollen Zeichen an der Tafel erklären. Zum Schuljahresende feilschte ich mit dem Lehrer schon um eine 2. Doch da blieb er hart.

Während der tumultartig verlaufenden Chemiestunden kam ab und zu eine kleine Frau durch das Klassenzimmer und schnauzte uns wegen unseres Verhaltens an. Im Jahr darauf bekamen wir sie als Lehrerin in Biologie und Chemie. Von der ersten Stunde an war Ruhe und Ordnung und wir hatten einen soliden, gut gestalteten Unterricht. Diese Lehrerin hatten wir bis zur 11. Klasse, sie hieß Fräulein Habenicht. Günter Rehberg redete sie immer mit Frau Habenicht an, was heute allgemein üblich ist.

Wir bekamen aber noch einen neuen Lehrer in Deutsch und Geschichte, Dr. Hering.

An dieser Stelle möchte ich betonen, dass ich denke, dass jede Erinnerung subjektiv ist und dass Andere ganz andere Meinungen haben. Für mich war Dr. Hering das Schlimmste, was mir widerfahren konnte. Er war ein Opportunist. Wenn er eine politische These verkündigte, vergewisserte er sich meist bei unseren beiden FDJlern, ob er auch richtig lag. Bekam er keine Zustimmung, behauptete er das Gegenteil. Mein erster Aufsatz bei ihm wurde mit 5 bewertet, was mir in meiner gesamten Schulzeit nicht passiert war. Ich hatte mir erlaubt, die Themenstellung als unsinnig zu bezeichnen und so geschrieben, wie ich es für richtig hielt. Er liebte es, sich mit schlüpfrigen Episoden aufzuhalten. Heinrich VIII erklärte er uns nicht als Staatsmann, sondern walzte sein Verhältnis zu den Frauen aus. Bei der Behandlung des Faust ließ er uns eine Stunde darüber diskutieren, wer wen verführt hat: Faust Gretchen oder Gretchen den Faust. Natürlich spielten wir Jungen uns als Machos auf und stellten Gretchen, wider besseren Wissens, als männerverschlingenden Vamp dar.

Im allgemeinen war sein Unterricht langweilig und unergiebig. Wieder einmal faselte er von der blauen Blume der Romantik, da beschlossen mein Freund Hartmut Sturm und ich, die wir an der hintersten Ecke des Tischehufeisens saßen, uns ein bisschen zu erholen. Da war nämlich eine hintere Tür, die nur ganz locker zugenagelt war und die sich sehr leicht aufdrücken ließ. Im Nu waren wir draußen und wanderten fröhlich um den Teich vor der Schule. Als wir auf der gegenüberliegenden Seite angekommen waren, hörten wir plötzlich Hilfeschreie. Ein Junge war ins Eis eingebrochen und schrie jämmerlich. Einen kurzen Augenblick zögerten wir, ehe wir uns auf den Weg zur Hilfeleistung machten. Wir wussten, dass, falls wir aktiv werden würden, unsere Kleidung uns verraten würde und wir als Schwänzer dastünden. Glücklicherweise hatte der Knabe sich schon allein zum Ufer hin gearbeitet und rannte schnell nach Hause. Bevor die Stunde zu Ende war, saßen wir wieder brav auf unserem Platz. Versäumt hatten wir nichts und Hering hatte nichts gemerkt.

Hartmut und ich waren uns am Beginn der 10. Klasse näher gekommen und wurden bald unzertrennliche Freunde. Diese Freundschaft empfinde ich als etwas ganz besonderes und sie besteht noch heute, obwohl wir meist 20 000 km von einander entfernt waren bzw. sind.

Nachdem der Unterricht in der 11. Klasse beendet war, wir unsere Zeugnisse kannten und erwartungsvoll dem 12. Schuljahr entgegensahen, machten wir mit Frl. Habenicht und Dr. Hering eine Studienfahrt nach Thüringen. Wir waren in Naumburg, Weimar und Jena und wandelten auf den Spuren von Goethe und Schiller. Wir besuchten auch das Ernst-Häckel – Institut, wo unsere Biologielehrerin eine interessante Diskussion mit dem Leiter, einem Dr. Schneider, hatte. Er zeigte uns einen Molch, den er aus zwei Tieren zusammengenäht hatte und behauptete allen Ernstes, dass er eine neue Spezies erzeugt habe. Er sprach auch von der Vererbung erworbener Eigenschaften und lag damit voll im Trend der kommunistischen Ideologie, dass der Mensch der absolute Herrscher über die Natur sei. Die Widersprüche unserer Lehrerin tat er als idealistisches Geschwätz ab.

Als wir nach Hause kamen, erwartete uns eine äußerst unangenehme Überraschung. An den Oberschulen und Universitäten gab es verstärkt Rebellionen gegen den politischen Druck. Und nun wollte man dem einen Riegel vorschieben, setzte unsere Versetzung außer Kraft und überprüfte die Schüler der elften Klassen beider Schulen mit dem Erfolg, dass die Hälfte aller Schüler gehen musste. Nur ganz wenige der durchgefallenen durften die 11. Klasse noch einmal machen, die anderen mussten die Schule verlassen. Die meisten von ihnen beendeten ihre Schulzeit in Westberlin. Das war ein Aderlass an der Jugend, den sich ein Land eigentlich nicht leisten konnte.

So wurde aus zwei elften eine zwölfte Klasse für zwei Schulen. Ohne irgendwelche Schwierigkeiten entstand eine neue Klassengemeinschaft, und bald wusste niemand mehr so recht, wer von wo gekommen war. Ich erinnere mich an eine Geburtstagsfeier bei Ingrid Wurl und einer Veranstaltung bei Günter Pasternak in der Malchower Niles-Siedlung, an der auch Herr Seibt teilnahm. Er war unser neuer Englischlehrer, ein äußerst pflichtbewusster Mann, der im Gegensatz zu vielen anderen Lehrern, den Unterricht auf die Minute pünktlich begann. War er beim Klingeln noch zwanzig Meter vom Klassenraum entfernt, legte er diese im Laufschritt zurück. Ich schloss mich dem Raucherklub aus der O 2 an, bestehend aus Lothar Leese. Kalle Müller und Erhard Blessing. Hartmut ging inzwischen auf die Menzelschule in Westberlin.

Ganz anders unser neuer Lehrer für Biologie und Chemie. Er war frisch von der Universität gekommen, kam meistens unvorbereitet zum Unterricht und las oft nur aus seinen Büchern, aus denen er studiert hatte, vor. Experimente machte er kaum und an biologische Exkursionen kann ich mich nicht erinnern. Und das nach dem Unterricht bei Fräulein Habenicht.

An dieser Stelle muss ich noch einfügen, dass wir im letzten Schuljahr eine Anzahl von Lehrern hatten, die in Westberlin wohnten. Diese stellte man vor die Wahl, entweder in den Osten umzusiedeln oder die Schule zu verlassen. Leider zogen es alle vor zu gehen.

Da unser Mathematiklehrer und Direktor Herr Tilsner aus Altersgründen aus dem Schuldienst ausschied, fand auch da ein Wechsel statt. Wir bekamen in Mathematik Frl. Ambach, deren Unterricht im Vergleich zu dem lebhaften und interessanten Unterricht von Herrn Tilsner, trocken und langweilig war. Als Direktorin kam eine Frau Stansch, die dermaßen gegen den eloquenten und souveränen Vorgänger abstach, dass es ein Jammer war. An einen Lehrer erinnere ich mich noch sehr, der den Titel „Pädagoge" verdiente. Es war der Lehrer für Kunsterziehung Herr Rezepka. Bei Schülern, die sich selbst bis dahin für völlig talentlos gehalten hatten, entdeckte er ungeahnte Fähigkeiten. Bei einem gefiel ihm die Raumaufteilung, bei anderen lobte er die Farbgebung und wieder bei anderen fand er die Idee sehr gut. Der Unterricht in diesem oft als langweilig angesehenen Fach machte plötzlich Spaß, und die Schüler gewannen an Selbstbewusstsein.

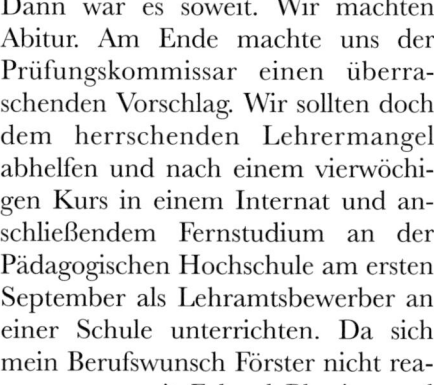

Erhard, Gerd

An Herrn Tilsner habe ich in meiner späteren Tätigkeit sehr oft gedacht und er diente mir in vieler Beziehung als Vorbild.

Dann war es soweit. Wir machten Abitur. Am Ende machte uns der Prüfungskommissar einen überraschenden Vorschlag. Wir sollten doch dem herrschenden Lehrermangel abhelfen und nach einem vierwöchigen Kurs in einem Internat und anschließendem Fernstudium an der Pädagogischen Hochschule am ersten September als Lehramtsbewerber an einer Schule unterrichten. Da sich mein Berufswunsch Förster nicht realisieren ließ, nahm ich zusammen mit Erhard Blessing und Wolfgang Drews das Angebot an, nicht ahnend, dass ich so meine eigentliche Berufung gefunden hatte.

Uns waren nur wenige Ferientage vergönnt, dann ging es auf nach Hermsdorfer Mühle, einer Art Tageszentrum an der Dahme in der Nähe von Märkisch-Buchholz.

Hier nun wurden wir in einem vierwöchigen Intensivkurs auf unsere künftige Tätigkeit „vorbereitet". Wir beschäftigten uns mit Marx, Engels, Lenin, Stalin und Mao Tse Tung. Auch erfuhren wir einiges über die großen Pädagogen Komenius, Pestalozzi, Diesterweg und natürlich Makarenko und Kalinin. Nur wie man eine Unterrichtsstunde hält und mit den Schülern klar kommt, darüber sagte man uns herzlich wenig.

Den August hatten wir dann für uns und bekamen sogar schon unser erstes Lehrergehalt, 300 Mark netto.

Nach ein paar Wochen in der riesigen Schulfabrik in der Smetanastraße, landete ich in der 13. Grundschule in Malchow, in der ich selbst vier Jahre als Schüler war. Erhard Blessing hatte inzwischen dort schon Fuß gefasst, wie er sich überhaupt schneller in die Lehrerrolle hinein fand als ich. Mit uns begann eine junge Frau von der Insel Rügen ihre Lehrertätigkeit, sie hatte allerdings ihr Studium an der Pädagogischen Hochschule in Berlin beendet und war Fachlehrerin für Deutsch und Geschichte. Bis wir soweit waren, lag noch ein weiter Weg vor uns. Mit dieser Kollegin verband mich die Liebe zum Lehrerberuf und wir sind noch heute befreundet.

Ich traf unter den Schülern noch manchen Bruder und manche Schwester von ehemaligen Mitschülern an.

Bei der Einstellung durften wir zwei Fächer angeben, in welchen wir unterrichten wollten. Ich wählte Biologie und Chemie. Leider fragte man danach kaum, entscheidend war der Bedarf der Schule. Und so übergab man mir eine 2. Klasse (galt als besonders einfach) mit 44 Schülern. Ich hatte von Unterstufenmethodik überhaupt keine Ahnung.

Ich wurde also in die Klasse geführt und setzte mich neben die Lehrerin, die sehnlichst darauf wartete, in den verdienten Ruhestand zu gehen. Als die Lehrerin durch die Direktorin herausgerufen wurde ertönte eine laute Stimme: „He, Litke, wat willst du denn hier?" Einer Antwort wurde ich enthoben, denn nun kamen Direktorin und Lehrerin und stellten mich als den neuen Lehrer vor. Nie habe ich ein leuchtenderes Rot im Gesicht eines Menschen gesehen, als in dem der Angelika Priebe. Der Schock musste groß und anhaltend gewesen sein, denn bis zur Abgangsklasse hatte ich mit ihr nie irgendwelche Schwierigkeiten.

Nach einiger Zeit kam ein kompetenter und einsichtiger Schulrat und erkannte, dass die Arbeit mit den Kleinen mich hoffnungslos überforderte. Dabei liebten mich die Kinder und ich sie auch. Ich bekam sie später als sechste Klasse wieder und konnte sie zu einem erfolgreichen Abschluss führen.

Man gab mir nun eine 5. Klasse in Mathematik und Biologie und drei siebente Klassen in Chemie.

Nun kämpfte ich mich langsam durch.

Wir unterrichteten zwanzig Stunden pro Woche und gingen einmal in der Woche in die Schönfließer Straße zu Pädagogischen Hochschule, wo wir Vorlesungen und Seminare hatten und reichlich mit Lehrbriefen für zu Hause ausgestattet wurden. Diese haben wir jedoch kaum durchgearbeitet, da wir mit Unterricht, Klassenleitertätigkeit, Pionierarbeit, Elternversammlungen, Arbeitsgemeinschaften und anderen Tätigkeiten voll ausgelastet waren. Von all den Versprechungen, wie zum Beispiel Direktstudium usw. war nie mehr die Rede.

Nach einem Jahr fanden wir uns wieder in Hermsdorfer Mühle zusammen, nun um ein Jahr praktische Erfahrung reicher und legten am Ende des Kurses unsere erste Lehrerprüfung ab.

Wir durften uns nun Lehramtsanwärter nennen. Nach einem weiteren Jahr machten wir an der Pädagogischen Hochschule unsere zweite Lehrerprüfung und waren nun Lehrer, allerdings ohne Fachausbildung.

Inzwischen hatte ich soviel Freude an meinem Beruf gefunden, dass ich zu meiner Mutter sagte: „dass ich Lehrer sein darf und dafür noch bezahlt werde, ist unglaublich."

Ich begann bald darauf ein Fernstudium in Chemie, nun aber bei voller Stundenzahl. Mit 23 Jahren beförderte man mich zum Stellvertretenden Direktor. Ich war nun Lehrer, Klassenleiter, Pionierleiter und Fernstudent und stellvertretender Direktor einer Schule.

Ich lebte nur für meinen Beruf, bis ja, bis eines Tages im Lehrerzimmer ein junge, bildhübsche junge Dame saß, die sich als Praktikantin des Instituts für Lehrerbildung herausstellte.

Im Jahr darauf trafen wir uns zufällig wieder und von der Zeit datiert unsere große Liebe, die auch heute noch besteht.

Im Mai 1958 heirateten wir und zum Jahresende waren wir zu dritt.

Wir nahmen Quartier bei einer allein stehenden Dame, die nach Westberlin umziehen wollte und uns nur unter der Bedingung aufnahm, dass wir ihre Möbel kauften.

Der Posten des stellvertretenden Direktors ist eigentlich nur eine Vorstufe für den Direktorposten. Als man mir klarmachte, dass ohne die Mitgliedschaft in der SED dieses Ziel nicht zu erreichen war (es gab zu der Zeit allerdings noch zwei Direktoren, die nicht in der Partei waren, aber nicht mehr lange), kündigte ich die Funktion und bewarb mich für eine Schule, an der eine 9. Klasse aufgemacht wurde (die fünfte im Stadtbezirk), um mein nun beendetes Fernstudium anwenden zu können.

Acht Jahre war ich an der Malchower Schule. Es war eine herrliche aufregende Zeit. Mit einigen ehemaligen Schülern, sie sind heute über siebzig, habe ich noch immer Kontakt.

Aber nun begann etwas Neues. Ich bekam eine 9. Klasse als Klassenleiter und unterrichtete sie in Mathematik und Chemie. Einen Tag in der Woche verbrachte ich mit ihnen in einem Betrieb, im sogenannten Unterrichtstag in der Produktion. Nach sechs Wochen fuhr ich mit der Klasse in den Oderbruch zum Kartoffelsammeln. Es war zwar anstrengend aber sehr aufschlussreich, und ich lernte die Schüler in dieser Woche sehr viel besser kennen als in den Unterrichtswochen davor.

In der 5. Oberschule (es gab jetzt nur noch Oberschulen und erweiterte Oberschulen mit dem Attribut polytechnisch, 10- und 12-klassig) in der Bernkasteler Straße, musste ich mich sehr umstellen. In der Malchower Schule, mit wenigen und kleinen Klassen, war ich eine unumstrittene Autorität, hier in dieser riesigen Schule mit fast dreißig Klassen und Schülerzahlen von 35 bis 40 Kindern pro Klasse, musste ich mir diesen Status erst erwerben. Man wurde als Lehrer sehr viel stärker gefordert, da doch recht viele aus gut situierten Elternhäusern stammten und ein viel höheres Anspruchsniveau aufwiesen, als ich es gewöhnt war.

Vor Beginn jedes neuen Schuljahres fand eine Kreislehrerkonferenz statt. Alle waren jedes Mal gespannt, wie viel Plätze leer blieben, d.h., wie viele Kollegen sich wieder nach dem Westen abgesetzt hatten. 1961 waren es besonders viele. Da im August die Grenzen geschlossen worden waren, wurde nun vieles anders. Vor dem Präsidium marschierte eine Einheit der Kampfgruppen auf und der Schulrat ließ keinen Zweifel daran, dass nun ein anderer Wind wehen würde.

Siebzehn Jahre war ich an der 5. Schule, in der Zeit hatten wir sieben Direktoren. Wir hatten ein großes Potential an guten Lehrern, die meisten davon waren parteilos. Eines Tages stellten fünf den Antrag Kandidat der SED zu werden. Jeder von ihnen hatte einen triftigen Grund: der eine wollte Kreisturnrat werden, ein anderer Dozent am Lehrerbildungsinstitut, eine Kollegin wollte das Schulschwimmen im Stadtbezirk übernehmen, eine wollte promovieren und der letzte wollte Direktor werden. Als wir kurz danach den Lehrertag feierten, kam ich zufällig neben den künftigen Kreisturnrat zu sitzen, neben ihm saß der Direktor, sein Bürge. Da brüllte er, etwas unter Alkoholeinwirkung: „Ich will doch auch nur mit dem Arsch an die Wand." Sein Bürge tat, als hätte er nichts gehört. Da wurde mir klar, dass nicht eine Art von Gesinnung für den Parteieintritt eine Rolle spielte, sondern dass es lediglich darauf ankam, die Menschen besser unter Kontrolle zu haben und sie disziplinieren zu können.

Inzwischen hatten wir drei Kinder. Meine Frau blieb in den ersten Jahren immer zu Hause und war leider auch oft krank. So musste ich meist für unsere fünfköpfige Familie allein aufkommen. Ich machte viele Überstunden, unterrichtete nebenbei in der Volkshochschule und im Polizeipräsidium und machte Klassenbilder, um etwas dazu zu verdienen. Verreisen war mit drei Kindern nicht mehr möglich. So pachteten wir mit einem befreundeten kinderlosen Ehepaar in Bestensee ein kleines Waldstück, bauten uns einen Bungalow und verbrachten unsere gesamte Freizeit da draußen. Wir schwammen, fuhren Kahn, angelten und suchten Pilze. Im Sommer ernährten wir uns zu einem großen Teil von Fisch und Pilzen.

Leider wurde es allmählich immer beschwerlicher, am Wochenende zu unserem Grundstück zu kommen, da der Straßenverkehr, besonders in Richtung Süden, immer dichter wurde. So ging ein großer Teil der Erholung auf Hin- und Rückfahrt verloren. Die Fischer fischten immer intensiver, so dass der Fischbestand deutlich abnahm, außerdem wurde der Wald immer stärker zugebaut und es gab bald kein Grundstück mehr, auf dem nicht in regelmäßigen Abständen eine Kreissäge kreischte.

Da wir die Großstadt ohnehin satt hatten, beruflich keine Perspektive mehr sahen, beschlossen wir, Berlin zu verlassen.

1980 war es so weit. Unser Ältester hatte sein Abitur gemacht und war bei der NVA[5]. Der zweite Sohn war mit der 10. Klasse fertig und wollte einen Beruf in der Landwirtschaft erlernen und die Tochter hatte die achte Klasse beendet, war zur EOS[6] delegiert und musste sowieso die Schule wechseln.

So landeten wir am 1. Juli mit unseren Möbeln auf einem Bauernhof in Lübbersdorf im damaligen Kreis Neubrandenburg.

Es begann ein ungeheures Abenteuer, doch können wir heute sagen, dass wir unseren Ortswechsel nie bereut haben.

Wir wurden mit offenen Armen aufgenommen. Unsere künftige Schulleiterin und die Schulrätin halfen uns bei der Suche nach einem geeigneten Haus. Als wir uns das Objekt im Herbst 1979 ansahen, bei grauem Novemberwetter, das unansehnliche Haus mit dem abbröckelnden Putz, sah das alles wenig einladend aus. Innen existierte eine Wasserstelle in der Küche, ein Rohr für den Abfluss führte in den Vorgarten. Die Öfen waren nur für Holzfeuerung eingerichtet und hatten keine Roste. Das Toilettenhäuschen stand hinter der Scheune mit Blick zum Wald. Trotzdem verliebten wir uns gleich in das Anwesen und sahen in unserer Fantasie, wie es mal aussehen würde. Noch im Herbst machten wir beim Notar den Kaufvertrag. Durch den Verkauf unseres Anteils am Bestenseer Grundstück und eigenen Ersparnissen (meine Frau hatte die letzten zwei Jahre voll mitarbeiten können) konnten wir den vollständigen Kaufpreis bar bezahlen.

Nun begann eine ungeheure aber sehr befriedigende Arbeit. Als wir uns beim Bürgermeister als die neuen Einwohner vorstellten und um Zuteilung einer Einschlaggenehmigung für Holz baten, begrüßte er uns sehr freundlich. Schön, dass ich so qualifizierte Leute in meine Gemeinde bekomme, doch

---

[5] Nationale Volksarmee

[6] Erweiterte Oberschule

schade, dass sie nicht in der Partei sind, sagte er. Wir bekamen einen staatlichen Kredit für den Umbau bewilligt, hatten mit Hilfe unserer Direktorin auch einen Baubetrieb und durften die Baubrigade der LPG[7] als Feierabendbrigade verpflichten.

Die Bauarbeiten gingen zügig voran. Wir schufteten von früh bis spät. Unsere Tochter war im Internat in Neubrandenburg, unser Sohn war im Rahmen seiner Ausbildung als Zootechniker-Mechanisator ebenfalls die Woche über abwesend. Doch am Wochenende herrschte Hochbetrieb. Den größten Teil der Zeit verbrachte ich allerdings mit Materialbeschaffung. Gleichzeitig pflanzten wir Bäume und Sträucher und schafften uns die ersten Tiere an, zunächst erst einmal Hühner und Kaninchen. Im Laufe der Zeit kamen ein Hund, einige Katzen, Gänse, Enten, Schweine, Schafe, einmal sogar ein Bulle und später dann ein Pferd dazu.

Nun hatten wir ja auch noch einen Beruf. Wir lebten uns schnell in der neuen Schule ein. Ich als Fachlehrer für Chemie und Mathematik (ich hatte 1969 an der Humboldt-Uni als Externer mein Staatsexamen in Mathematik gemacht). Meine Frau arbeitete als Deutschlehrerin, musste aber schon nach zwei Jahren wegen ständiger Migräne, die sie schon aus Berlin mitgebracht hatte, die Arbeit aufgeben. Um unseren chronischen Geldmangel einigermaßen zu kompensieren, lieferten wir Eier (ich hatte zeitweilig über 100 Hühner), Schlachtkaninchen, Schweine, Gänse an die staatlichen Aufkaufstellen ab. Gleichzeitig baute ich Gemüse an. Auf Grund unserer grandiosen Ökonomie bekam ich mehr als doppelt soviel für meine Erzeugnisse, als sie im Laden kosteten.

Nachdem mein Antrag auf Aufnahme in die Jagdgesellschaft zunächst abgelehnt worden war, wurde ich 1984 durch Fürsprache doch noch aufgenommen und machte 1986 meine Jägerprüfung. Nun war ein weiterer Lebenstraum erfüllt. Inzwischen hatten wir Pferd und Wagen, unser Anwesen nahm langsam Gestalt unseren Vorstellungen entsprechend an und es war fast vollkommen. Da ich in der Schule bei Veranstaltungen oft Klavier oder Akkordeon spielte, überzeugte man

---

[7] Landwirtschaftliche Produktionsgenossenschaft

58

mich, doch in der Oberstufe den Musikunterricht zu übernehmen. Nunmehr unterrichtete ich Mathematik, Chemie und Musik. Die Musik machte mir ungeheuren Spaß. Ich erfuhr über das Seelenleben meiner Schüler in einer Stunde mehr als in zwanzig Mathestunden. Es war aber auch sehr aufwendig. Die Vorbereitungen waren mit sehr viel Zeit verbunden.

Eines Tages empfanden wir es als unangenehm, Tiere zu halten, um sie töten zu lassen und dafür Geld zu bekommen. So verlegte ich mich auf die Imkerei. Abgesehen von dem wunderbaren Honig tut man etwas für die Bestäubung von Pflanzen und der Erhaltung der Bienen.

Kaum hatte ich im September 1986 meine Jagderlaubnis, hatte sogar schon meine erste Beute gemacht, verletzte ich mir beim Bauen im Haus die rechte Hand so schwer, dass ein Dauerschaden entstand. Ich konnte erst im Dezember meine Lehrertätigkeit wieder aufnehmen, hatte aber große Schwierigkeiten beim Schreiben und Experimentieren.

Die ambulante Nachbehandlung brachte nicht viel und die Hand wurde immer unbeweglicher. Ich beantragte eine Untersuchung, und dem Krankenhaus wurden schwerwiegende Fehler nachgewiesen. Ich wurde teilberufsunfähig und arbeitete noch zwölf Stunden bei vollem Gehalt. Mit Klavierspielen war nicht mehr viel los. Es reichte gerade noch zum Begleiten beim Singen.

Und dann kam der Sommer 1989. Viele Jugendliche aus der Gegend befanden sich in der Prager Botschaft oder hatten über Ungarn die DDR verlassen. Der letzte Pädagogische Rat des Schuljahres 1988/89 ist mir noch in grässlicher Erinnerung. Es wurde von den Anschlägen des Imperialismus gesprochen und vom Sozialismus in den Farben der DDR. Kein Wort von Fehlern oder Versäumnissen unsererseits. Meine Frau, die kaum mal in die Zeitung geschaut hatte, war plötzlich unersättlich. Sie hörte von früh bis spät Nachrichten und berichtete mir immer, wenn ich aus der Schule kam.

Im Januar 1990 trat ich der SPD bei und ließ mich als Kandidat für die Gemeindevertretung aufstellen. Auf der konstituierenden Sitzung wählte man mich einstimmig zum Bürgermeister.

Ich sagte zu, allerdings nur für ein halbes Jahr, da nicht klar war, welchen Status ich erhalten würde, da es im vereinigten Deutschland Teilberufsunfähigkeit nicht gab. Entweder voll arbeiten oder Invalidenrentner werden. Ich ging im März 1991 mit 59 Jahren in den Vorruhestand und bekam nach schwerem Kampf von der Versicherung den finanziellen Ausgleich bis zur Erreichung des Rentenalters.

Inzwischen waren auch Enkelkinder angekommen. Es ist herrlich, teil zu haben an der Entwicklung der Enkelkinder, beinahe noch schöner, als es bei den eigenen Kindern war. Wir haben sehr viel mehr Zeit dafür. Mehrmals im Jahr fand sich die ganze Familie bei uns ein, und besonders Weihnachten war bei uns immer eine ganz besondere Stimmung. Meine Mutter hatte uns immer, selbst in der allergrößten Notzeit, ein wunderbares Weihnachten beschert, und so sollte es auch bei uns sein.

Nun haben wir nicht mehr die Kraft dafür und verbringen das Fest der Liebe bei unserer Tochter in deren Haus. Doch immer kommen Kinder und Enkel gerne zu uns, nur nicht mehr alle auf einmal. Wir hören viel Musik, lesen und arbeiten im Garten. An Tieren haben wir nur noch Hund und Katze, Gemüse und Obst wird nur noch für den eigenen Bedarf angebaut.

Wir haben jetzt vier Enkel, alles vielversprechende Wesen und freuen uns, an ihrem Leben teilhaben zu dürfen.

In jedem Jahr fragen wir uns: werden wir noch einen Frühling erleben?

Bisher kam er immer noch mit seinen tausend wunderbaren Überraschungen, immer gleich und doch ganz anders.

Nun hoffe ich, dass es vielleicht doch noch nicht der letzte Frühling war.

Ich denke, ich hatte ein interessantes und erfülltes Leben.

HEINZ MILBRANDT

Als ich am 29. April 1931 in Berlin das Licht der Welt erblickte, lebten meine Eltern zur Untermiete in der Finnländischen Str. – ca. 150 Meter von der Bornholmer Brücke entfernt – im Bezirk Prenzlauer Berg. Diese Brücke wurde später weltberühmt, weil die Nationale Volksarmee im November 1989 die Grenze nach Westberlin unter dem Druck von tausenden Menschen, die die Erklärung Schabowskis[8] im Fernsehen gesehen hatten, öffnen musste.

Mein Vater, der bereits 1940 starb, war Maschinenschlosser und hatte vier Geschwister; meine Mutter, ohne erlernten Beruf, hatte sogar drei Schwestern und vier Brüder. Meine Mutter, mit 34 Jahren Witwe, heiratete ein zweites Mal. Doch das Schicksal wollte es, dass mein Stiefvater im Krieg in Driesen vermisst blieb – wir wohnten damals in der Driesener Str. ebenfalls in unmittelbarer Nähe zur Bornholmer Brücke. Mit 13 Jahren wurde ich damit vaterlos.

1942 bestand ich die Aufnahmeprüfung (das gab es damals) und besuchte dann das Humanistische Heinrich-Schliemann-Gymnasium. Doch nach einem Jahr war die Schule beendet, da meine Eltern mich – mit meinem Einverständnis – nicht ins Kinderlandverschickungslager schicken wollten. Auf diese Weise hatte ich praktisch zwei Jahre bis zum Kriegsende keinen Unterricht, verbrachte die Tage vielmehr mit Fußballspielen und erlebte während dieser Zeit alle Bombenangriffe in Berlin. Meine Mutter und ich versuchten nach Möglich-

---

[8] Günter Schabowski, Mitglied des SED Politbüros – 9. November 1989

keit, bei Fliegeralarm den Flakbunker im Humboldthain aufzusuchen. Der Fußmarsch betrug ca. zwanzig Minuten, bei einsetzendem Abwehrfeuer ging es wesentlich schneller, weil wir mehr Angst hatten.

Nach dem Kriegsende besuchte ich das Heinrich-Schliemann-Gymnasium weiter (mit Latein und Griechisch) bis zum Jahr 1949. Ich musste dann die Schule verlassen und wechselte zur Oberschule in Weißensee. Bei der Gelegenheit habe ich eine Klasse übersprungen. Der Grund für den Wechsel bestand darin, dass es auf einer Party, an der außer mir noch zwei andere Jungen und drei Mädchen teilgenommen hatten, zwischen einem meiner Freunde und einem Mädchen zu Intimitäten gekommen war.

Während wir drei Jungen als Strafe die Schule verlassen mussten, blieben die drei Mädchen unbehelligt. So streng waren damals die Bräuche!

Von 1949 bis 1951 besuchte ich die Oberschule in Weißensee, die ich 1951 mit dem Abitur verlassen habe. An die Abiturprüfung denke ich noch heute mit einem Schmunzeln. Die schriftliche Prüfung im Fach Deutsch hatte das Buch „Wie das Stahl gehärtet wurde", damals ein ideologisches Standardwerk aus der Sowjetunion, zum Inhalt. Von diesem Buch, ein dicker Wälzer, hatte ich im Russischunterricht die ersten fünfzig Seiten übersetzt. Der weitere Inhalt war mir völlig unbekannt. Die ersten zwei Stunden der Klausur tat ich nichts, musste dann angeblich dringend zur Toilette und ließ mir von einem hilfsbereiten Lehrer innerhalb von drei Minuten den Inhalt der restlichen hunderten von Seiten erklären. Ich bin heute noch stolz darauf, dass meine Arbeit mit „sehr gut" bewertet wurde.

Bei der mündlichen Abiturprüfung wurde mir ein sogenanntes unterentwickeltes sozialistisches Bewusstsein attestiert; denn während der Prüfung habe ich den Namen der Hauptstadt Südkoreas Seoul so ausgesprochen, wie es im RIAS, dem damals wichtigsten Rundfunksenders Westberlins, üblich war. Dadurch wussten die Prüfer, dass ich westliche Radiosender hörte, was damals in Ostberlin geächtet wurde.

An ein weiteres Ereignis während meiner Schulzeit denke ich heute noch gern zurück. Ein Jahr vor dem Abitur fand ein zweimal zwanzig Minuten dauerndes Fußballspiel zwischen den durchaus sportlichen Lehrern und uns Schülern statt, das 0:0 endete. Unter dem Beifall vieler zuschauender Schüler konnten wir das Rückspiel klar für uns entscheiden. Dieser Erfolg war vor allem darauf zurückzuführen, dass es mir gelang, eine kleine Manipulation vorzunehmen. Ich überredete hinter dem Rücken der Lehrer den Schiedsrichter, nicht zweimal zwanzig, sondern zweimal dreißig Minuten zu pfeifen. Die Lehrer mussten mit hängender Zunge erleben, dass sie 4:0 verloren, da wir selbstverständlich konditionell viel stärker als sie waren.

Nach dem Abitur 1951 war ich ein Jahr in Ostberlin im Außenhandel beschäftigt, bevor ich 1952 begann, an der Humboldt Universität Berlin Wirtschaftswissenschaften zu studieren. Der Volksaufstand am 17. Juni 1953 war für mich der letzte Anlass, mich nach Westberlin abzusetzen. Zuvor hatte ich, abgesehen von der Nähe zur Grenze, zahlreiche Kontakte zum Westen, u. a. eine Vielzahl von Verwandten und eine feste Freundin. Außerdem war ich Mitglied eines Westberliner Fußballvereins.

Bevor ich mein Studium der Betriebswirtschaftslehre an der Freien Universität Berlin begann, musste ich das Abitur in vier Fächern wiederholen. Das Ost-Abitur wurde damals nicht anerkannt. Diese Fächer waren: Erste Fremdsprache Latein, Deutsch, Geschichte und Erdkunde. Ein weiterer Schulbesuch war glücklicherweise nicht erforderlich, ich musste lediglich die entsprechenden Prüfungen ablegen.

Weitere Stationen meiner Ausbildung waren mein Examen als Diplom-Kaufmann im Januar 1959, meine Promotion zum Dr. rer. pol. 1960 sowie ein viersemestriges Aufbaustudium in Osteuropastudien, das die Ausbildung zum Ost-Experten zum Ziel hatte. Das Studium beinhaltete acht Stunden Russisch in der Woche und trug wesentlich dazu bei, dass sich mein kritisches Verhältnis zur DDR und zum Sozialismus weiter verstärkte.

Die erste Stufe meiner beruflichen Laufbahn nach dem Studium war die Tätigkeit als wissenschaftlicher Angestellter in der Gesellschaft für öffentliche Wirtschaft von 1962 – 1965. Im Sommer 1965 wurde ich Geschäftsführer des John-F.-Kennedy-Instituts für Nordamerikastudien an der Freien Universität Berlin. Im Jahr 1966 erfolgte meine Ernennung zum Universitätsoberrat. 1985 wechselte ich in gleicher Funktion zum Osteuropainstitut an der Freien Universität Berlin, an dem ich bis zu meiner Pensionierung 1996 beschäftigt war.

Außerdem war ich seit 1962 bis über meine Pensionierung hinaus als Dozent bei verschiedenen Institutionen tätig: Gesamtdeutsches Institut, Kuratorium unteilbares Deutschland, Otto-Bennicke-Stiftung und weitere. Mein Thema war stets die wirtschaftliche und soziale Lage in der DDR und in der Bundesrepublik Deutschland. Zielgruppen waren vor allem Studenten, Lehrer, Aussiedler und Flüchtlinge aus der DDR.

Im Jahr 2012 feiere ich meine Goldene Hochzeit. Meine Frau und ich haben eine verheiratete Tochter (Professorin für Volkswirtschaftslehre). Seit mehr als 50 Jahren bin ich nicht mehr motorisiert, obwohl ich immer noch den Führerschein der Klassen 1-3 habe. Ich bin passionierter Nichtraucher und habe in meinem ganzen Leben nicht eine einzige Zigarette geraucht. Während der kritischen Phase zwischen 14 und 16 Jahren fiel mir die Abstinenz nicht schwer, da eine Zigarette zehn Mark kostete. Später habe ich aus sportlichen und gesundheitlichen Gründen darauf verzichtet.

Meine Hobbies sind Lesen, Sport und Musik. Zwölf Mal habe ich das Goldene Sportabzeichen erworben, das letzte Mal mit 62 Jahren. Seit Jahrzehnten haben meine Frau und ich ein Abonnement bei den Philharmonikern. Ich spiele mehrere Instrumente (Gitarre, Akkordeon, Bass, Keyboard u. a.) und war viele Jahre Mitglied eines erfolgreichen Trios, mit dem ich bei privaten Festen (Hochzeiten, Geburtstage) sowie Betriebsfeiern aufgetreten bin und weitgehend mein Studium inklusive ein Jahr Auslandsstudium finanziert habe.

Seit einiger Zeit habe ich ein neues Hobby: meine beiden Enkelsöhne, drei und sechs Jahre alt, die meine Frau und mich fast täglich auf Trab halten.

GÜNTER PASTERNAK

Am 5. Oktober 1932 er
blickte ich, wenige Mo-
nate vor dem Ende der
Weimarer Republik, das
Licht der Welt. Mein Va-
ter, seit etwa 1920 ein
angelernter Bohrwerks-
dreher ohne Ausbil-
dungsabschluss in seinem
Beruf und zur Zeit mei-
ner Geburt arbeitslos,
war um 1910 mittellos
und Arbeit suchend aus
Ostpreußen nach Berlin
gekommen, hatte in ei-
ner Moabiter Maschi-
nenfabrik die Schreiberin

Clara Collatz kennen gelernt und 1919 geheiratet. Meine
Schwester kam 1921 zur Welt, ich war ein sogenannter
„Nachkömmling". In den „Goldenen zwanziger Jahren" hatte sich mein fleißiger und sparsamer Vater mit eigenen Händen ein kleines Haus in Berlin-Kaulsdorf bauen können.
Dort wurde ich geboren, in die Arbeitslosigkeit meines Vaters
hinein.

Anfang der dreißiger Jahre fand mein Vater Arbeit in den
„Niles-Werken", Berlin-Weißensee. Die Firma errichtete 1938
für ihre Arbeiter und Angestellten eine Neubausiedlung am
Malchower See, bestehend aus etwa 25 Doppelhäusern. Mein
Vater konnte dort eine Doppelhaushälfte erwerben, wodurch
er seinen Arbeitsweg verkürzen konnte. Auch unsere Wohn-
bedingungen verbesserten sich im Vergleich zu Kaulsdorf erheblich.

Ich wurde Ostern 1939 in die Dorfschule Berlin-Malchow
eingeschult. Das einstöckige Schulgebäude aus roten Back-
steinen, das aus dem 19. Jahrhundert stammt, wies sehr be-
engte räumliche Möglichkeiten für die Schüler auf und auch

die hygienischen Bedingungen waren unzumutbar. Neben der Schule befand sich die mittelalterliche Feldsteinkirche, die 1945 vor dem Einmarsch der Russen von SS-Leuten gesprengt wurde. Obwohl nur wenige Kilometer von der Stadt entfernt, besaß der Ort einen ländlichen Charakter. Das Straßendorf bestand aus etwa zwanzig Bauernhäusern und beidseitig der Straße den zwei-stöckigen Mietshäusern der Landarbeiter. Die Bauern, von den Berlinern als „Krauter" bezeichnet, besaßen Ställe mit einigen Rindern, Schweinen und Geflügel. Ihr Land und die Wiesen wurden mit Berliner Abwässern „gedüngt". Die sogenannten „Rieselfelder", auf denen Gemüse, besonders Kohl, angebaut wurde, dienten der Versorgung der Stadt mit „Kraut", daher der Name „Krauter" für die Bauern. In dieser Umgebung wuchs ich auf. Später auf der Oberschule in Weißensee, war es für die Mitschüler ein Vergnügen, meine Wohnadresse näher zu definieren. Ich kam für sie aus „Malchow bei Kuh".

„Ich möchte nicht in dieser Schule bleiben", äußerte ich bereits nach zwei oder drei Jahren Schulerfahrungen meinen Eltern gegenüber. Ich war als Klassenbester mit dem Privileg ausgestattet worden, die Pausen mit der Handglocke einzuläuten. Wie es so häufig ist, der Klassenprimus wird gehänselt. Ob dies mein Motiv war, die Schule verlassen zu wollen, kann ich nicht mit Bestimmtheit sagen. Heute heißt es vielleicht, „der Schüler ist unterfordert gewesen". Ich kann mich aber nicht erinnern, in schlagkräftige Auseinandersetzungen mit den Mitschülern verwickelt gewesen zu sein, stattdessen verband mich mit einigen eine herzliche Freundschaft.

Meine Klassenlehrer unterstützten meinen Wunsch auf Schulwechsel, der aber beinahe eine unerwünschte Richtung nahm. In der 4. Klasse, aus der damals am Ende des Schuljahres die Kandidaten für das Gymnasium rekrutiert wurden, erschien eines Tages eine Kommission, die Schüler für die „Napola" (national-politische Anstalt) in Bayern suchte. Auf der Napola sollte der Nachwuchs „nationalsozialistisch" erzogen werden, um später zur „Führerelite" zu gehören. Ich war hellblond, grauäugig und Klassenprimus, nach deren Meinung die gewünschten Eigenschaften. Die Kommission lud mich vor, begutachtete meine Figur und monierte dann, dass ich in „Sport" nur ein „befriedigend" hatte. „Spring ´mal über die Bänke" lautete der Befehl des Vorsitzenden. Ich kroch mehr, als ich sprang. Jedenfalls müssen meine Bewegungen so ungeschickt ausgesehen haben, dass ich sofort als untauglicher Kandidat ausschied. Ich war froh darüber, einesteils, dass ich zu Haus bleiben konnte und andererseits, dass ich dem Drill in der Hitler-Jugendorganisation (ab 10. Lebensjahr: „Jungvolk") entgehen konnte.

Meine weltanschauliche Einstellung war bereits als Kind von meinem Elternhaus beeinflusst. Die Eltern waren nicht sonderlich religiös; zwar hatte meine Mutter in jugendlichen Jahren Kindergruppen in christlichem Sinne in einer sogenannten Sonntagsschule mit erzogen und mein Vater hatte in seiner ostpreußischen Heimat die Bibelkunde als Hauptfach in der Schule erfahren. Die Eltern wurden kirchlich getraut, sind aber später aus der Kirche ausgetreten. Ich selbst habe den Konfirmandenunterricht besucht, bin aber, mehr der Zeitumstände 1945/1946 wegen, nicht eingesegnet worden.

Zu meinen frühesten Erinnerungen, ich war gerade sechs Jahre alt geworden, gehört das Ereignis der „Kristallnacht" im November 1938. Bereits am Tage hatten Nazihorden Schaufensterscheiben von Geschäften jüdischer Eigentümer zertrümmert. Ich musste an der Hand meiner Mutter und voller Furcht die Zerstörungen in der König-Straße hinter dem Alexanderplatz miterleben. Dieses Ereignis hat sich bei mir tief eingeprägt. Kurz zuvor konnte noch die Schwester Martha meiner Mutter mit ihrem jüdischen Mann Leo nach China emigrieren. Onkel Leo hatte in Berlin eine Apotheke besessen, die an einen „arischen" Mitarbeiter übertragen werden musste. Unsere Familie wusste von dem Schicksal der in Deutschland verbliebenen Juden.

Ich erinnere mich auch noch an den 20. Juli 1944, an den Tag des Attentats auf Adolf Hitler. Meine Schwester, die als Sekretärin in Berlin arbeitete, kam heulend von ihrer Arbeit nach Hause. Sie heulte nicht wegen des Attentats auf Hitler, sondern weil das Attentat misslungen war. Meine Erziehung war eindeutig antifaschistisch und diese Einstellung werde ich bis zu meinem Lebensende beibehalten. Es entsetzt mich, wenn junge Leute heutzutage, die diese Zeit nicht erlebt haben, sich erneut den „Nationalsozialismus" als Ziel setzen.

Nach vier Jahren Grundschule in Malchow wechselte ich 1943 an die Oberschule in Weißensee, nachdem ich dort die Aufnahmeprüfung knapp bestanden hatte. Damals hieß die Schule, die mehrfach ihren Namen wechseln sollte, nach dem „Märtyrer" der Nazis „Günther Roß-Oberschule". Wie damals üblich handelte es sich um eine reine Jungenoberschule. Meine Eltern waren sehr stolz über den Erfolg und äußerten, dass sie für meine Bildung auch mehr Geld als das monatliche Schulgeld in Höhe von 20 Mark ausgeben würden. Für sie waren die 20 Mark viel Geld. Der Schulbesuch in Weißensee hatte noch nicht einmal richtig begonnen, als kriegsbedingt über die Verlagerung der Schule nach Finsterwalde entschieden wurde.

1942 begannen die Fliegerangriffe auf Berlin, die in der Folge immer heftiger wurden. Als Kind nahm man diese Situation in der ersten Zeit noch nicht so ernst. Wir Kinder betrachteten mit Neugierde die ersten wassergefüllten drei Bombenlöcher auf den Rieselfeldern unweit unserer Siedlung; in die Stadt fuhren wir nicht und konnten so am Anfang die Zerstörungen der Häuser nicht sehen. Erst bei einem Krankenhausaufenthalt in Weißensee konnte ich mir Vorstellungen von den Gefahren machen. Bei einem der nächtlichen Bombenangriffe musste ich das Donnern der Flugabwehrgeschütze und das Krachen der explodierenden Bomben miterleben. Eine Krankenschwester saß neben meinem Bett, sie sollte mich retten falls das Krankenhaus getroffen würde.

Meine unbeschwerte Kinderzeit fand damit langsam ein Ende. Was war denn schön vor dieser Zeit gewesen? Ich hatte eine unbeschwerte Kindheit mit interessanten Beschäftigungen. Der Vater meines zwei Jahre älteren Freundes Dieter, ein Ingenieur, hatte eine herzliche Zuneigung zu mir entwickelt, die damit zu erklären ist, dass ich seine Liebe zur Natur teilte, was er bei seinem Sohn vermisste. Er hoffte wohl inständig, dass sich mein Interesse auf Dieter übertragen ließe. Wir machten gemeinsame Ausflüge in die Berliner Umgebung um Pilze zu sammeln, vor allem aber galt unsere Leidenschaft den Schmetterlingen. Dieters Vater besaß eine umfangreiche

Sammlung einheimischer Schmetterlinge. Meine bis heute erhaltenen Kenntnisse über Pilze und Schmetterlinge verdanke ich dem Vater meines Freundes. Leider wurde meine Schmetterlingssammlung 1945 zerstört. Eine andere Beschäftigung, der ich gern nachging, war das Klavier spielen. Der 1943 fortdauernde Krieg bedeutete allerdings das Ende meines Unterrichts. Ich musste Berlin mit meiner Schule verlassen.

Die an Intensität zunehmenden Bombenangriffe auf Berlin und andere Großstädte in Deutschland führten zu der Anordnung, dass die dort befindlichen Schulen in weniger gefährdete Gebiete auszulagern sind. Ich fuhr mit den Schülern der Weißenseer Oberschule nach den Augustferien 1943 mit einem Kindertransport vom Anhalter Bahnhof nach Finsterwalde. Meiner Mutter liefen die Tränen nur so herunter, als sich der Zug in Bewegung setzte. Darüber war ich am meisten traurig, nicht wegen der Tatsache, in eine unbekannte Gegend oder ungewisse Zukunft fahren zu müssen. In Finsterwalde angekommen, versammelten sich die etwa fünfzig Schüler auf dem freien Platz vor dem Bahnhof und stellten ihre Koffer und Rucksäcke ab. Alle harrten auf Weisungen der Lehrer. Um die Schüler herum hatten sich viele Bewohner des Ortes angesammelt, die diese Szene beobachteten. Plötzlich trat aus dem Kreis der Zuschauer eine ältere Dame auf mich zu und fragte: „Möchtest Du mit mir kommen und bei mir wohnen?" Ich gab mein Einverständnis ohne zu zögern und hatte damit mein größtes Problem gelöst. Auf keinen Fall wollte ich mit anderen Schülern in ein Heim, in dem vermutlich die Disziplin der Hitlerschen Jugendorganisation herrschen würde. Damals wusste ich noch nicht, dass die Bevölkerung aufgerufen war, Schüler bei sich aufzunehmen. Auf diese Weise konnten noch weitere Schulkameraden privat untergebracht werden.

Frau Häßler, eine Studienratswitwe, erklärte mir später, dass sie mich wegen des freundlichen Eindrucks, den ich machte, gezielt aus der versammelten Schülerschar ausgewählt hatte. Nach wenigen Wochen wurde ich in ihren Bekanntenkreis integriert und durfte nach dem wöchentlichen Kaffeekränzchen mit den anderen Damen am Romméspiel teilhaben. Meine

Pflegemutter beaufsichtigte weder meine schulischen Aufgaben noch kümmerte sie sich glücklicherweise nicht um eine „nationalsozialistische Erziehung" in der Jugendorganisation. In Berlin konnte ich der Aufnahme ins „Jungvolk" durch die Evakuierung nach Finsterwalde entfliehen, dort vergaß man mich, ich nehme an versehentlich, zu rekrutieren. Ich habe daher niemals das „Braunhemd" (Uniformhemd der Hitlerjugend) getragen noch besessen. Der Schulbesuch in Finsterwalde wurde ab 1944 zunehmend beschwerlich. Das Schulgebäude war als Kriegslazarett eingerichtet worden, unser Unterricht fand deshalb in verschiedenen Räumlichkeiten, u. a. in Gaststätten statt, zwischen denen die Schüler entsprechend den Unterrichtsfächern pendeln mussten. In unserer Klasse waren nicht nur Berliner Schüler, sondern auch einige aus Finsterwalde. Bei den Lehrkräften handelte es sich vor allem um ältere erfahrene Lehrer, die nicht zum Kriegsdienst eingezogen worden waren. Ich erinnere mich leider nicht an alle Lehrer. Klassenlehrer waren bis Juni 1944 Dr. Heidlauf − zu dieser Zeit wurde ich von der ersten in die zweite Klasse der Oberschule versetzt − und danach Herr Drollinger. Unter „Allgemeiner Beurteilung" meines Versetzungszeugnisses heißt es: „Seine sorgsame und gleichmäßige Mitarbeit ist sehr anzuerkennen. Die Gesamtleistungen sind befriedigend und besser". An den Englischlehrer, dessen Name ich vergessen habe und die Sportlehrerin Frau Käthe Anders erinnere ich mich sehr gut. Eines meiner Lieblingsfächer war Englisch, wie ich es nannte: die „Sprache des Feindes". Viel Freude machte mir auch der außerschulische „Modellbau", bei dem wir z. B. Schiffe aus Sperrholz unter Leitung von Klassenlehrer Drollinger bauen durften. Direktor der Schule war bis Ende des Krieges der Ober-Studiendirektor Dr. Hölzel, den ich wegen einer mir verpassten Backpfeife nicht vergessen kann. Unter den Schülern, die mit mir in derselben Klasse in Finsterwalde waren, sind es nur wenige, die bis zum Abitur 1951 die Weißenseer Schule besuchten. Ich erinnere mich an Lothar Leese und Günter Rehberg.

Im Sommer 1944 musste ich mein Quartier wechseln, da meine elf Jahre ältere Schwester mein Schlafen auf einem zu kurzen alten Kanapee in dem kleinen Zimmer der alten Dame als nicht mehr zumutbar für ihren schnell wachsenden

Bruder empfand. Ich zog in eine Kammer der Gaststätte „Weißer Schwan". Das Leben im Bereich der Gaststätte war mir neu und interessant. Meine Hausaufgaben machte ich nachmittags im Gastraum, wenn es dort noch leer war. Mittagessen und Brausegetränke erhielt ich kostenlos. Mein Zimmer wurde vom Dienstmädchen in Ordnung gehalten. Das bei meiner Pflegemutter erlernte Strümpfe stopfen und Knöpfe annähen entfiel auch, so dass mir viel Zeit blieb, in der Städtischen Bibliothek zu stöbern. Vom Bombenkrieg wurde Finsterwalde verschont.

Von Finsterwalde fuhr ich regelmäßig in den Ferien und manchmal an Wochenenden mit dem Zug zu meinen Eltern nach Berlin. Glücklicherweise war ich bei einem Tagesangriff, der mehrere Häuser unweit der elterlichen Wohnung durch Bomben zerstört bzw. schwer beschädigt hatte, nicht in Berlin. Einen Tag später sah ich dann die Zerstörungen, vor allem auch in der Mitte der Stadt, was mich sehr nachdenklich und traurig machte. Leider musste ich jedoch bei meinen Berlin-Aufenthalten mehrere Luftangriffe erleben.

Im Januar 1945 war die Front im Osten bedenklich näher gerückt, und täglich fuhren überfüllte Züge mit Flüchtlingen aus Schlesien über Finsterwalde in Richtung Westen. Meine Mutter kam am 30. Januar, um mich nach Berlin zurück zu holen. Wir packten alle Sachen ein, die wir tragen konnten und begaben uns zum Bahnhof. Unvergesslich ist mir der Anblick der toten und kranken Menschen geblieben, die aus dem überfüllten Zug herausgetragen wurden. Unsere Fahrt verlief mit stundenlangen Unterbrechungen, in Zossen wegen Fliegeralarms. Erst gegen Mittag des 31. Januar kamen wir am Anhalter Bahnhof an, der zu dieser Zeit noch nicht in Trümmern lag.

Die Wintermonate bis Ende März 1945 waren ohne regelmäßigen Schulunterricht. Die zurückgekehrten Schüler hatten sich in der Oberschule in Weißensee zu melden, aber der Unterricht fiel meist aus, zumal auch kaum Lehrer zur Verfügung standen.

In Malchow war Ende März in stillen sternenklaren Nächten aus östlicher Richtung Geschützdonner zu hören. Am Horizont waren Lichtblitze schwach erkennbar. Die russischen Truppen standen an der Oder.

Am 19. April 1945 flogen die ersten Artillerie- und Panzergranaten über unsere Köpfe und schlugen am Stadtrand von Berlin ein. Mit meinem Vater lag ich dabei flach auf dem Boden unseres Gartens. Wir waren gerade damit beschäftigt, einige Gegenstände, wie Porzellan und Bestecks, in der Kompostgrube des Gartens einzugraben. Mein Vater kannte die Gepflogenheiten russischer Soldaten aus ihrem Einmarsch im 1. Weltkrieg in Ostpreußen, wo alles, was transportabel war, geplündert worden war. Nach unruhiger Nacht, die wir im Keller unseres Hauses zugebracht hatten, sah ich am Morgen, von unserem Stubenfenster aus, auf der Straße unserer Siedlung einen Panzer heran rollen. Ich nahm an, dass er zur Vorhut der zurückströmenden deutschen Truppen gehörte. Vor unserem Haus hielt der Panzer, es sprangen uniformierte Männer heraus. Russen! Schon donnerten sie an die Tür, die ich öffnete. Hinter mir kamen meine Eltern. Das Erste, was sie sagten, war: „Gitler kaputt". Explodierende Granaten in unserer Umgebung ließen uns annehmen, dass wir von Berlin aus unter Beschuss der deutschen Truppen waren. Als wir nach zwei Tagen und zwei Nächten erstmals nach dem Einmarsch der Russen das Haus verlassen konnten, sahen wir das Ausmaß der Verwüstungen. Auf der Straße lagen tote Pferde, frisch aufgeworfene Erdhügel zeigten uns, dass Menschen umgekommen waren, und verschiedene Häuser hatten große Einschusslöcher.

Am 8. Mai erschreckte uns erneut heftiger Geschützdonner. Da die Tage zuvor bei uns Ruhe herrschte, nahmen wir an, dass erneut Kämpfe ausgebrochen seien. Erst unsere russischen Wohnungsbesetzer klärten uns auf, dass es Salutschüsse seien, die das Ende des Krieges begrüßen. Die ersten Wochen nach dem Einmarsch der Russen können als anarchisch bezeichnet werden. Bei uns gab es, wie in den meisten besetzten Orten keine ordnenden Strukturen mehr. Die der Nazipartei angehörenden Beamten waren fast ausnahmslos verhaftet und an unbekannte Orte verbracht worden. Für Recht und Ordnung waren die russischen Kommandanturen verantwortlich.

Ende Mai 1945 begann wieder langsam der Schulbetrieb. Da von Malchow nach Weißensee noch keine Busse verkehrten, musste ich den etwa vier Kilometer weiten Weg hin und zurück laufen. Unser schönes Schulgebäude in der Woelckpromenade war zu dieser Zeit auf Grund von Einquartierungen und von Kriegsschäden vorerst nicht nutzbar. Der Unterricht fand deshalb bei schönem Wetter im Freien statt, alternativ wurden abgestellte Straßenbahnwagen als Klassenzimmer genutzt. Diese Wagen waren auf den damals noch vorhandenen Schienen der Schönstraße deponiert, da der Straßenbahnverkehr in Berlin erst wieder in Gang gebracht werden musste. Erst nach einigen Wochen wurde vorübergehend ein Schulgebäude in der Behaimstraße bezogen, in dem der Unterricht in zwei Schichten stattfand. Am 31. VIII. 1945 erhielten wir das erste „Nachkriegszeugnis". Es trägt die Überschrift „Mitteilung", die an meinen Vater gerichtet ist. Als Schule ist angegeben: „Reform-Realgymnasium mit Oberrealschule, Berlin-Weißensee, Woelckpromenade 38". Meinem Vater wird mitgeteilt: „Günther Pasternack Kl. 2r ist lt. Konferenzbeschluss vom 27. VIII. 45 nach Klasse 3r versetzt worden". Unterschrieben haben die Mitteilung der Studiendirektor Tilsner und der Klassenleiter Gogeißel.

Mein Vater trat 1945 sehr frühzeitig wieder seine Arbeit in der Maschinenfabrik an, wo er neben den Demontagearbeiten auch an den Aufräumungsarbeiten zur Beseitigung der Kriegsschäden beteiligt war. Trotz seines Einkommens war die Ernährungssituation miserabel. Da unser Garten am Haus zum Anbau von Kartoffeln und Gemüse nicht ausreichte, nahmen wir uns ein Stück Brachland dazu, auf dem ursprünglich unsere Siedlung erweitert werden sollte. Heute stehen dort die Hochhäuser des Bezirks Hohenschönhausen. Mit meinem Vater hatte ich damals etwa 2500 qm Land mit dem Spaten zu bearbeiten. Unser „landwirtschaftlicher Betrieb" lohnte sich, ab 1946/1947 hatten wir ausreichend Kartoffeln, Mais und Gemüse für uns und zum Tausch gegen andere Produkte. Wie oft lag ich auf den Knien im Sand, um das Unkraut aus den Mohrrübenbeeten zu ziehen oder Maiskulturen und andere Beete frei zu hacken. Nach der Schule musste ich regelmäßig in der „Landwirtschaft" hart arbeiten.

Wie oft hatte ich mir geschworen, später niemals „gärtnern"
zu wollen.

Trotz der knapp bemessenen Zeit für die schulischen Aufgaben wurde ich am Ende des Schuljahres 1945/1946 in die 4.
Klasse versetzt. Mein Zeugnis war recht mittelmäßig. Ich hatte in Biologie sogar ein „mangelhaft" (hat niemand bemerkt,
als ich 1982 Direktor des Zentralinstituts für Molekularbiologie wurde) und in „Ordnung" ein „genügend". Erstmals erscheint unter „Fremdsprachen" das Fach Russisch. Das Fach
wurde von fast allen Schülern heftig abgelehnt, es kam sogar
zum Boykott der Unterrichtsstunden. Ich selbst stand dem
„Russisch" auch erst kritisch gegenüber. Unser Russischlehrer
Herr Hantzsch, ein ehemaliger „Wolgadeutscher", der die
russische Sprache wie eine Muttersprache beherrschte, verstand es aber die Meinungen zu ändern. Ich bin ihm für die
Vermittlung der Sprachkenntnisse noch heute dankbar, sie
waren eine wichtige Grundlage für die Kommunikation mit
meinen russischen Kollegen während meiner vielen Aufenthalte in der Sowjetunion.

Auf dem Zeugnis des Schuljahres 1945/1946 heißt es noch
„Oberschule für Jungen". Im Verlauf des folgenden Schuljahres 1946/1947 war die Koedukation von Jungen und Mädchen vollzogen. Unter „Name der Schule" erscheint jetzt die
Bezeichnung „Vereinigte Oberschulen für Jungen und Mädchen". Für die Schüler war der gemeinsame Unterricht prob-
lemlos und er wurde damit wesentlich interessanter als zuvor.
Wenig Verständnis für die Koedukation hatte nur eine Lehrerin, Fräulein Conrad, eine ältere Dame, die mit den Mädchen
an die Vereinigten Oberschulen wechseln musste. Um sie zu
provozieren, setzten sich die Schüler einmal paarweise vor
dem Unterricht auf die Zweierbänke, was Fräulein Conrad
außerordentlich verärgerte. Ihr Lehrinhalt zum Deutschun-
terricht entsprach auch nicht mehr den veränderten Zeitum-
ständen. Agnes Miegel, die mit Sagen, Mythen und Heimat-
erzählungen dem Nationalsozialismus nahe stand, war ihre
Lieblingsschriftstellerin. Fräulein Conrad liebte auch die
Nordischen Sagas, die skandinavischen Erzählungen des Mit-
telalters, von denen wir erstmals hörten und die uns besonders interessierten. Bei aller Voreingenommenheit der Schü-

ler gegenüber Fräulein Conrad und ihrem Unterrichtsstil tolerierte die Klasse, wenn sie morgens ihre erste Stunde mit einem Gebet eröffnete. Fräulein Conrad wurde 1950 fristlos entlassen. Der von uns ausgelöste Schulstreik, der dieser Relegation folgte, ist von den anderen ehemaligen Klassenkameraden ausführlich erwähnt.

Wahrscheinlich war es der Schulstreik, der uns am Ende des 11. Schuljahres eine böse Überraschung bereitete. Das Schulamt hatte beschlossen, alle Schüler vor den Sommerferien einer Jahresabschlussprüfung durch eine Kommission zu unterziehen. Der Kommission gehörten neben dem Direktor der Schule 1 oder 2 Lehrer und mehrere Schulamtsvertreter an. Die Prüfungen zogen sich vom Morgen bis zum frühen Abend hin. Im Ergebnis blieben von den etwa vierzig Schülern der beiden sprachlichen und naturwissenschaftlichen Zweige der Oberschule nur etwa die Hälfte übrig, die anderen Klassenkameraden mussten die Schule verlassen. Daraus ergab sich die Zusammenlegung der zu versetzenden Schüler zu einer einzigen Abiturklasse. Ich selbst wurde bei der Prüfungsprozedur „vergessen", möglicherweise weil ich wegen meiner „Arbeiterherkunft" ein Privileg besaß. Die ganztägige Prüfungsangst blieb mir aber nicht erspart, da ich vorher nichts von der Entscheidung erfuhr.

In der Zeit von 1948 bis 1950 war die „Umerziehung" der Schüler zu „fortschrittlichen Menschen" im Sinne der sowjetischen und der von ihr abhängigen ostdeutschen Politik noch nicht erreicht worden. Das Fach „Gegenwartskunde", das uns an die aktuelle Politik heranführen sollte, erscheint erstmals 1949/1950 auf dem Zeugnis. Die DDR war gerade gegründet und sollte sich zu einem sozialistischen Staat nach dem Modell der Sowjetunion entwickeln. Unserem Lehrer in Gegenwartskunde fehlte zwar ein Quäntchen Allgemeinbildung, dafür besaß er die gewünschte politische Überzeugung. Er hatte es schwer bei uns. Der Unterricht bei ihm begann immer mit einer sogenannten Zeitungsschau, bei der die Schüler politische Meldungen aus den Berliner Tageszeitungen zitieren sollten. Selbstverständlich sollten die Zitate aus den „fortschrittlichen" Ostberliner Zeitungen stammen. Wir ärgerten ihn erheblich, als wir auch Zitate aus den Westberliner

Zeitungen mit einbezogen und damit heftige Diskussionen zum Thema „Objektivität der Presse" und „Meinungsbildung" auslösten. Vielleicht wurde die Zeitungsschau aus diesen Gründen bald abgeschafft und wir mussten uns mit dem „Kommunistischen Manifest" befassen.

Ob unseren Lehrern klar war, was für einen Unsinn wir zum Ende unserer Schulzeit lernen mussten, kann ich heute noch nicht beurteilen. In Deutsch gehörte dazu Stalins „Die Entstehung der Sprachen", das Lesen sowjetischer Literatur, wie z. B. Ostrowskis Roman „Wie der Stahl gehärtet wurde", in Biologie die „Lyssenko-Lehren" oder die „Entstehung des Lebens aus unbelebter Materie" von Lepeschinskaja. Hervorragend war dagegen der Unterrichtsstand in den Fächern Mathematik, Physik und Chemie. Auch in englischer und russischer Sprache war der Unterricht vorzüglich. Mein Lieblingsfach war Chemie und ich träumte bereits in der 11. Klasse von einem Studium dieses Fachs. Ich hatte während meiner Schulzeit den Eindruck, dass ich, mit einer Ausnahme, nie Lieblingsschüler von Lehrern war. Ich bedaure das nicht. Bei der Ausnahme handelte es sich um unsere Chemielehrerin Frau Reich, die den Unterricht engagiert und interessant gestaltete. Sie spornte mich zu Höchstleistungen an und bewertete die von mir erzielten Ergebnisse bis zum 11. Schuljahr stets mit „sehr gut". Meine Hoffnung auf dem Abiturzeugnis gleichfalls ein „sehr gut" zu erreichen zerschlug sich, als im 12. Schuljahr ein neuer Lehrer, Herr König, die Klasse in Chemie übernahm. Wir mochten uns nicht. Ich konnte mir vorstellen, dass ich mit den Noten „gut" in Biologie und Chemie Schwierigkeiten bei der Zulassung zum Studium haben würde. Bei meinem Abiturzeugnis mit mehrheitlich guter Bewertung in fast allen Fächern, aber ohne eine einzige Note „sehr gut", würden alle Betrachter zu dem Schluss kommen, dass ich ein durchschnittlicher Schüler im oberen Mittelbereich gewesen sein muss. Für mich war die Bewertung ohne Einfluss auf mein Selbstbewusstsein.

Die Zeit im Sommer 1951 nach dem Abitur hielt ich entscheidend für meinen weiteren Berufsweg. Mein ursprünglicher Studienwunsch für Chemie ging dann weder 1951 noch 1952 in Erfüllung. Auch meine, allerdings weniger ausgeprägten Interessen für Biologie oder Medizin, die ich auf dem Studienantrag vermerkt hatte, stießen auf Ablehnung. Stattdessen schlug man mir vor „Wirtschaftswissenschaften" oder „Pädagogik" zu studieren. Es blieb mir nach dem Abitur nichts weiter übrig, als eine Arbeitsstelle für ein Jahr zu suchen, in der die Chemie eine Rolle spielte. Mit viel Glück fand ich eine Praktikantenstelle im Institut für Medizin und Biologie in Berlin-Buch. Was ich in meinem Praktikantenjahr gelernt hatte, waren nicht nur die Handgriffe und Kniffe der Technischen Assistentinnen in einem biologischen Forschungslabor und die Tierversuche, sondern auch grundlegende Erkenntnisse der Krebsforschung. Ich ahnte damals noch nicht, dass der erhaltene Einblick in die Forschung für mein späteres Arbeitsleben entscheidend war.

Die erneute Studienablehnung durch die Humboldt-Universität 1952 erzeugte eine gewisse Panik in mir; die Universität schien mir verschlossen zu bleiben. Ich wollte auf alle Fälle studieren. Als einzige Möglichkeit bot sich ein Mineralogie-Studium in Greifswald an. Ich ließ mich Anfang September 1952 immatrikulieren und hoffte, nach dem 2. Studienjahr innerhalb der Mathematisch-Naturwissenschaftlichen Fakultät zur Chemie wechseln zu dürfen. Es kam jedoch anders. Nach zwei Monaten „Mineralogie" in Greifswald erhielt ich aus Berlin die Anfrage, ob ich nicht Medizin studieren wolle. Meine Entscheidung zuzusagen fiel mir nicht schwer, nicht aus besonderem Interesse für das Medizinstudium, sondern wegen der unhaltbaren Zustände für uns neu immatrikulierte Studenten in Greifswald. Private Unterkünfte durften ab 1952 nicht mehr gesucht werden, das Studentenheim war überfüllt und so mussten wir auf Stroh kampieren, das wir vorher in ein leerstehendes Gebäude tragen mussten. In einem einzigen Zimmer, das weder Schränke noch Tische besaß, kampierten wir zu siebt mit unseren Koffern auf dem strohbedeckten Fußboden. Die hygienischen Verhältnisse waren katastrophal. Kollektives Lernen war angesagt, und um 22 Uhr hatte jeder Ausgang beendet zu sein, da das „Heim" zu dieser Zeit geschlossen wurde. Das wäre alles noch zu ertragen gewesen, wenn sich nicht nach wenigen Tagen Massen von Flöhen im Stroh „eingenistet" hätten, die gegenüber DDT offensichtlich ziemlich resistent waren.

Unsere Situation in Greifswald war der Grund, weshalb ich Medizin in Berlin studiert habe. Ich machte mir bei meinen Überlegungen große Hoffnungen, über das Medizinstudium zur Biochemie zu gelangen.

Mein Medizinstudium an der Humboldt-Universität bis 1957 ist mir in bester Erinnerung. In dieser Zeit herrschte noch eine gewisse Freizügigkeit im studentischen Leben, wenngleich vermehrt Merkmale eines Schulbetriebes eingeführt wurden und die Politisierung allgemein zunahm. Die offene Grenze nach Westberlin ermöglichte auch dort vielfältige Unternehmungen, wie Teilnahme an kulturellen Veranstaltungen, Theater und Kinobesuche, die Benutzung von Bibliotheken. In fachlicher Hinsicht wuchs mein Interesse an medizinischer Forschung.

Mein privates Leben veränderte sich in den Jahren des Studiums. Im Sommer 1953 hatte ich meine ehemalige Schulkameradin Luise Möller, mit der ich mich nach meinem Abitur kurzzeitig angefreundet hatte, in der Nähe der Universitätsinstitute getroffen. Sie hatte zwei Jahre nach mir an derselben Schule ihr Abitur gemacht und danach ein Studium an der Landwirtschaftlich-Gärtnerischen Fakultät begonnen. Aus der Begegnung entwickelte sich mit der Zeit mehr als eine Freundschaft und wir heirateten 1957. Wir blicken jetzt auf mehr als fünfzig gemeinsame Jahre zurück.

Mein Wunsch auf eine Promotionsarbeit im Biochemischen Institut ging nicht in Erfüllung. Der Direktor des Instituts, Prof. S. M. Rapoport, wies meine Bewerbung ab. Im Institut für Medizin und Biologie in Berlin-Buch, wo ich meine einjährige Praktikantenzeit absolviert hatte, war ich dagegen erfolgreich. Ich erhielt von dem bekannten Krebsforscher Prof. Arnold Graffi ein Promotionsthema, das experimentelle physiologische und biochemische Aspekte zum Inhalt hatte. Ich begann 1956 in der Abteilung Biologische Krebsforschung mit ersten Experimenten, die ich nach dem Staatsexamen an dem Institut bis zur Promotion 1959 fortsetzen konnte. Immunvorgänge bei der Krebserkrankung wurden zum Schwerpunkt meiner Interessen. Mein Chef hatte viel Verständnis für meine Vorstellungen zu tumorimmunologischen Untersuchungen und ermöglichte mir zunächst im

„Ein-Mann-Labor" und in den folgenden Jahren mit mehreren wissenschaftlichen und technischen Mitarbeitern die experimentelle Umsetzung meiner Ideen. Während anfangs tierexperimentelle Studien dominierten, wurden in den siebziger Jahren vor allem diagnostische Untersuchungen an Krebspatienten durchgeführt. Im Vordergrund der Untersuchungen standen bestimmte Formen von Leukämien. Außerordentlich tragisch war, dass unser ältester Sohn an Leukämie sterben musste.

Zu meiner akademischen Laufbahn gehören die Habilitation 1965 an der Humboldt-Universität, die Anerkennung als Facharzt für Mikrobiologie und die Ernennung zum Professor an der Akademie der Wissenschaften. Veröffentlichungen der Forschungsergebnisse in Zeitschriften nicht nur in der DDR, sondern vor allem in der Englisch-sprachlichen wissenschaftlichen Literatur, z. B. in Großbritannien und den USA, führten zu Einladungen in die Krebsforschungszentren fast aller ost- und westeuropäischen Länder und in die USA und nach Argentinien. Der Mauerbau 1961 war mit einem großen Einschnitt in unserem Leben verbunden. Meine Frau, die inzwischen ein Biologiestudium an der Freien Universität in Westberlin nahezu abgeschlossen hatte und an ihrem Diplom am Institut für Genetik arbeitete, war von ihrer Arbeitsstätte abgeschnitten. Die Zuerkennung des Diploms durch die FU und die spätere Promotion an der Humboldt-Universität war mit enormen zeitlichen und psychischen Belastungen für sie verbunden. Ende der sechziger Jahre konnte ich dann mit meiner Frau gemeinsam in der Krebsforschung arbeiten. Meiner Frau wurden jedoch wissenschaftliche Aufenthalte in westlichen Labors verwehrt.

1970 wurde unser zweiter Sohn geboren.

Meine Funktion als Direktor des Zentralinstituts für Molekularbiologie endete nach sechs Jahren, als sämtliche Institute der Akademie Ende 1991 abgewickelt wurden. Ich hatte das Glück, meine Forschungen an Leukämien mit zellzüchterischen und gentechnischen Methoden in einer Klinik der Universität Heidelberg fortsetzen zu können. Die letzten acht Jahre meines Arbeitslebens bis kurz vor Vollendung meines 67. Lebensjahres, als ich die Forschungsarbeit freiwillig aufgab, betrachte ich als außerordentlich befriedigend, konnte ich doch meine Ideen weiter wissenschaftlich umsetzen und junge Ärzte für die Forschung begeistern und ausbilden.

Mehr als 250 Publikationen in Zeitschriften und Handbüchern stammen aus meiner Feder. Ich war Organisator oder Mitorganisator zahlreicher Tagungen und Kongresse in der DDR und im Ausland. Ich war Betreuer und Gutachter für viele Diplomanden und Doktoranden. Meine wissenschaftliche Arbeit wurde vielfältig gewürdigt: 1979-1984 Direktor des Forschungszentrums für Molekularbiologie und Medizin, 1980-1990 Vizepräsident des Rates für Medizinische Wissenschaft, 1982-1990 Mitglied des Forschungsrates der DDR, 1988 Auswärtiges Mitglied der tschechoslowakischen Akademie der Wissenschaften, 1988 Vorsitzender der Klasse Medizin der Akademie, 1988 Vizepräsident der „European Association for Cancer Research", 1973 Virchow-Preis der DDR, 1980 und 1985 Nationalpreise.

SUSANNE PRIEBE – V. CHAMIER
und
WALTER PRIEBE

Im September 1932 wurde ich, als erstes Kind und einzige Tochter in Berlin geboren, und knapp zwei Jahre später kam mein Bruder zur Welt. Auch unsere Eltern waren gebürtige Berliner und wuchsen in den Bezirken Reinickendorf, Wedding und Charlottenburg auf. Mit uns Kindern zogen sie an den grünen Stadtrand von Berlin nach Hohenschönhausen, wo wir in einer großzügig angelegten Neubausiedlung wohnten. Meine Eltern, damals Mitte Zwanzig, hatten beide eine kaufmännische Lehre abgeschlossen. Während mein Vater in seinem Beruf weiterhin tätig war, gab meine Mutter ihre Berufstätigkeit auf und betreute uns Kinder fünf Jahre lang liebevoll zu Hause. Als mein Bruder und ich das Kindergartenalter erreicht hatten, nahm meine Mutter ihre Tätigkeit als Sekretärin in einer großen Firma wieder auf. An den Wochenenden fanden regelmäßig Familientreffen bei den Großeltern statt, sodass der Kontakt zwischen allen Familienangehörigen erhalten blieb. Besonders beliebt bei uns Kindern waren im Sommer die Besuche im Garten unseres Großvaters.

Mit dem Beginn des 2. Weltkrieges im September 1939, endete für meinen Bruder und mich jäh und endgültig die Zeit unserer geborgenen und wohl behüteten Kindheit. Ich erinnere mich noch sehr genau an den 1. September 1939, als der Kriegsbeginn mit dem Einmarsch deutscher Truppen in Polen, über das Radio verkündet wurde. Wir befanden uns damals gerade beim Vormittagseinkauf im Gemüseladen, als wir diese Meldung hörten. Alle Frauen in dem Laden begannen zu weinen und umarmten sich und wir Kinder, damals fünf und sieben Jahre alt, schauten fassungslos zu. Doch bald sollten wir selbst erfahren, was Krieg für die Menschen bedeutet. Unsere Eltern hatten als Kinder beide in Berlin den 1. Weltkrieg mit Hunger und Elend erlebt. Mein Großvater väterlicherseits fiel 1914 gleich zu Beginn des Ersten Weltkrieges in Frankreich. Zusammen mit seiner Schwester wuchs mein Vater vaterlos auf, und seine Mutter hat mit großer Aufopferung die beiden Kinder allein großgezogen.

1940 wurde unsere kleine Familie total auseinander gerissen. Anfang 1940 wurde mein Vater zum Militär eingezogen und blieb bis zum Kriegsende Soldat und geriet danach in Holland in Kriegsgefangenschaft. In Berlin erlebten wir 1940 die ersten Bombenangriffe im Luftschutzkeller bzw. im Luftschutzbunker, spürten die Erde unter unseren Füßen beben und hörten das Dröhnen der Bombeneinschläge in der Nachbarschaft. Im Herbst 1940 wurden mein Bruder und ich nach Bad Sulza in Thüringen evakuiert, wo wir in getrennten Familien über wechselnde Zeiträume bis 1945 untergebracht waren. Dort besuchten wir die Grundschule jeweils bis zu 4. Klasse und nachfolgend die Hauptschule des Ortes. Obwohl wir einige Schulfreundschaften schlossen, entwickelten wir dort in all den Jahren kein Heimatgefühl, sondern hofften sehnsuchtsvoll auf die Rückkehr in unsere Heimat.

Gegen Ende 1940 wurde meine Mutter mit ihrer Firma nach Bialystok in Polen dienstverpflichtet. Erst mit der Geburt unseres kleinen Bruders im Jahre 1944 war es ihr erlaubt, nach Deutschland zurückzukehren und zu uns nach Bad Sulza zu kommen. Wir erhielten dann von der Stadtverwaltung eine Notunterkunft zugewiesen, wo wir zusammen wohnen konnten. Im Mai 1945 marschierten in Thüringen die amerikanischen Truppen ein. Später wurde Thüringen der sowjetischen Besatzungs-Zone zugeordnet.

Im Herbst 1945 wurde mein Vater aus der holländischen Kriegsgefangenschaft entlassen und kam zu uns nach Bad Sulza und wir kehrten – nunmehr als wiedervereinte Familie – umgehend in unsere, in Trümmern liegende und hungernde Heimatstadt Berlin zurück. Dort fanden wir unsere Wohnung ausgeplündert und mit fremden Menschen belegt vor. Es nahm noch eine längere Zeit in Anspruch, bis wir ein annähernd geregeltes Leben führen konnten, doch wir waren alle überglücklich, dass endlich wieder Frieden in unserem Land eingekehrt war und wir wieder zusammen leben konnten. Das größte Problem war zu dieser Zeit die Nahrungsbeschaffung. Wir erhielten zwar Lebensmittelkarten, die jedoch nicht ausreichten, um unseren permanenten Hunger zu stillen. So versuchten meine Eltern, durch sogenannte Hamsterfahrten in das Umland von Berlin, etwas zusätzliche Nahrung aufzutreiben.

Allmählich regelten sich unsere Lebensabläufe. Mein Vater erhielt eine staatliche Genehmigung zur Ausübung eines Großhandels für Drogerie-Artikel, der sich langsam entwickelte. Später wurde ihm diese – mit der zunehmenden Verstaatlichung des Handels – wieder entzogen. So musste sich mein Vater beruflich neu orientieren und suchte längere Zeit nach einer geeigneten Arbeit. Schließlich nahm er bei der Wohnungsverwaltung in Hohenschönhausen eine Tätigkeit als Verwalter an. Meine Mutter nahm bei der DWK[9] eine Stellung als Sekretärin an

1945 im Herbst begannen wir beiden älteren Geschwister mit dem Oberschulbesuch in der Woelckpromenade in Berlin-Weißensee. Als ich am ersten Tag meines Schulbesuches von der Lehrerin in meine neue Klasse geführt wurde, forderte sie mich auf, mir einen freien Platz zu suchen. Ich schaute mich um und entdeckte den leeren Platz neben Ingrid und fragte

[9] Deutsche Wirtschaftskommission

sie, ob ich mich neben sie setzen dürfte, was sie bejahte. Von diesem Augenblick an begann unsere vertrauensvolle und innige Freundschaft, die bis heute- über 65 Jahre hinweg- unverändert besteht. Wir lernten viel gemeinsam, besonders vor den Klassenarbeiten, denn durch die vielen Schulausfälle in den Kriegsjahren gab es viel Lernstoff nachzuholen. Wir erzielten dabei gut durchschnittliche Leistungen und unternahmen auch in unserer Freizeit vieles gemeinsam. Es gab anfangs zwei Oberschulen, die im wöchentlichen Wechsel jeweils vormittags und nachmittags ihren Unterricht durchführten. Da mein Bruder die 1. Oberschule und ich die 2. Oberschule besuchten, konnten wir abwechselnd unseren kleinen Bruder hüten, während unsere Eltern berufstätig waren. Später besuchte er dann den Kindergarten.

1949-1950 in der 11. Klasse wurden ein Schüler der Parallelklasse und ich zu Schülersprechern vom Schülerparlament gewählt. Im April 1949 fand in Paris, mit dem Symbol der Friedenstaube von Picasso, ein Friedenskongress statt. Anknüpfend daran nahmen wir an Demonstrationen für den Frieden in Ost- und West-Berlin teil. Bei einer solchen Gelegenheit wurden wir vor dem Rathaus Schöneberg von der Polizei aufgegriffen. Auch ich wurde festgehalten und musste die Nacht in einer Einzelzelle verbringen. Am nächsten Morgen wurde ich dann von meinen Eltern wieder nach Hause geholt. Das Schülerparlament befasste sich mit einem weiteren Problem-Thema und das war der Weggang vieler erfahrener und gut ausgebildeter Lehrkräfte, deren Ersatz durch unerfahrene Junglehrer erfolgte. Die fristlose Entlassung einer älteren Lehrerin 1950 gab dann den Anlass dazu, einen Schülerstreik auszurufen, an dem wir beiden Schülersprecher maßgeblich beteiligt waren. Wir wurden zu einer sofort einberufenen Lehrerkonferenz, an der auch der zuständige Stadtrat teilnahm, gerufen und trugen unser Problem vor. Man machte uns verbale Zugeständnisse und versprach für die Zukunft einen besseren Dialog zwischen Lehrern und Schülern. Daraufhin beendeten wir den Schülerstreik.

In der Folgezeit kam es dann allerdings zu einer allgemeinen Umstrukturierung der Schule und zu zahlreichen Entlassungen von Schülern sowie von Zusammenlegungen von Klassen. So wurde nur noch eine Klasse zum Abitur geführt und die Abiturklasse somit neu zusammengestellt. Hier lernte ich Walter, einen neuen Mitschüler und ein Jahr älter als ich kennen, mit dem ich mich befreundete. Jahre später heirateten wir und feierten 2006 unsere Goldene Hochzeit. Diese eben gemachte Bemerkung war lediglich ein kleiner Vorgriff auf unseren späteren gemeinsamen Lebensweg. Wir lernten viel zusammen, um einen guten Abitur-Abschluss zu erreichen, damit wir zum Studium zugelassen werden konnten. Beim Schreiben dieses Berichtes kam mir unwillkürlich das Hausaufsatz-Thema: "Lernt Leben!", in den Sinn, das uns unser Deutschlehrer Dr. Hering, aufgegeben hatte. Dieses Thema hat mich damals sehr beschäftigt und nachdenklich gemacht.

Walter wohnte mit seinen Eltern und Geschwistern in Berlin-Malchow. Sein Vater war Karusselldreher bei der Firma Niles, die der Familie Jahre zuvor eine Siedlungshaushälfte zum Kauf überlassen hatte. Seine Mutter umsorgte die Familie. Sein Vater wurde während des 2. Weltkrieges von seiner Firma kriegsdienstverpflichtet und nicht zum Militär eingezogen. So blieben seine Eltern während des gesamten Krieges in Berlin. Walter, der älteste und seine beiden jüngeren Geschwister wurden an unterschiedliche Orte evakuiert. Walter wurde 1940-1941 nach Österreich zu einem Kleinbauern – zugleich Briefträger – evakuiert und lernte dort die Lebensweise auf dem Lande kennen. Die Dorfschule vereinigte damals die 1. bis 4. Klasse. Von 1942 bis 1943 hielt er sich wieder bei seiner Familie in Berlin auf, besuchte dort die Grundschule und erlebte im Bunker die Luftangriffe und den Bombenhagel auf Berlin, wobei auch mehrere Einschläge sein Elternhaus trafen. 1943-1944 wurde er nach Ostpreußen auf ein Gut evakuiert und dort später auf einem Bauernhof untergebracht, wo die älteren Schüler, zusammen mit den Kriegsgefangenen zur Feldarbeit herangezogen wurden. Schulunterricht gab es kaum. 1944-1945 war er, als Schüler der Schulfarm-Scharfenberg von Berlin, auf der Insel Rügen untergebracht. Auch hier leistete er zusammen mit anderen Internats-Schülern Feldarbeit, da es an männlichen Arbeitskräften mangelte. Schulunterricht wurde auch dort nur selten abgehalten. Von dort aus wurden die Internats-Schüler ost-wärts nach Hinterpommern in die Nähe von Kolberg trans-portiert. Bald darauf wurden sie, von der herannahenden Ostfont getrieben, in Güterwagen wieder westwärts nach Mecklenburg gebracht. Dort wurden sie bis zum Einmarsch der Roten Armee im Mai 1945 kurzfristig auf einem Gutshof in Wichmannsdorf untergebracht. Das Internat wurde dann aufgelöst und Walter blieb als einziger Schüler zurück. Er leb-te bis zum Sommer 1945 bei dem Dorfschmied und seiner Familie, wo er auch bei der Feldarbeit half, da sich die er-wachsenen Söhne der Familie noch in Kriegsgefangenschaft

 befanden. Im Spät-sommer 1945 kehrte er dann zu seiner Fa-milie nach Berlin zu-rück und wurde eben-falls, so wie ich, Schü-ler der Oberschule in Weißensee an der Woelck-promenade. Allerdings besuchte er bis zum Ende der 11. Klasse eine Parallel-klasse und wir trafen erst in der 12. Klasse zusammen. Seinen Schulweg legte er meistens mit seinem Freund Gerd zurück, mit dem er auch außerhalb der Schule vieles unternahm.

1951 bestanden wir beide das Abitur und bewarben uns, un-serem späteren Berufswunsch entsprechend, beide an der Medizinischen Fakultät der Humboldt-Universität in Berlin, wo wir zum Herbst 1951 immatrikuliert wurden. Wir waren fleißige Studenten, lernten viel im Gruppenverband, denn nur mit guten Noten konnten wir ein Stipendium erhalten. So waren wir nicht auf eine Nebentätigkeit zu unserem Le-bensunterhalt angewiesen.

1956 beendeten wir unser Studium mit dem Staatsexamen und promovierten beide, unmittelbar danach, zum Doktor der Medizin. Zum Jahresende 1956 heirateten wir unter großer Anteilnahme der Familie beider Seiten.

Im Januar 1957 begann unsere Pflichtassistentenzeit. Zu deren Durchführung unterlagen wir einer staatlichen Lenkung und wurden so dem Kreiskrankenhaus in Bad Freienwalde zugeteilt. Wir durchliefen dort die vorgeschriebenen Abteilungen wie Innere Medizin, Chirurgie mit Geburtshilfe sowie in der Kinderklinik die verschiedenen Stationen. Damit waren wir auf unseren späteren Berufsweg gut vorbereitet und erhielten Mitte 1958 die Vollapprobation als Assistenzärzte.

Im Sommer 1958 wurde unsere Tochter geboren und wir wechselten als Assistenzärzte an das Krankenhaus und Ambulatorium in Schwedt an der Oder. Mein Mann assistierte im Krankenhaus bei den Operationen, führte im Ambulatorium Sprechstunden durch und machte Hausbesuche. Darüber hinaus versorgte er medizinisch die dörflichen Außeneinrichtungen des Ambulatoriums. Jede zweite Nacht war er außerdem zur Rufbereitschaft für Notfälle eingeteilt.

Nach Ablauf meines Mutterschutzes führte ich Mütterberatungen in Schwedt sowie in den umliegenden Dörfern durch. Für die Zeit meiner beruflichen Abwesenheit wurde die Betreuung unseres Babys von einer vertrauenswürdigen jungen Frau übernommen.

1959 strebten wir unsere Facharzt-Ausbildung an und bewarben uns in unserer Heimatstadt Berlin am Krankenhaus Friedrichshain um Assistenzarzt Stellen.

Mein Mann erhielt eine Zusage für Innere Medizin an der Inneren Abteilung, die damals von Professor Dr. Brugsch geleitet wurde. Ich erhielt für das Fachgebiet der Kinderheilkunde eine Assistenzarzt Stelle an der Kinderklinik, damals unter der Leitung von Chefarzt Dr. Baba.

Wir kündigten unsere Anstellung in Schwedt an der Oder, und im Frühjahr 1959 erfolgte dann unser Umzug zurück nach Berlin.. Ich begann dann mit meiner Tätigkeit an der Kinderklinik in Berlin-Friedrichshain. Mein Mann erhielt vom Amtsarzt in Frankfurt/Oder keine Freistellung zur Facharztausbildung in Berlin, sondern wurde zur weiteren Arbeit am Krankenhaus und Ambulatorium in Schwedt verpflichtet. Zu dieser Zeit wurde er mehrmals aufgefordert in die SED einzutreten, was er jedoch ablehnte.

So musste ich allein mit meinem neun Monate alten Baby meine Tätigkeit als Assistenzärztin antreten, die mit Nachtdiensten zwischen zwei vollen Arbeitstagen verbunden war. Intensiv bemühte ich mich um einen Krippenplatz für mein Baby, stieß dabei aber überall auf Ablehnung. Als Ausweg aus dieser Situation brachte ich mein Baby vor Dienstantritt in der Klinik mit öffentlichen Verkehrsmitteln – Straßenbahn und S-Bahn – zu Verwandten nach West-Berlin und holte es nach Dienstschluss wieder ab. Wiederholte Anträge meines Mannes zur Freistellung zur Facharzt-Ausbildung in Berlin, mit ausdrücklichem Hinweis auf unsere schwierige häusliche Situation, stiessen weiterhin auf Ablehnung. Unter diesen Gegebenheiten sahen wir keine Zukunftsperspektive für unsere junge Familie und entschlossen uns zur Flucht nach West-Berlin. Die Trennung von unserer heimatlichen Umgebung, unter Zurücklassung unserer gesamten Habe, ist uns nicht leicht gefallen. Als mittellose Flüchtlinge aus Ost-Berlin haben wir dann in West-Berlin um Aufnahme gebeten. Dort erhielten wir eine unbefristete Aufenthalts- und Arbeitsgenehmigung. Durch die zunehmende Fluchtwelle von Bürgern aus Ost-Berlin und der DDR herrschte allgemeine Arbeitslosigkeit – auch bei Ärzten. Außerdem bestand ein erheblicher Wohnungsmangel, da die Kriegsschäden an den Häusern erst zum Teil beseitigt waren. Bei unseren Verwandten, die selbst in bescheidenen finanziellen und beengten Wohn-Verhältnissen lebten, fanden wir dennoch Aufnahme und allgemeine Unterstützung, soweit es ihnen möglich war. Vor allen Dingen halfen sie uns bei der Betreuung unseres Kindes, sodass wir uns umgehend um Arbeit bemühen konnten. Wir nahmen schwer zu besetzende Assistenzarzt-Stellen an. Mein Mann auf der Infektionsabteilung der Kinderklinik Wedding und ich in der Kinderpsychiatrie in Hermsdorf. Noch gegen Ende des Jahres 1959 begannen wir somit beide mit unserer Facharzt-Ausbildung.

Auch unsere Eltern und Geschwister beider Familien bekamen die Härten des DDR-Regimes zu spüren. Die Schwester meines Mannes heiratete 1956 einen Soldaten der Volksarmee, der freiwillig dort diente und in diesem Rahmen ein Jura-Studium absolvierte. Später nahm er die Position eines Staatsanwaltes in der DDR ein. Zu diesem Zeitpunkt arbeitete der Vater meines Mannes bei einer Firma in West-Berlin, was in vielen anderen Fällen üblich und keineswegs strafbar war. Aufgrund dieser Tatsache erhielt jedoch seine Schwester ein absolutes Kontakt- und Besuchs-Verbot zu ihrer gesamten Herkunfts-Familie, das bis zum Mauerfall im Jahre 1989 – über den Tod ihrer Eltern hinaus – erhalten blieb und der Familie großen Kummer bereitete.

Auch meine Eltern traf es hart, als meinem Vater seine langjährige Anstellung als Verwalter bei der Wohnungsgenossenschaft in Hohenschönhausen im Jahre 1958 gekündigt wurde. Als Grund dafür wurde ihm angelastet, dass er seinen jüngsten Sohn in West-Berlin auf das Schiller-Gymnasium zur Schule schickte, nachdem ihm – als einem der besten Schüler der 6. Abgangsklasse der Grundschule in Hohenschönhausen – die Aufnahme in ein Gymnasium verweigert wurde. Meinen Eltern war damit jegliche Existenzgrundlage entzogen und sie entschlossen sich – bereits vor uns – zur Flucht nach West-Berlin. Es dauerte einige Zeit, bis beide – bereits über 50 Jahre alt – in ihren Berufen wieder Arbeit fanden: mein Vater als Verwalter bei der Charlottenburger Baugenossenschaft und meine Mutter als Verwaltungsangestellte beim Gesundheits-Senator von West-Berlin, wo sie bis zu ihrer Berentung tätig waren.

Auch mein älterer Bruder wurde in Hohenschönhausen mehrmals Befragungen unterzogen, als er in West-Berlin sein Ausbildungspraktikum absolvierte. Seine Ausbildungsstätte vermittelte ihm daraufhin einen Platz zum Abschluss seiner Berufsausbildung in der Schweiz. Jahre später wanderte er dann in die USA aus, wurde amerikanischer Staatsbürger und arbeite dort über 20 Jahre lang als Gartenbauarchitekt bei der Stadt Philadelphia. Jeden Urlaub verbrachte er bei uns – seiner Familie – in Deutschland. Im Alter von 55 Jahren starb er auf tragische Weise in den USA. Seine Urne wurde auf dem Familiengrab in Berlin beigesetzt.

1960 konnten wir in Berlin-Charlottenburg in einer neu konzipierten Neubausiedlung eine 2½ Zimmerwohnung beziehen. In Charlottenburg wohnten bereits meine Eltern und meine Patentante, die Schwester meiner Mutter. Außerdem befanden sich dort ein Kindergarten, eine Grundschule, sowie ein Einkaufszentrum, wodurch das Alltagsleben der dort lebenden Familien wesentlich erleichtert wurde. Endlich, nach zwanzig Jahren, konnten wir wieder an einem Ort in liebevoller und vertrauensvoller Familienatmosphäre leben. Besonders glücklich war unsere Tochter über die liebevolle Zuwendung, die ihr in Wohnnähe von den Großeltern und der Großtante zuteil wurde. Bis zum Bau der Berliner Mauer war es auch Walters Eltern und seinem Bruder, die in Ost-Berlin lebten, möglich, uns in West-Berlin zu besuchen. Nach dem Bau der Berliner Mauer im Jahre 1961 mussten wir lange auf ein Wiedersehen warten. Längere Zeit später gab es Passierscheine für West-Berliner, um ihre Angehörigen in Ost-Berlin besuchen zu dürfen. In dem sogenannten Tränenpalast im S-Bahnhof Friedrichstraße fanden herzzerreißende Ankunfts- und Abschieds-Szenen statt. Später durften wir dann mit einem eigenen PKW die Grenze passieren, mussten dabei jedoch längere Wartezeiten und strenge Kontrollen – insbesondere bezüglich kleiner mitgeführter Geschenke – in Kauf nehmen.

Mein Mann und ich konnten nun ungehindert unseren Facharztausbildungen nachgehen. Mein Mann wechselte nach einjähriger Tätigkeit in der Kinderklinik an ein großes Krankenhaus für Innere Medizin in Tegel-Süd und durchlief dort sämtliche Abteilungen, wo ihm im Jahre 1965 die Facharztanerkennung für Innere Medizin erteilt wurde. Danach arbeitete er als angestellter Arzt im AOK[10]-Ambulatorium Wedding in einer großen Internen Praxis, wo ihm im Rahmen seiner Tätigkeit – zum gegenseitigen Erstaunen – des öfteren Patienten begegneten, die er aus den Tagen seiner Kindheit und Jugend in Ost-Berlin kannte. In der Einrichtung der AOK waren sämtliche Fachrichtungen vertreten: Allgemein-

---

[10] Allgemeine Ortskrankenkasse

Medizin, Innere Medizin, Chirurgie, Urologie, Gynäkologie, Psychiatrie, Kinderheilkunde, Dermatologie und Orthopädie. Allen Praxen stand ein großes Labor und eine eigene Röntgenabteilung zur Verfügung, Diese Konstellation machte eine gute kollegiale und fachübergreifende Zusammenarbeit der Ärzte möglich, was den Patienten sehr zugute kam. In seinen letzten Berufsjahren bis zum Eintritt in den Ruhestand 1991, war er Leiter des VÄD der AOK-Wedding

Nach zweijähriger Tätigkeit in der Kinderpsychiatrischen Klinik Wiesengrund, wechselte ich zur weiteren Facharztausbildung an die Landes-Nervenklinik in Spandau, wo ich im Jahre 1965 die Facharztanerkennung für Neurologie und Psychiatrie erhielt. Später wurde mir auch der Facharzt für Kinder- und Jugendpsychiatrie zuerkannt, da ich alle Voraussetzungen dafür erfüllt hatte. Von 1965 bis zum Eintritt in meinen Ruhestand im Jahre 1990, arbeitete ich als Leiterin der Kinder- und Jugendpsychiatrischen Beratungsstelle an der Kinderklinik Wedding. Diese neu in Erscheinung getretene Fachrichtung stellte unser Team vor immer neue Aufgaben und wir konnten bei den Neueinrichtungen in den anderen Bezirken West-Berlins beispielgebend und beratend mitwirken, was für mich eine äußerst interessante Aufgabe darstellte. So ging für mich ein heimlicher Jugendtraum, den ich als dreizehn-jähriges Mädchen hegte, nämlich einmal Fürsorgeärztin für Kinder zu werden, in Erfüllung.

1969 wurde unser Sohn geboren und wir kauften mit einem Bausparvertrag ein Grundstück in Berlin-Frohnau. Wir nahmen zusätzlich mehrere Kredite auf und errichteten in den Jahren 1970/71 darauf ein Einfamilien-Schweden-Montagehaus, das wir mit unserer Familie über 20 Jahre glücklich bewohnten. Darin stand ein kleines Gästezimmer zu Verfügung, wo jederzeit unsere Eltern, Geschwister und Freunde herzliche Aufnahme fanden. Eine besondere Freude bereitete uns dann der Besuch von Walters Vater aus Ost-Berlin, der uns als Rentner tagsüber in Berlin-Frohnau besuchen durfte. Als er 1985 − kurz vor seinem Tod − noch einmal bei uns war, brachten wir ihn, wie immer zum Grenzübergangs-Kontrollpunkt. Auf der Autofahrt dorthin erwähnte er gesprächsweise, dass es ihn am meisten schmerzen würde, dass er in seinem Leben seine Tochter Christa nicht noch einmal wieder sehen könnte. Den Rest der Autofahrt schwiegen wir alle betroffen und verabschiedeten uns von ihm an der Bornholmer Grenzübergangsbrücke – für immer.

Unsere Tochter besuchte nach dem Abitur eine Verwaltungsakademie und arbeitete als Verwaltungs-Beamtin im öffentlichen Dienst. Unser Sohn absolvierte eine Ausbildung für Grafik und Design am Lette-Verein und ist in diesem Beruf selbständig tätig.

Nachdem wir von 1961 bis 1989 von der Berliner Mauer umzingelt, isoliert und abgegrenzt vom Umland in West-Berlin gelebt und gearbeitet hatten, suchten wir schon einige Zeit vor unserem Ruhestand nach einem Lebens-Freiraum für uns. Wir fanden diesen in Denia, einem kleinen Ort an der spanischen Mittelmeerküste und kauften 1986 dort ein kleines, im Bau befindliches, Ferienhaus und meldeten dort einen zweiten Wohnsitz für uns an. Wir verbrachten dort jeweils unseren Jahresurlaub, so auch unsere Kinder, Verwandte und Freunde. Zwischenzeitlich hatte ich zwei schwere Operationen durchgestanden, die erfolgreich und mit gutem Ergebnis verlaufen waren. Das angenehme und milde Klima an der spanischen Mittelmeerküste hat viel zu meiner Genesung und gesundheitlichen Stabilisierung beigetragen.

Nach unserem Eintritt in den Ruhestand in den Jahren 1990 und 1991 haben wir uns dann über längere Zeiträume in Spanien aufgehalten. Zu dieser Zeit hatten wir unseren Kindern unser Haus in Berlin-Frohnau zur Nutzung überschrieben. Wir mieteten für uns lediglich eine Zweizimmerwohnung in Berlin-Tegel und pendelten über ca. fünfzehn Jahre hinweg zwischen Berlin und Spanien hin und her. Diese Jahre waren die schönsten und freiesten Jahre in unserem bisherigen gemeinsamen Leben. Die uns nun zur Verfügung stehende Freizeit nutzten wir zum Gestalten von Haus und Garten und zum Erlernen der spanischen Sprache in Wort und Schrift. In den Sommerferien nahmen wir an Sprachkursen teil, die von der Universität angeboten wurden, und fanden damit schnell guten Kontakt zur einheimischen Bevölkerung. Wir bereisten unser Gastland, beschäftigten uns mit der spanischen Geschichte und Kultur und lernten Land und Leute kennen. Es blieb auch reichlich Zeit, um uns der Literatur und der klassischen Musik zuzuwenden. Auch andere Interessengebiete, wie die Naturwissenschaften, beschäftigten meinen Mann. Für mich war eine besondere Herausforderung die Nutzung eines Computers zum Zwecke der Kommunikation. Später wurde mein besonderes Hobby das Festhalten von besonderen Ereignissen mit einer Video Camera und das anschließende Bearbeiten auf einem Computer, mit dem abschließenden Brennen auf einer DVD.

Wir erhielten in Denia häufig Besuch von unseren Kindern, Geschwistern und Freunden. Auch meine damals 85-jährige Mutter besuchte uns dort und fühlte sich sehr wohl bei uns.

Im Jahre 2007 haben wir aus gesundheitlichen Gründen den zweiten Wohnsitz in Spanien aufgegeben und leben seitdem wieder in unserer Heimatstadt Berlin. In Alt-Tegel haben wir eine schöne, große ruhige und unmittelbar am Tegeler See gelegene Wohnung gemietet. Das angrenzende Waldgebiet zieht sich weit in die Mark Brandenburg hinein, das nun auch uns, ehemaligen „West-Berlinern" wieder zugänglich geworden ist, wovon wir regen Gebrauch machen.

Unsere besondere Freude ist die Nähe zu unseren beiden Kindern, die ebenfalls in Berlin leben, zu unserer Tochter in Wohnnähe und zu unserem Sohn und seiner Familie mit drei Töchtern im Alter von sechzehn, vierzehn, und sechs Jahren, an deren Entwicklung wir regen Anteil nehmen.

Auch die regelmäßigen Treffen mit der Familie und unserem Freundeskreis bedeuten uns viel. So hat die zwischenmenschliche Verbindung zu unseren Studienfreunden des Semester-Seminars die Mauerzeit von 28 Jahren überdauert, sodass wir uns seitdem einmal im Jahr für einige Tage an einem Ort unserer Wahl treffen, meistens an einem Wirkungskreis von einem unserer Freunde.

Ein besonders berührendes Erlebnis war für uns das Wiedersehen mit unseren ehemaligen Klassenkameraden der Oberschule in Weißensee, das 2010 im Mai in Königs-Wusterhausen stattfand und von Günter mit großem Zeitaufwand und viel Geduld für uns organisiert worden ist. Ein weiteres Treffen fand im Juli 2011 anlässlich des 60-jährigen Abitur-Jubiläums statt.

. . . und hier 60 Jahre danach

GÜNTER REHBERG

Das Jahr 1933 war ein sehr aufregendes Jahr. Durch die Wirtschaftskrise mit ihrer ungeheuren Arbeitslosigkeit war es zu einer sehr starken Polarisierung der gesellschaftlichen Kräfte gekommen. Mein Vater Walter Rehberg, Werkzeugmacher von Beruf, versuchte, sich über die Arbeitslosigkeit zu retten, indem er auf einem Autofriedhof einen alten LKW

kaufte und mit seiner Hilfe Fuhrunternehmer wurde. Meine Mutter Charlotte Rehberg, Hortnerin und Kindergärtnerin, half in dem Fuhrunternehmen mit, so gut sie konnte. Obwohl sie im Frühjahr 1933 mit mir schwanger war, bestand diese Hilfe hauptsächlich im Kiesschippen, weil Kiestransporte die wesentlichen Aufträge waren, die mein Vater damals ergattern konnte.

Zur Welt gekommen bin ich am 18. Mai 1933 in der Wohnung meiner Großeltern in der Sellerstraße 6 in Berlin-Wedding. Die ersten zwei Jahre meines Lebens haben meine Eltern mit mir in einer Laubenkolonie in Berlin-Rudow gelebt. Viele Jahre erzählte meine Mutter, dass dort beim Nachbarn ein großer Hund an der Kette lag, der so bissig war, dass seine Besitzer ihn nur mit einer Stange gefüttert haben – und plötzlich war ich verschwunden. Nach langem Suchen entdeckte mich jemand in der Hundehütte, wo ich mit dem Knochen von der letzten Hundemahlzeit gespielt habe. Bei jedem Annäherungsversuch eines Erwachsenen fletschte der Hund die Zähne und fing bedrohlich an zu knurren. Irgendwie wurde der Hund überwältigt und ich aus der Hundehütte geholt.

Im Jahre 1935 bezogen meine Eltern eine Neubauwohnung in der Schöneicher Straße in Berlin-Hohenschönhausen. Dieser Bereich mit dem Orankesee und seiner Badeanstalt, dem Park am Obersee, wo man im Winter rodeln und Schlittschuhlaufen konnte, der Park am Faulen See mit seinem damals dichten Unterholz und einem Pfauengehege, der Industriebahn, wo man phantastisch spielen konnte, und vor allem dem „Bauplatz“, haben meine Kindheit wesentlich geprägt. Der „Bauplatz“ war ein unbebautes Gelände an der Berliner Straße zwischen der Fleischerei Spittler und der Adler-Apotheke. Dort haben wir gefährliche, manchmal bis drei Meter tiefe „Höhlen“ gebaut. Dass bei diesen Spielen nie etwas Ernsthaftes passiert ist, ist ein wahres Wunder. Ich war immer ein lebhaftes Kind, dass bei seinen Spielen mit hoher emotionaler Beteiligung dabei war. Diese Emotionen setzten sich fort bis in den Schlaf und bestimmten den Inhalt meiner Träume. Eines Nachts kam meine Mutter in mein Zimmer gestürmt, weil sie durch Krach aus ihrem Schlaf geweckt worden war. Als Ursache stellte sich heraus, dass ich im Schlaf auf den halbhohen Kachelofen neben meinem Bett gestiegen und von dort ins Bett gesprungen war. Die Ursache für dieses Verhalten war, dass wir den Tag über „Fallschirmjäger“ gespielt haben. Auf dem „Bauplatz“ standen einige Akazien. Eine hatte in etwa drei Meter Höhe einen abgebrochenen Ast. Darunter hatten wir einen kleinen Haufen Sand geschippt und auf den musste gesprungen werden.

Im Jahre 1939 wurde ich eingeschult. Einschulungen erfolgten 1939 zweimal im Jahr – zu Ostern und im Herbst. Ich war Ostern dabei und dadurch noch fünf Jahre alt. Meine erste Lehrerin war ein nicht mehr ganz junges Fräulein Goldbeck. Das Schlimme war, dass sie aus irgendwelchen Gründen meine Mutter kannte. Das hatte zur Folge, dass ich in der ersten Reihe sitzen musste. Fräulein Goldbeck war wie praktisch alle Lehrer der damaligen Zeit mit einem Rohrstock bewaffnet. Und ich hatte zapplige Beine, die sie offenbar störten. Jedenfalls sprang sie plötzlich von ihrem Katheder und haute mir mit dem Rohrstock auf meine Unterschenkel, um mir so klarzumachen, dass ich meine Beine stillhalten soll. Das waren damals normale Umgangsformen. Ich werde eine Episode nie vergessen. Da war ich in der dritten oder vierten Klasse. In der Pause erlebten wir folgendes Schauspiel. Im Nachbarraum war eine jüngere Klasse – für uns die „Kleinen". Die waren ihrer Lehrerin, einer stattlichen Frau namens Laske, im Unterricht zu laut. Jetzt musste die ganze Klasse in Zweierreihen antreten, das vordere Paar seine Hände vorstrecken und dann bekamen sie mit dem Rohrstock eine über die Handflächen übergezogen. Dann plärrten sie vorne weg und die nächsten waren dran.

In unserer Klasse hatten wir im Sportunterricht eine Zeit lang einen Herrn Krüger als Lehrer. Der Sportunterricht begann immer mit Antreten, rechts um, im Gleichschritt Marsch. Wir hatten einen Mitschüler Pegelow, der konnte beim Marschieren den Schritt nicht halten. Es gibt Menschen, die haben Probleme bei der Rhythmuswahrnehmung und können deshalb beim Marschieren den Schritt nicht halten. Herr Krüger nahm sich regelmäßig den armen Pegelow aufs Korn und schlug ihm bei jedem Schritt mit einem Sprungseil in die Kniekehlen, so dass der schon vor Angst nicht mehr Schritt halten konnte.

Ein sicher schon damals nicht alltägliches Beispiel für Intoleranz war in der vierten Klasse unser Rechenlehrer Herr Dingelstädt. Bei dem begann jede Unterrichtsstunde mit einem Gebet, wobei er sehr argwöhnisch die Lippenbewegungen seiner Schüler verfolgte. Nun sind in unseren Breiten Betrituale in den Familien eher die Ausnahme. Also kannte auch kaum einer in der Klasse Gebete. Dingelstädt hatte im Gegensatz zu den meisten anderen Lehrern nur ein kleines Rohrstöckchen, das er aber sehr effektiv einzusetzen wusste, wenn er jemanden erwischte, der eindeutig kein Gebet sprach.

Wenn mir die Volksschulzeit nicht in Erinnerung geblieben ist als eine schlimme Zeit, dann ist das der Verdienst unseres

Klassenlehrers Futterknecht. Er hat keine Angst verbreitet, war umgänglich und wenn er mal seinen Rohrstock einsetzte, dann war auch für uns Schüler klar, dass jemand sich daneben benommen hat.

Während der vierten Klasse meldeten mich meine Eltern in der damaligen Günther Roß-Schule, Oberschule für Jungen, Berlin-Weißensee in der Woelckpromenade an. Das war im Jahre 1943, wo sehr bald die Vorbereitungen zur „Kinderlandverschickung" anliefen. Mein Vater reagierte auf diese Vorbereitungen für den Luftkrieg, indem er meine Mutter, meinen damals zweieinhalbjährigen Bruder Peter und mich bei Verwandten in Ostpreußen unterbrachte. Es war der Bruder meiner Großmutter, der dort eine über hundert Morgen große Landwirtschaft hatte. Wir wurden sehr freundlich aufgenommen und ich habe mich an allem, was ich machen konnte, aktiv beteiligt. Bei der Getreideernte wurde der große Leiterwagen von einer Stute und einem Wallach gezogen und ich durfte auf der gesattelten Stute das Gefährt von einer Strohpuppe zur nächsten dirigieren. Kartoffelernte, Rapsernte, Getreideaussaat haben wir noch miterlebt, doch dann beschloss meine Mutter, dass sie lieber wieder bei ihrem Mann sein wollte. Anfang September 1943 waren wir wieder in Berlin. Unsere Schule war inzwischen nach Finsterwalde evakuiert worden. Ich hatte Glück, dass die männlichen Schüler der Abiturklasse noch den Entscheid abwarten mussten, ob sie gleich eingezogen werden oder erst das Abitur machen durften. Sie durften, und ich fuhr zusammen mit ihnen als Nachzügler nach Finsterwalde. Dort wurden wir in Empfang genommen und ich landete schließlich bei der Familie des Postoberinspektors Hage, welche mich nett aufnahm. Ich bekam trotzdem ein unsagbares Heimweh. Das wurde noch begünstigt durch einen schlimmen Lehrer in Mathematik und Erdkunde – Herrn Rothe. Als ich in die Klasse kam, hatten meine Mitschüler inzwischen das große Einmaleins gelernt und ich wurde am ersten Tag mit der Klassenarbeit zu diesem Thema überrascht. Ich versuchte, auf dem Löschblatt rasch auszurechnen, was abgefragt wurde, was natürlich in der Eile nur zum Teil gelang. Da ich als letzter in die Klasse gekommen war, saß ich ganz hinten. Trotzdem erspähte der Lehrer mein Tun und ehe ich mich versah, flog ein dunkler

Schatten auf mich zu, dem ich um Haaresbreite ausweichen konnte. Das war ein großer Holzklotz mit einem großen Schlüssel dran – der Klassenzimmerschlüssel. Und wehe, der Schlüssel wurde nicht sofort wieder zum Lehrer auf das Pult gelegt! Rothe war bekannt für seine harte Handschrift.

Ich hatte Glück. Es wurde festgestellt, dass die zwei ersten Klassen ungleich groß sind – meine war größer. Da ich als letzter in die Klasse gekommen war, flog ich auch als erster raus und hatte damit als Mathematiklehrer Dr. Nehms. Das war ein freundlicher stets zu Späßen aufgelegter Mann. Die Auswirkung auf meine Mathematikzensur war durchschlagend. Hatte ich nah dem ersten Drittel in Mathe eine Fünf, war es nach dem zweiten Drittel eine Zwei. Im Jahre 1944 wurde unsere Schule in Finsterwalde Lazarett. Die Klassenzimmer waren jetzt über die ganze Stadt verteilt. Zwei sind mir in besonderer Erinnerung geblieben: Die Ofenfabrik Andruschat und das HJ-Heim an der Straße nach Doberlug-Kirchhain. In der Fabrik wurden Ofenkacheln hergestellt. Es wurde also Ton verarbeitet. Verständlich, dass der Lehrer für Kunsterziehung für die Räume zuständig war. Eines Tages war der Unterrichtsraum in der Kachelfabrik verschlossen und der Unterricht fiel aus. Der Schlüssel, für den der Lehrer für Kunsterziehung Herr Drollinger zuständig war, war verschwunden. Es gab eine große Aufregung. Wir wurden alle ins Gebet genommen, den Schlüssel wieder herzugeben – und das über mehrere Tage. Das Kuriose war, die ganze Schule kannte die Story um den Schlüssel und den Verlauf der Ereignisse – nur die Lehrer nicht. Es ging um folgendes: Bei den Besitzern der Firma waren zwei unserer Mitschüler aus einer anderen Klasse untergebracht. Die haben einen günstigen Moment ausgenutzt, und aus dem Kittel von Drollinger den Schlüssel geklaut. Als Drollinger auf der Suche nach dem Schlüssel alle seine Sachen mehrmals durchgesehen hatte, haben sie ihm den Schlüssel wieder in seine Kitteltasche getan, wo er sie jetzt nicht mehr vermutet hätte. Bei einer dieser sich ewig wiederholenden Moralpredigten rutschte es mir raus: „Mensch, vielleicht hat der Drollinger den Schlüssel schon längst wieder in seiner Tasche". Damit war ich zum Hauptverdächtigen geworden. Am nächsten Tag hatten wir in den Räumen der Gemeindeschule Biologie – beim

Schuldirektor Oberstudienrat Dr. Hölzel. Hölzel machte die Tür zum Klassenzimmer auf und rief „Rehberg rauskommen". „Schicksal, nimm deinen Lauf" dachte ich. Als ich die Tür hinter mir gelassen hatte, kriegte ich erst mal eine geknallt. Woher ich weiß, dass der Schlüssel in Herrn Drollingers Kittel war, wollte er wissen. Da es alle wussten, habe ich mir den Harmlosesten ausgesucht und gesagt: „Von Hartmut Voigt". Das war der Sohn von unserem Englischlehrer. Damit war ich entlassen und mit Hartmut Voigt wiederholte sich dasselbe. Jedenfalls muss zum Schluss ein Ergebnis da gewesen sein, denn mich trafen keine weiteren Folgen.

Mit dem HJ-Heim hatte es die Bewandtnis, dass es eigentlich schon in ländlicher Umgebung lag. Ringsum waren Felder. Außerdem stand da, nur durch einen Weg getrennt, eine große Scheune, an die sich ein Drahtzaun anschloss, der ein Loch hatte, durch das man klettern konnte. Eines Tages lag in einiger Entfernung von dem HJ-Heim in einem kleinen Akazienwäldchen ein großer Haufen Kartoffelkraut. Und wie es die Tücke wollte, standen sechs große Akazienbäume in einem Kreis, um die ein Schelm auch noch in zwei Reihen einen dicken Draht gespannt hatte. Im Nu hatten wir von dem Kartoffelkraut so viel über den Draht gehängt, dass es aussah, wie ein zweiter Kartoffelkrauthaufen. Wir haben uns gesagt, dass Drollinger uns dort schnell finden wird. Also haben wir uns nicht dort, sondern hinter der Scheune versteckt, um die wir durch das Loch im Zaun herauflaufen konnten. Irgendwann hatte er uns und die Folgen waren abzusehen. Die ganze Klasse musste zwei Stunden nachsitzen und Rehberg fünf. Rehberg wurde mit einem Siebenstriemen verhauen, und alle mussten zur Strafe hundertmal aufschreiben: „Ich habe zum Unterricht pünktlich zu erscheinen".

Im Februar 1945 erreichte uns in Finsterwalde das Gerücht, dass die sowjetische Armee über die Oder vorgedrungen und im Anmarsch auf Berlin sei. Das war für mich das Signal, ohne jemanden um Erlaubnis zu fragen, aus Finsterwalde auszubüchsen und nach Berlin zu fahren. Von Finsterwalde bis Doberlug-Kirchhain bin ich gekommen und dort stand ich den ganzen Tag auf dem Bahnhof und wartete. Gegen Abend kam ein völlig überfüllter Zug, mit dem die vielen

Menschen auf dem Bahnhof mitwollten. Wie es mir gelungen ist, mit meinem schweren Koffer in den Waggon zu kommen, ist mir bis heute ein Rätsel. Wir kamen auch einigermaßen gut vorwärts bis kurz vor Berlin – dann war Fliegeralarm. Wir haben lange gestanden, aber es ist dem Zug nichts passiert. Irgendwann waren wir am Ziel – ich glaube, es war der Lehrter Bahnhof. Jedenfalls griff mich eine Krankenschwester auf und brachte mich mit meinem schweren Koffer in ein großes Gebäude, wo ich den Rest der Nacht schlafen konnte. Morgens ließ ich meinen Koffer zurück und machte mich auf den Weg zu meinen Eltern, die zu der Zeit in der Wohnung einer Schwester meines Vaters in der Kurischen Straße wohnten, da wir in der Schöneicher Straße ausgebombt worden waren. Ich kam gerade noch rechtzeitig, um einen der schwersten Luftangriffe auf Berlin zu erleben. Am nächsten Tag fuhr mein Vater mit mir, den Koffer zu holen. Ich hatte mal wieder großes Glück – bei dem Luftangriff hat es auch meine Unterkunft erwischt und bis zum Nachbarkoffer war alles verbrannt. Meiner war ohne Schaden geblieben.

Die Wohnung meiner Tante, in der wir nun lebten, befand sich etwa in der Mitte zwischen Flak-Bunker im Friedrichshain und Güterbahnhof Weißensee, wo damals für die Verteidigung Berlins Militärtechnik ausgeladen wurde, und in der anderen Richtung zwischen Gasanstalt Greifswalder Straße und Schlachthof Landsberger Allee. Es verging kein Luftangriff, ohne dass wir mehrere Zentimeter Lehm aus unserer Küche wischen mussten. Glasfenster hatten wir schon lange keine mehr. Stattdessen hatten wir einen halben Zentimeter dicke Pappe, eingerahmt mit einer genauso dicken Leiste, und mit kleinen Nägeln an den Fensterrahmen genagelt. Nach jedem Luftangriff war die Pappe in die Küche geflogen, aber nicht kaputt gegangen. Man brauchte sie nur an den Fensterrahmen zu drücken und der Schaden war behoben.

Unser Luftschutzkeller war im Nachbarhaus. Das brannte Mitte April 1945 bei einem Luftangriff aus. Zu allem Übel erkrankte mein Bruder an Masern so schlimm, dass man es nicht verbergen konnte. Damit konnten wir in keinen öffentlichen Luftschutzraum und unserer eigener war unbrauchbar geworden. Die Front rückte ohnehin immer näher und mein

Vater beschloss, dass wir das Kriegsende bei seinem Bruder Helmut abwarten sollten. Der hatte ein Häuschen an der Landstraße zwischen Schwante und Groß-Ziethen im damaligen Kreis Osthavelland. Also packten wir unsere Sachen und machten uns auf den Weg. Mein Bruder überwand seine Masern komplikationslos. Nach einigen Tagen war es soweit. Bei meinem Onkel tauchten Soldaten auf, die deutsch mit starkem ausländischen Akzent sprachen und machten ihm klar, dass hier gekämpft werden wird und dass wir schleunigst verschwinden sollten. Daraufhin wurde ich nach Groß-Ziethen geschickt zu einem Bauern, um dort zu informieren, dass Familie bittet, sie mitzunehmen, wenn sie sich auf den Treck begeben. Es klappte auch alles wie gewünscht. So gerieten wir auf die Landstraße und bewegten uns immer vor der Front her bis hinter Kyritz. Die letzte Übernachtung hatten wir in einer Scheune in Demerthin. Morgens gegen vier Uhr wurden wir geweckt, weil eine Flak-Helferin, die mit bei uns schlief, von ihrem Truppenteil gesucht wurde, weil die Russen kamen und wir uns schnell auf den Weg machen sollten. Also marschierten wir weiter in Richtung Perleberg.

Auf der Fernverkehrsstraße 5 bewegte sich alles in Richtung Westen: Militärfahrzeuge, Pferdegespanne der Bauern, Marschkolonnen in Sträflingskleidung. Und plötzlich, es muss so gegen zehn Uhr gewesen sein, gab es einen fürchterlichen Knall. Drei Pferdefuhrwerke vor uns war eine Granate eingeschlagen. Eines der drei Pferde unseres Gespannes hatte eine etwa zwanzig Zentimeter große Wunde an seinem linken Hinterteil. Um an den Resten eines Fuhrwerkes vorbeizukommen, fuhr ein gepanzertes großes Fahrzeug mit Vierlingskanone rückwärts. Ein älterer Soldat kam zu Fall und blieb mit seinem Stahlhelm an der Deichsel eines anderen Pferdefuhrwerkes hängen. Die Unterkante der Panzerung passte genau über die Deichsel. Der Soldat hat es nicht überlebt. Die Fernverkehrsstraße 5 wurde von Norden angegriffen. Wir versuchten, ins nächste Dorf zu kommen. Warum eigentlich? Das nächste Dorf war Kunow. Dort gerieten wir in die Artillerievorbereitung für den Sturm. Neben uns stand hinter einem Baum plötzlich ein SS-Mann und visierte mit seinem Gewehr ein Ziel auf der anderen Straßenseite an. Mein Vater mokierte sich darüber, dass zwischen Kinderwagen und den Zivilisten geschossen wird. Und plötzlich hatte er einen Kopfschuss an der rechten Schläfe. Der SS-Mann war aber auch getroffen worden und lag nun hinter dem Baum im Chausseegraben. Wir robbten uns in einen Vorgarten, gingen um ein Haus und legten uns in ein Getreidefeld. Dort warteten wir das Ende der Artillerievorbereitung ab. Als es ruhig geworden war, erklang plötzlich ein nicht sehr lauter Hurra-Ruf aus nicht sehr vielen Kehlen. Damit war klar, dass jetzt der Infanterieangriff begann. Neben uns stand plötzlich ein russischer Soldat mit Gewehr im Anschlag und sagte „Urr". Meine Mutter verstand, was er meinte, machte meinem Vater die Armbanduhr ab und gab sie ihm. Damit war die Front über uns hinweggerollt. Überall lagen Uniformjacken der Waffen-SS. Die Straße war vollgestopft mit Fuhrwerken und Trümmern von Fahrzeugen.

Bis auf meinen Vater war niemand von unserer „Fahrgemeinschaft" zu Schaden gekommen. Gespann und Pferde waren auch in Ordnung. Es war der 2. Mai 1945. Am nächsten Tag begannen wir mit der Rückfahrt. Bis Linum fuhren wir gemeinsam. Linum hatte damals einen polnischen Kommandanten. Den bat meine Mutter um Unterstützung. Er besorgte ihr ein Fuhrwerk, mit dem sie und mein Vater nach Nauen ins Krankenhaus gebracht wurden. Von Nauen aus sind beide zu Fuß nach Brieselang gelaufen, um bei einer Schwester meines Vaters Unterkunft zu finden. Dort ist er am 9. Mai gestorben. Mein Bruder und ich sind mit Onkel Helmut und Tante Dora nach Groß-Ziethen zurückgekehrt. Dort fanden sie ihre vor der Flucht freigelassenen Schafe, Hühner, sogar eine Glucke mit Entenküken wieder. Das Haus und der Stall waren in Ordnung. Einweckgläser mit Vorräten standen unbeschädigt im Keller. Kleidung und weitere Vorräte hatten wir, bevor die Front kam, vergraben. Die hat niemand gefunden.

Meine Mutter machte sich auf den Weg nach Berlin, besorgte sich für unsere Familie eine Wohnraumzuweisung und Lebensmittelkarten und holte uns aus Groß-Ziethen ab. Wir wohnten wieder in Berlin-Hohenschönhausen, in dem gleichen Wohnblock, wo ich aufgewachsen bin in der Schöneicher Straße. Meine Mutter arbeitete bald wieder in ihrem Beruf als Kindergärtnerin, bemühte sich weiter um eine Wohnung und hatte bereits 1946 Erfolg. Wir bekamen eine Zweizimmerwohnung in einem Wohnblock in der Straße Am Faulen See, der zwischenzeitlich als Kaserne für die sowjetische Armee gedient hatte. Möbel hatten wir zwar keine, aber gute Freunde. Und so bekamen wir da einen Schrank, von einem anderen ein paar Teller, eine Liege usw. Ich habe lange in einem Doppelstockbett geschlafen, das von sowjetischen Soldaten zurückgelassen worden war.

Irgendwann im Sommer 1945 ging der Schulbetrieb wieder los. Wir versammelten uns vor dem Schulgebäude. Ein Teil der Schule war zerstört, der Rest belegt mit sowjetischer Feldpost, einer Schuhmacherwerkstatt usw. Unterricht hatten wir auf Parkbänken, in alten Straßenbahnwagen usw. Zum Glück hielt dieser Zustand nicht lange an. Wir wurden mituntergebracht in einer anderen Schule in der Wilhelmstraße (heute Behaimstraße). Auch diese Periode ging vorbei und wir zogen wieder ein in unsere alte Schule in der Woelckpromenade. Nicht benutzbar blieben die Aula und die Direktorenwohnung.

Der Krieg mit seinen Nachwirkungen und der schlimme Hunger sind nicht ohne Folgen geblieben. Im Frühjahr 1946 bekam ich Bauchschmerzen, die einfach nicht wieder weggehen wollten. Meine Mutter stellte mich in der Kinderpoliklinik der Charité vor und bald war die Diagnose klar. Mit einem Magengeschwür wurde ich ins Kinderkrankenhaus Lindenhof eingewiesen, wo ich etwa ein Vierteljahr blieb. Ich hatte es auch gar nicht eilig, da wieder rauszukommen, denn da gab es satt zu essen. Den Anschluss in der Schule habe ich trotzdem geschafft.

Im Jahre 1946 hat Churchill mit seiner berühmten Fultoner Rede offiziell den Kalten Krieg eingeläutet. Die politische Situation wurde immer gespannter, was sich auch in unserer Schule widerspiegelte. Die Zahl der Republikfluchten nahm zu und von unseren Abiturienten bewarb sich der überwiegende Teil in Westberlin um eine Ausbildung. Im Jahre 1950 wurde in Berlin eine zentrale Abschlussfeier für die Ostberliner Abiturienten organisiert, wo es zum Eklat kam. Als die Hymne der DDR gespielt wurde, verließ ein Großteil der

Abiturienten den Saal. Das hatte zur Folge, dass der nächste Jahrgang einer strengen Überprüfung unterzogen wurde. Im Ergebnis blieben von den 22 Schülern unserer Klasse 8 übrig und in der zweiten Oberschule blieben in der Parallelklasse 14 übrig. Beide Klassen wurden zusammen getan und so betrug die Klassenstärke wieder 22. Wir kannten uns alle und verstanden uns auch gut.

Jetzt ging es also um den Endspurt. In allen Fächern war das zu spüren. Ewig in Erinnerung bleibt mir ein lustiger Vorfall  in der Biologiestunde. Zur Abiturprüfung musste der Fachlehrer drei Themenvorschläge einreichen – einer davon war Embryologie. Also wurde Embryologie wiederholt. Der Biologielehrer Herr König begann mit dem männlichen Samen und dem weiblichen Ei. Er erklärte: „Wenn sich der männliche Samen dem weiblichen Ei nähert, bildet das weibliche Ei einen Empfängnishügel. Dann dringt der männliche Samen in das weibliche Ei ein. Das weibliche Ei bereitet sich durch die Bildung der Polspindeln auf die Zellteilung vor. Im weiblichen Ei ordnen sich die Chromosomen in der Äquatorialebene an...". Plötzlich haut Susanne von Chamier mit der Faust auf den Tisch und ruft empört in den Raum: „Weibliche Eier. So ein Quatsch. Gibt`s denn auch männliche Eier?" Der Erfolg war durchschlagend. Die ganze Klasse lachte. Herr König hielt sich schmunzelnd zurück. Erhard Blessing war der Erste, der antwortete: „Susi, das kannste nehmen, wie Du willst". Susanne wurde puterrot und blickte verständnislos in die Runde.

Wir hatten in Berlin-Weißensee damals als Bezirksrat für Volksbildung Herrn Goralczyk, der den Ausbau der Direktorenwohnung als FDJ-Club und den Wiederausbau der Aula veranlasst hat. Im FDJ-Club haben wir mit Unterstützung von Frau Scheidler uns viele Möglichkeiten des Kulturbundes erschlossen und eine ganze Vortragsserie über Architektur or-

ganisiert. Wir hatten einen Vertreter der Botschaft der Volks-
republik China mit einem Vortrag über Tibet usw.

Schließlich haben unsere Abiturprüfung und die nachfolgen-
de Abschlussfeier in diesen Räumen stattgefunden.

Aus der Schule ging es nahtlos über in das Vorbereitende
Komitee für die 3. Weltfestspiele der Jugend und Studenten,
die im Sommer 1951 in Berlin stattgefunden haben. Dort bekam ich das erste Mal Kontakt mit den Problemen des Ma-
nagements. Ich wurde eingestellt in der Abteilung Ausstellung
als Instrukteur und hatte für die Delegationen der volksde-
mokratischen Länder die Erfüllung ihrer Wünsche für die
Gestaltung ihrer Ausstellungen, die im damaligen Finanzministerium vorbereitet wurden, zu sorgen. Dabei traten Probleme auf, die ich mir nie hätte vorstellen können. So wollte
der bulgarische Vertreter in seiner Ausstellung eine Wand als
Kalkstein einrichten. Also schickten wir ins Zementwerk Rüdersdorf einen LKW, der Kalksteine holen sollte. Der LKW
mit Fahrer sind aber verschwunden. Dann wurde der nächste
LKW in Marsch gesetzt. Der wurde auch nie wieder gesehen.
Dann interessierte sich der zuständige Offizier der Staatssi-
cherheit dafür und es wurde der dritte LKW mit Begleitung
auf den Weg geschickt. Es war schon gegen Mitternacht, als
wir in Rüdersdorf ankamen. Jedenfalls stand früh um Sieben
Uhr der LKW mit den Kalksteinen am Finanzministerium.

Bei dieser Arbeit habe ich alle öffentlich zugänglichen Fotoar-
chive in Ostberlin kennen gelernt. Am häufigsten wurde ich
bei den Bildern, die ich besorgen sollte, im Archiv der Tages-
zeitung „Tägliche Rundschau" fündig.

Ich hatte mich um einen Studienplatz an der Medizinischen
Fakultät der Humboldt – Universität beworben und war angenommen worden. Ich beendete also mein Arbeitsverhältnis
mit dem Vorbereitenden Komitee und begann am 1. September 1951 mit dem Studium. Nach mehreren Wochen
(noch im 1. Semester) wurde ich angesprochen, ob ich für ein
Sonderstudium im Ausland bereit wäre. Da ich bereit war,
wurde ich nach längerer Zeit ins Staatssekretariat für Hoch-
schulwesen zu einem Gespräch eingeladen. In dem Gespräch
versuchte man Probleme, die entstehen könnten, und unsere

Reaktionen darauf zu erkunden. Das Hauptproblem wurde in den unzureichenden Sprachkenntnissen, in der Trennung von zu Hause usw. gesehen. Darauf waren wir aber alle eingestellt und diese Probleme haben praktisch keine Rolle gespielt. Aber solche Sachen, wie die andere Toilettenbenutzung, über die niemand gesprochen hat, wurden in der ersten Zeit zu einer ernsthaften Belastung – nicht nur bei mir.

Ich habe die sechs Jahre meines Studiums in Leningrad in denkbar guter Erinnerung. Wir wurden von einem gut durchorganisierten Ausbildungssystem betreut, das sehr praxis-orientiert war. Unsere Mitstudenten waren uns gute Freunde. Die vielen verschiedenen Nationalitäten hatten keine Probleme miteinander. Um so eindrucksvoller ist für mich, dass mit dem Zusammenbruch der Sowjetunion und den veränderten gesellschaftlichen und sozialen Bedingungen nationaler Hader entstehen konnte, der mitunter auch schärfere Formen angenommen hat.

Im Sommer 1958 hatte ich mein Medizinstudium mit Auszeichnung abgeschlossen und kehrte nach Berlin zurück. Ich war in die Charité vermittelt worden und fühlte mich dauernd in Prüfungssituationen gestellt. So passierte es ziemlich regelmäßig, dass beim Operieren gefragt wurde: „Herr Kollege, was macht man denn in Leningrad bei ...". Und wenn ich mein Wissen vorgetragen hatte, wurde auch ungeniert kommentiert: „Na für einen, der gerade anfängt, weiß er ja ganz gut Bescheid". Während des ersten halben Jahres meiner Tätigkeit lernte ich gründlich, mit der Äthertropfnarkose umzugehen, Krankengeschichten zu führen und durfte zum Abschluss eine Analfistel spalten. Anschließend an das halbe Jahr Chirurgie war ein halbes Jahr in der Ersten Medizinischen Klinik geplant. Dort wiederholte sich im Prinzip das Gleiche wie in der Chirurgischen Klinik, nur war die Neugier etwas freundlicher vorgetragen. Eine interessante Episode soll erwähnt werden. Ende der fünfziger Jahre gab es in den Kliniken der Charité noch turnhallengroße Krankensäle. Den jüngsten Assistenten war die Blutdruckmessung anvertraut, und Rehbergs Messergebnisse waren durchweg zu hoch. „Herr Rehberg, können Sie Blutdruck messen?" fragte mich mein Stationsarzt. Nun war zu der Zeit das Besondere, dass eine Heilgymnastin auf der Station aufgetaucht war, die sehr ansehnlich gewachsen war und, abweichend von den Gepflogenheiten, einen Vorderschlusskittel trug. Mit der Korrektur der Bekleidungsordnung kamen auch die Blutdruckwerte wieder in Ordnung.

Der damalige Direktor der Ersten Medizinischen Klinik Prof. Schulz war befreundet mit dem Leiter des Speziallazaretts der Luftstreitkräfte der NVA Oberst Dr. Steude, der an der Charité einen Vorlesungszyklus über Luftfahrtmedizin hielt. An ihn wurde ich vermittelt. Am 1. Juni 1959 begann ich als Zivilbeschäftigter, ab 1. März 1960 als Offizier des Medizinischen Dienstes der NVA zu arbeiten. Dort habe ich zunächst die Facharzt-Ausbildung als HNO-Arzt absolviert und von 1964 bis 1965 einen einjährigen Fortbildungskurs in Luftfahrtmedizin an der Militärmedizinischen Kirow-Akademie in Leningrad abgeschlossen.

Nach meiner Rückkehr an das inzwischen gegründete Institut für Luftfahrtmedizin war mein Hauptarbeitsgebiet die luftfahrtmedizinische Untersuchung von Fehlhandlungen des fliegenden Personals. Mir war sehr bald klar, dass Fragen der psychisch-emotionalen Belastung eine ganz wesentliche Rolle spielten. Deshalb habe ich immer engen Kontakt zum fliegenden Personal gesucht, die Grundausbildung im Fallschirmspringen und die Flugausbildung auf Jak-18 und Jak-18A absolviert. Es fiel mir auf, dass der Anteil linkshändiger Flugzeugführer unter den tödlich Verunfallten signifikant größer war als in der Grundgesamtheit aller Flugzeugführer in den Luftstreitkräften der NVA. Das lag offensichtlich nicht nur an der Kabinenauslegung für Rechtshänder, sondern an der anderen Neuro- und Psychophysiologie des Linkshänders. Ein Flugvorkommnis lenkte die Aufmerksamkeit auf eine andere, mit der Lateralität zusammenhängende Problematik. Ausgangspunkt war eine Abfangübung im Paar. Die Übung war beendet. Beide erhielten den Befehl: „Rechtskurve, Aufschließen zum Verband". Der hintere war rechts, er leitete aus Versehen eine Linkskurve ein, bekam mit dem Höhenruder Kontakt mit seinem Partner, verklemmte das Höhenruder in Gleitflugstellung und zerschellte beim Notlandungsversuch an einem Bahndamm. Die Fähigkeit zur Rechts-Links-Unterscheidung ist nicht allen Menschen gegeben. Ich habe daraufhin alle Flugzeugführer der NVA auf ihre Fähigkeit zur Rechts-Links-Unterscheidung exploriert und sechs gefunden, die deutliche Probleme hatten. Alle hatten die gleiche Eselsbrücke: Rechts ist da, wo der Ehering ist, links ist die Seite der Armbanduhr.

Wir hatten eine Serie von Flugzeugkatastrophen, die liefen in relativ kurzer Zeit nach dem gleichen Schema ab. Kurz nach dem Start erfolgte der Übergang des Funkverkehrs vom Kanal des Start- und Landeleiters auf den Kanal des Gefechtsstandes. Etwa zu diesem Zeitpunkt verlor das Flugzeug an Höhe, ging in eine Linkskurve und bekam mit schallnaher Geschwindigkeit Bodenberührung und explodierte. Es handelte sich um ein damals neues Jagdflugzeug der MiG-21-Serie, wo die Kanalwahlschalter an der rechten Bordwand untergebracht waren. Diese Katastrophen passierten nur in Geschwadern, wo die Kanäle von Start- und Landeleiter sowie dem Gefechtsstand besonders weit auseinander lagen, d. h. die Umschaltung am meisten Zeit beanspruchte.

Ich bin damals wie ein Wanderprediger durch alle Jagdfliegergeschwader der NVA gezogen und habe Vorträge über unwillkürliche Einflüsse auf den steuernden Arm des Flugzeugführers gehalten, die von den Flugzeugführern sehr dankbar aufgenommen worden sind.

Im Jahre 1972 hatte ich genügend Material gesammelt, um zu Fragen der Lateralität in ihrer Beziehung zur fliegerischen Bewährung ein Promotion-B-Verfahren anzustreben. Eheprobleme dienten als Vorwand, diese Bemühungen abrupt zu beenden. Ich wurde ins Lazarett Cottbus strafversetzt, und von dort aus kämpfte ich um meine Entlassung aus der NVA. Da mir bei der Scheidung meiner Ehe beide Kinder zugesprochen worden waren, hatte meine neue Ehefrau plötzlich mit ihren eigenen zwei Söhnen vier Kinder zu versorgen, was sie vorbildlich geschafft hat. Alle unsere Kinder haben das Abitur geschafft und einen Studienplatz erhalten. Ich habe am 1. Dezember 1973 angefangen, am Physiologischen Institut der medizinischen Fakultät (Charitè) der Humboldt-Universität als Oberarzt zu arbeiten. Mit Hilfe eines Qualifizierungsvertrages, der mir nach der Entlassung aus der NVA zustand, habe ich auf der Grundlage meiner veröffentlichten Materialien die Dissertation für ein Promotion-B-Verfahren verfasst und das Verfahren erfolgreich für das Fach Physiologie abgeschlossen.

Mit der Emeritierung der Gründerin des Lehrstuhls für Pathophysiologie an der Charité Frau Prof. Marianne Lindemann wurde ich zum ordentlichen Professor für pathologische Physiologie berufen. Die Assistenten für die Durchführung der Seminare wurden durch Unterstützung des Physiologischen Instituts, der Medizinischen Klinik und von Akademie-Instituten aus Berlin-Buch gestellt.

In dieser Zeit übernahm die Nervenklinik der Charité die Arbeitsgruppe von Prof. Karl Hecht aus dem Institut für Herz-Kreislauf-Regulationsforschung in Berlin-Buch als Abteilung für Neuropathophysiologie, die zusammen mit den Mitarbeitern des Lehrstuhls für Pathophysiologie die Neugründung des Instituts für Pathophysiologie an der Charité ermöglichte. Prof. Hecht war mit seiner Gruppe fest in der Interkosmos-Forschung verankert. Nach dem Zusammenbruch der DDR gelang es, die deutsche Agentur für Raumfahrtangelegenheiten (DARA) GmbH als Förderer für die Arbeit des Instituts zu gewinnen. Ungeachtet aller erfolgreichen Arbeiten wurde durch die Struktur- und Berufungskommission die Auflösung des Instituts festgelegt. Zum 28. Februar 1994 wurde mir gekündigt. Damit war meine akademische Laufbahn beendet.

HARTMUT STURM

Jetzt bin ich ein alter Mann. Meine Jugend liegt viele Dekaden zurück. Wenn meine Gedanken zurück in die Vergangenheit wandern, dann scheint diese Vergangenheit gar nicht so weit zurück zu liegen. Diese Vergangenheit, wie sie war, hat mein ganzes Leben beeinflusst, und ich bin heute, was ich bin, weil ich durch diese Vergangenheit gewandert bin.

In meinem Leben musste ich mich mit vielen Konzepten auseinandersetzen, und mit einem Konzept bin ich nie zurecht gekommen, und das ist das Konzept der Zeit. Was ist Zeit? Eine unendliche Reihe von Momenten, Momente, die nie wieder kommen. Meine Eltern sind nicht mehr. Meine Jugend ist nicht mehr. Nie wieder kann ich in diese Jahre der Vergangenheit zurückkehren, sie leben nur noch in der Erinnerung.

Ich werde diese Erinnerungen versuchen aufzuschreiben.

Mein Anfang liegt jenseits dieser Erinnerungen. Meine Eltern heirateten im Jahre 1931. Meine Mutter war 30 Jahre alt, mein Vater drei Jahre jünger. Das war damals ungewöhnlich. Oft denke ich, wäre meine Mutter den damaligen Bräuchen gefolgt, hätte, sagen wir mal mit einundzwanzig Jahren geheiratet, dann würde ich mit ziemlicher Wahrscheinlichkeit nicht an meinem Computer sitzen, um meine Geschichte aufzuschreiben. Meine Geschichte wäre sicher sehr kurz gewesen, der Hitlerkrieg hätte mir den Heldentot beschert. Aber auch so hat dieser Krieg mein Sein extrem beeinflusst. Ich merke das heute im Alter immer wieder. Meine Persönlichkeit ist oft unsicher und bisweilen ist es Angst, die meinen Alltag verwirrt.

Mein Geburtstag ist der 19. April 1932. Ich war also noch ein Kind der Weimarer Zeit.

Mein Vater war ein Diakon in der evangelischen Kirchengemeinde in Berlin-Weißensee. Er stammte aus Breslau. Sein Glaube war in scharfem Kontrast zur Hitler Ideologie. Er trat der Bekennenden Kirche bei, und war aktiv in der Anti-Hitler Opposition beteiligt.

Ich hatte eine wunderbare Kindheit. Mein Zuhause war immer friedlich, unser Familienleben basierte im evangelischen Christentum. Wir nahmen unsere Mahlzeiten immer zusammen ein. Vor dem Essen wurde gebetet: "Komm Herr Jesu, sei unser Gast und segne, was Du uns bescheret hast", und nach dem Essen wurde gedankt.

1934 wurde meine Schwester Siegtraut geboren, 1936 Barbara und 1941 Edelgard.

1937 wurde ich in die 7. Volksschule in Berlin-Weißensee eingeschult. Unser Lehrer war Herr Buchwitz. Er war ein fantastischer Lehrer und sein Einfluss auf mich reicht bis in die heutigen Tage. Herr Buchwitz war das ganze Gegenteil von einem Nazi. Ich kann mich an den 1. September 1939 erinnern. Das war der Tag, an dem der zweite furchtbare Weltkrieg begann. Herr Buchwitz war Soldat im 1. Weltkrieg gewesen, und hatte schreckliche Erinnerungen an diesen Krieg. Er erzählte uns kleinen sieben Jahre alten Kindern wie böse Krieg ist und Krieg großes Leiden bringt, und dass dieses Leiden auch sehr schrecklich für unsere Feinde sein wird. Unsere Väter werden in den Krieg ziehen, wir werden ohne unsere Väter sein.

Als ich nach der Schule nach Hause lief, hielt ich vor unserer Haustür, Am Steinberg 104a, lehnte mich an die rechte Mauer der Eingangstür, und weinte. Meine Mutter sah mich von oben im ersten Stock, kam runter, nahm mich in ihre Arme, und tröstete mich.

Doch dann kamen die Siege, die Sondermeldungen und die Angst wich, der Krieg wurde zum Alltag. Aber dann wurde mein Vater eingezogen, am 23. Oktober 1940. Er war nicht mehr der Jüngste, aber Diakone waren für die Kriegswirtschaft nicht wichtig, im Gegenteil! Bei der Untersuchung zur Kriegstauglichkeit hatte der Arzt erst Bedenken, mein Vater litt sehr an Nierensteinen, trotzdem wurde er bei der Musterung als kv.[11] befunden. Zunächst sollte er zu den Pionieren, wurde dann aber der Luftwaffe als Flaksoldat zugeteilt. Sein Einsatzgebiet wurde Schleswig-Holstein, wo er zunächst bei der Scheinwerferbedienung und Horchgeräten im Einsatz war, später wurde er auf Radar umgeschult.

Er brachte es zum Unteroffizier, und wehrte sich gegen Beförderung, er wollte auf keinen Fall eine wichtige Rolle in diesem Krieg spielen. Er empfand die Angriffe auf Polen und später die Sowjetunion verbrecherisch. In seiner Radar Stellung in Kummerfeld bei Hamburg, wurden ihm sowjetische Kriegsgefangene zugeteilt. Mit ihnen entwickelte er eine enge Freundschaft, er liebte es mit ihnen Schach zu spielen.

1944 wurde er zum Zugführer ernannt, und ihm ein Zug von jungen BdM[12] Mädeln unterstellt, die helfen sollten, die Luftangriffe der Anglo-Amerikaner abzuwehren.

Im April 1945 wurde ihm ein Zug von Hitlerjungen und älteren Männern zugeordnet, mit denen er in Lüneburg gegen die vordringenden Engländer kämpfen sollte, mit einigen Panzerfäusten, einem Maschinengewehr und Karabinern. Als sie in Position gebracht worden waren, und die höheren Offiziere sich zurück in die Etappe absetzten, entließ mein Vater die ihm unterstellten Soldaten, sagte ihnen der Krieg sei nun zu Ende. Die Älteren hatten genug vom Krieg, sie setzten sich ab in die Wälder der Lüneburger Heide. Viele der jungen HJ Fanatiker widersetzten sich ihm, bauten sich am Straßenrand auf. Als die Engländer dann mit ihren Panzern anrückten, sah mein Vater aus seinem Versteck, wie diese jungen Leute in den letzten Tagen des Krieges alle zusammengeschossen wurden.

---

[11] kriegsverwendungsfähig

[12] Bund deutscher Mädchen – Nazi Jugendorganisation

Während der wichtigen Jahre meiner Kindheit wuchs ich also ohne Vater auf. Ich glaube, dass das für mein zukünftiges Leben ein negativer Einfluss war.

In Herrn Buchwitzens Klasse war ich ein guter Schüler. Unter meinen Klassenkameraden waren auch Horst Heimbürge und Joachim Bundermann. Mein Lieblingsfach war Rechnen. Lesen machte mir keine Schwierigkeiten, und in einer Elternversammlung am Ende der achten (1.) Klasse, sagte Herr Buchwitz zu meiner Mutter, dass ich wie ein Großer lesen würde. Das erfüllte meine Mutter mit Stolz. Am Ende der achten Klasse wurden die Klassen umbetitelt, die achte Klasse wurde die erste Klasse, und die Abschlussklasse in der Volksschule wurde die achte Klasse. Ich bewunderte sehr

Horst Heimbürge

die Schüler der obersten Klasse, sie bauten Flugzeugmodelle, Segelflugzeuge, die richtig fliegen konnten. Ich dachte, dass ich nie so etwas fertig bringen könnte

Die Fächer die ich am wenigsten leiden mochte, waren Religion und Musik. Herr Buchwitz glaubte, dass ich, da ich aus einer christlichen Familie käme, wo der Vater Diakon war, alles wissen müsste. Ich wusste aber gar nichts, war auch eigentlich nicht interessiert. Darum hatte ich im Religionsunterricht immer Angst, dass ich Fragen beantworten müsste. Da waren andere Schüler viel besser, besonders Brigitte Bernd, die immer im Unterricht aufpasste. Ich passte in Religion nicht auf, ich fand es langweilig.

Und Musik fand ich doof, unser Musiklehrer war Herr Kleineiner. Er war Soldat im Ersten Weltkrieg und wurde dann Lehrer. Er spielte Geige, und wir mussten singen. Er ging dann herum, und horchte, wo die 'Brummer' waren. Denen hieb er mit seinem Geigenbogen über den Rücken. Da hatten wir alle Angst. Ich war aber kein Brummer. Harry Pohl war ein Brummer, aber er war ein derber Bursche, der stärkste in unserer Klasse, aber immer friedlich. Er fühlte oft den Geigenstock auf seinem Rücken, aber es machte ihm nichts aus.

In meiner Klasse war auch Sieglinde Kollmorgen, ein ganz besonders niedliches Mädel mit pechschwarzen Haaren. Ich verliebte mich in sie und wir Zwei liefen oft nach der Schule zusammen nach Hause; das war etwas abwegig für mich. Aber dann verschwand Sieglinde Kollmorgen; jemand sagte, sie wäre eine Zigeunerin. Was ist wohl aus ihr geworden?

Oder aus Henning und Hoppe, zwei ganz besonders nette Jungen, die in der Wiegandsthaler Straße wohnten. Eines Tages kamen sie nicht mehr in die Schule. Herr Buchwitz bat mich, auf dem Nachhauseweg zu schauen, wo sie wohl wären. Sie wohnten Hochparterre an der Ecke Holzkircher Straße. Die Namen Henning und Hoppe waren unter der Wohnungsklingel, und daneben war ein Judenstern. Ich klingelte, aber es kam keine Antwort.

Einmal in der Woche traf die ganze Schule zur Schulversammlung an. Wir standen in Reih und Glied, und der Rektor, den wir alle sehr fürchteten, hielt eine feurige nazistische Ansprache, sprach von den deutschen Siegen an Ost- und Westfront, in Afrika und über die Überlegenheit der germanischen Rasse. Er pries den Führer. Diese Versammlung endete dann, dass wir erst das Deutschlandlied und dann das Horst Wessel Lied singen mussten, wobei unser rechter Arm zum 'deutschen Gruß' ausgestreckt werden musste. Ich war einer der Kleinsten in der Klasse, stand also in der vordersten Reihe. Mein Arm wurde langsam müde, und ich beneidete die Kinder, die größer waren. Sie standen hinter uns und legten beim Singen ihre Hand auf unsere Schultern, wenn ihr Arm erlahmte. Wir in der vordersten Reihe konnten das nicht tun.

Ich war manchmal betrübt, dass ich so klein war. Einmal auf dem Weg nach Hause gesellten sich zwei achte Klasse Jungen zu mir. Sie sagten, „Du musst Hefe essen, dann wächst Du ganz schnell. Wir sind so groß, weil wir Hefe gegessen haben". Ich dachte darüber nach. Ich wusste, wo die Hefe im Küchenschrank war, aber hatte dann Angst, was meine Eltern sagen würden, wenn ich auf einmal so schnell groß werden würde.

Am Ende der vierten Klasse wurden einige Schüler von Herrn Buchwitz ausgewählt für die Auswahlprüfungen für das Klara Schumann-Lyzeum und für die Günther Roß-Oberschule. An diesem Tag ging Brigitte Bernd ins Lyzeum, Heimbürge, Bundermann und ich ins Gymnasium. Wir waren alle ziemlich ängstlich.

Es fing an mit einer Versammlung in der Aula. Dr Hölzel, der Direktor oder Direx hielt eine Ansprache, alle brüllten Heil Hitler, und wir wurden dann in Klassenräume verteilt.

Als erstes mussten wir einen Aufsatz schreiben, ich glaube wir sollten ein Erlebnis berichten. Ich fing an etwas aufzuschreiben, aber nach dem ich fast eine Seite geschrieben hatte, merkte ich, dass ich die Aufsatzfrage gar nicht richtig beantwortete, ich zerriss meine Seite und fing noch einmal an, diesmal in einiger Panik, denn ich sah, wie andere Kandidaten schon zwei Seiten geschrieben hatten, und ich fing gerade noch einmal von vorne an. Ich brachte dann zwei Seiten zusammen, und dann wurden unsere Aufsätze eingesammelt.

Danach mussten wir schriftlich Fragen beantworten, es ging hauptsächlich um Geschichte, und da ging es um den Nationalsozialismus, über den Führer, über das Jungvolk, über deutsche Siege gegen England, Frankreich, Russland und Polen, Norwegen, Dänemark, Jugoslawien und Griechenland. Da waren eine ganze Menge Fragen, die ich nicht beantworten konnte. Aber es gab auch andere Fragen geografischer Art, über Heimatkunde, die Eiszeiten und was ein Urstromtal war. Das wusste ich.

Wir hatten dann Mittagspause und gingen in den Schulhof. Dort aß ich die Stullen, die Mutti mir eingewickelt hatte. Ich war ziemlich verängstigt, es war mir klar, dass ich bis jetzt nicht sehr gut abgeschnitten hatte.

Nach der Pause hatten wir dann Matheprüfung. Das ging nun viel besser, ich konnte alle Probleme lösen, Multiplikationen, Additionen usw.

Nach dieser Prüfung ging es wieder in den Hof. Alles war anders als in der Volksschule. Wir durften nicht hin und her laufen, spielen, wir mussten im Kreis herumgehen in Reihen zu vieren. Das machten wir für mindestens eine Stunde. Dann wurden wir zurückgerufen. Wir mussten uns in Reih und

Glied anstellen vor dem großen Portal im Hof. Ein Lehrer brüllte uns an, gerade zu stehen, „Stillgestanden!" . . .„Rührt Euch!" Und dann wurden wir wieder in die Aula marschiert.

Herr Dr Hölzel, der Oberstudiendirektor sprach dann zu uns. Er sprach über Verantwortlichkeit und dass auch wir unser bestes tun müssten, zum Endsieg beizutragen. Er erwähnte die ehemaligen Schüler der Schule, die in den Krieg gegangen waren, und „für Führer, Volk und Vaterland den Heldentod gestorben waren". Er sagte, dass nur die Besten in das Gymnasium aufgenommen werden würden, die für den Führer ihr Alles geben würden. Er rief uns auf, ins Jungvolk einzutreten, denn mit zehn Jahren durfte man dort schon für Führer und Volk sein bestes tun. Er fragte, wer schon im Jungvolk war. Ich konnte mich da nicht melden, Mutti hatte bisher verhindert, dass ich dem Jungvolk beitrat. Am Ende seiner Rede sangen wir das Deutschlandlied und das Horst Wessel Lied. Wir standen stramm mit erhobenem rechten Arm.

Danach kam ein anderer Lehrer ans Pult. Er sagte, dass die Hälfte der Kandidaten die Prüfung bestanden hatten. Er las dann die Namen derjenigen, die durch die Prüfung gekommen waren. Das geschah in alphabetischer Ordnung. Jetzt war alles mucksmäuschenstill. „Heimbürge …" Ich war in meiner Klasse an der 7. Volksschule ein ebenso guter Schüler wie Horst gewesen, so stieg meine Hoffnung ins Positive. Insgesamt wurden etwa fünfzig Namen vorgelesen. Mein Name war nicht dabei. Ich fühlte, wie vom Blitz getroffen. Terror. Was würde Mutti sagen? Die Nachbarn? Alle hatten erwartet, dass ich sicher durch die Prüfung kommen würde.

Alle, die die Prüfung geschafft hatten, durften nun die Aula verlassen, nachdem der Lehrer, ich glaube es war der stellvertretende Direktor ihnen gratuliert und alles beste für die Zukunft gewünscht hatte. Sie packten ihre Sachen zusammen. Da war fröhliches Geschwätz.

Etwa siebzig Schüler blieben zurück. Die Stimmung war bedrückt, keiner wagte etwas zu sagen, wir waren alle ziemlich zerschmettert.

Jetzt sprach noch ein anderer Lehrer zu uns. Er sagte es sei wichtig, dass wir fleißig weiter lernen sollten. Wir hätten nicht versagt, auch für uns war die Zukunft hell unter Adolf Hitler, und dass nach dem Endsieg, Deutschland Handwerker brauchte, um aufzubauen und ein noch besseres Deutschland zu schaffen, „Handwerk hat goldenen Boden".

Er sagte dann, dass fünfzehn Jungen noch auf einer Bewährungsliste wären. Sie dürften für drei Monate auf dem Gymnasium versuchen, sich zu bewähren, und wenn sie diese Möglichkeit bestehen würden, würden sie wie die Schüler, die die Prüfung bestanden hatten, auf dem Gymnasium bleiben. Falls sie die gesetzten Ziele in dieser Zeit nicht erreichten, würden sie zurück in die fünfte Klasse Volksschule gehen.

Er las die Namen vor. Fünfzehn Namen. In alphabetischer Folge. Mein Herz krampfte zusammen. 'S' war ziemlich hinten im Alphabet. Schlimm dass ich Sturm hieß. Aber dann sagte er „Sturm, Hartmut". Ich war der Vorletzte. Jetzt war ich nicht mehr richtig in der Lage, froh darüber zu sein, doch noch in das Gymnasium zu kommen.

Ich lief nach Hause. Ganz allein. Als ich in unserem Block Am Steinberg kam, riefen mir Nachbarn zu, „Na Hartmut, bist Du jetzt ein Gymnasiast?" Ich sagte „Ja" und lief weiter.

Mutti war voller Erwartung. Ich erzählte ihr, wie alles abgelaufen war. Sie war so lieb und sagte, „Nun mach Dir mal keine Sorgen, Du bist jetzt drin, und den Rest, den schaffen wir auch".

Das neue Schuljahr am Gymnasium fing am 2. September 1942 an. Wir wurden in zwei erste Klassen eingeteilt, jede Klasse hatte etwa dreißig Schüler. Unsere Klassenlehrerin war Fräulein Anders. In Erdkunde hatten wir Herrn Rothe. Er war ein ganz gemeiner Kerl, ein Vollnazi. Disziplin bei ihm war superstreng. Muckste jemand in seiner Klasse auf, dann nahm er sein Schlüsselbund und schmiss es auf diesen Jungen, und wehe, man versuchte diesem Geschoss zu entgehen, dann nahm er den Rohrstock, und der 'Feigling' wurde verdroschen – auf den Hintern. Wir hatten alle riesige Angst vor Herrn Rothe. Rothe hatte seine Lieblinge in der Klasse, das waren die Söhne von Eltern, die etwas waren in der Nazi

Hierarchie. Er hatte Rossignol gern, dessen Vater war ein bekannter Geschäftsmann und er konnte seine Familie bis zu den Hugenotten zurückführen. Ein anderer Liebling war Konrad von Au. Seine Vorfahren waren Minnesänger und Ritter im Mittelalter.

Neben mir auf der Bank saß Helmrich. Den fand ich nett und wir waren gute Freunde. Er war ziemlich groß, ich war der Kleinste in der Klasse. In einer Deutschstunde sollten wir fünf einfache Sätze aufschreiben: 'Der Himmel ist blau'. Was noch? 'Der Hund ist mondsüchtig'. Wir beide dachten, dass das ungeheuer lustig war, und fingen an zu lachen, und wir konnten unseren Lachanfall nicht kontrollieren und kicherten für den Rest der Stunde. Resultat, Eintragung ins Klassenbuch. Das war eine schlimme Strafe, und im Zeugnis wurde dann der Tadel vermerkt. Außerdem erhielt meine Mutter einen Blauen Brief, indem stand, dass ich mich im Unterricht schlecht benommen hätte. Da verging uns das Gekicher.

Das viertel Jahr war vorbei. Ich konnte bleiben. Ich war weder besonders gut noch besonders schlecht. Ich weiß nicht mehr, was mein Lieblingsfach war. Ganz bestimmt war es nicht Geografie, da hatte ich viel zu sehr Angst, Rothe zu verärgern. Ich saß da, immer fürchtend, dass ich aufgerufen werden könnte. Religion gefiel mir auch nicht, es interessierte mich einfach nicht. Englisch war schon besser. Biologie machte mir Spaß. Unser Lehrer war der Direx, Dr. Hölzel. Der Unterricht bei ihm war so einfach. Wir studierten Tiere. Hölzel erzählte uns etwas über Elefanten, Tunfische, Reiher und die mussten wir dann malen. Das konnte ich ganz gut. Für den Tunfisch bekam ich eine Eins. Die Zeugniszensur in Biologie konnten wir schon leicht vorher ausrechnen. Man brauchte bloß die Zensuren für die Zeichnungen zusammen addieren und dann durch die Zahl der Zensuren teilen, und schon hatte man seine Zeugniszensur. Wenn ich zurückdenke, glaube ich nicht, dass ich viel in Biologie bei Dr Hölzel gelernt habe.

Zeichnen war auch ein Fach, das mir gut gefiel. Wir durften beim Malen erzählen, und so war da eine nette Atmosphäre. In Musik war ich ein guter Schüler, ich konnte gut Flöte spielen, und konnte Noten lesen im Violin- und Bassschlüssel. In Mathe hatte ich keine Schwierigkeiten.

In Leibesübungen hatten wir unsere Klassenlehrerin Fräulein Käthe Anders. Manche Sachen machten mir Spaß, andere weniger. Ich kletterte gern Stangen hoch, auch Ringen auf Matten in der Turnhalle machte mir Spaß, und obwohl ich der Kleinste war, hatte ich keine Schwierigkeiten. Völkerball machte mir auch großen Spaß. Fangen und werfen mit dem Medizinball dagegen gefiel mir gar nicht. Fräulein Anders war eine Parteigenossin. Nach dem Krieg wechselte sie Seiten und begann außer Sport, Russisch zu unterrichten.

Der Höhepunkt des Sportjahres war das Schulsportfest im Stadion Buschallee. Meine Resultate waren nicht besonders gut, ich rannte sechzig Meter in 10,4 Sekunden und im Weitsprung erreichte ich 2,40 m. Am Ende des Tages war ich enttäuscht, ich war einer der wenigen, die kein Abzeichen gewonnen hatten, eine kleine metallene Brosche mit Hakenkreuz.

1943 wurde ich in die zweite Klasse versetzt. Aber das war so ziemlich das Ende meiner Schulzeit an der Günther Roß-Schule.

Die Großen Ferien 1943 sollte ich in Hamburg verbringen. Es war das erste mal in meinem Leben, dass ich allein auf große Reise ging. Mein Vater war Obergefreiter in Kummerfeld in Holstein. Dort hatte er Kontakt mit den evangelischen Michowitzer Schwestern in Prisdorf aufgenommen, die ein Heim für 'gefallene' junge Mädchen leiteten. Dort hielt er ab und an Bibelstunden, und half gelegentlich auch mit körperlich schweren Erntearbeiten oder Reparaturen. Die Michowitzer Schwestern unterhielten auch Kinderheime, eins in Hamburg-Altona, und ein Sommerheim in Prisdorf.

Mein Vater holte mich vom Hamburg-Hauptbahnhof ab und brachte mich ins Kinderheim nach Altona. Es war der 23. Juli. Am folgenden Tag wurden die kleinen Kinder des Altonaer Kinderheims in das Sommerheim in Prisdorf transferiert, und ich als Besucher wurde mitgeschickt. Da war ich der Hahn im Korbe, nicht mehr der Kleine.

Wir schliefen alle fest im Schlafsaal, als die Sirene losheulte. Wir hatten kaum Zeit uns anzuziehen, da fing schon das Gedröhne der Flak an, so intensiv, wie man es sich gar nicht vorstellen kann. Bis heute graule ich mich vor Feuerwerken, sie bringen schreckliche Erinnerungen zurück. Der Luftschutzkeller war über den Hof unter der Turnhalle. Dort mussten wir hinüber rennen. Der Hof war gerade frisch mit Koksasche belegt worden. Wir rannten barfuß über den Hof, wir fühlten nicht die spitzen Steine unter unseren Füßen, wir hörten heiße Granatsplitter aufknallen. Als der Alarm zu Ende war, sahen wir in Richtung Hamburg, etwa zwanzig Kilometer von Prisdorf entfernt, riesige Feuer lohen. Über 30 000 Hamburger starben während dieser Angriffe. Das Kinderheim in Altona wurde total zerstört, die Kinder dort waren aber glücklicherweise in den nahegelegenen Hochbunker geführt worden.

Es herrschte Chaos in Hamburg, aber auch Chaos im ganzen Deutschen Reich. Frauen und Kinder wurden nun von Berlin evakuiert, meine Mutter mit meinen drei Geschwistern nach Ostpreußen.

Ich wurde in den Zug nach Berlin gesteckt, für mich war jetzt kein Platz in Prisdorf. Ein Telegramm hatte meine Ankunft angekündigt. Als ich in Berlin ankam, war meine Mutter nun nicht mehr da. Ich wurde vom Bruder meiner Mutter, Onkel Hans abgeholt. Er brachte mich auf ein Dorf in der Nähe von Ketzin, wo die Schwester meiner Mutter, Tante Lissi ein Wassergrundstück hatte. Dort wurde ich mehr gelitten als geliebt, und ich hatte große Sehnsucht nach meiner Mutter.

Sie kehrte aber bald aus Ostpreußen zurück, sie war unter unmöglichen Zuständen untergebracht worden. Für ein paar Tage wohnten wir nun wieder in unserer Wohnung Am Steinberg und ich ging zurück zur Schule. Aber der Unterricht war inzwischen sehr irregulär geworden. Fliegeralarm war nun auch am Tag, und wir verbrachten manche Stunden unten im Keller, wo dicke Röhren an der Decke entlang gingen, überall waren Sandkisten zur Feuerbekämpfung.

Das Günther Roß-Gymnasium wurde nun umgesiedelt nach Finsterwalde, aber ich wollte nicht von meiner Familie weg.

Zögernd entschloss sich meine Mutter dann, die Familie nun doch wieder evakuieren zu lassen. Wieder ging es nach Ostpreußen. Es war eine lange Reise mit einem Zug voller Mütter und Kinder. Der Zug fuhr los vom Betriebsbahnhof Berlin-Weißensee, jetzt Greifswalder Straße. Immer wieder hielten wir an, manchmal auf freier Strecke, um Kriegstransporte oder Verwundetentransporte durchzulassen, die alle Vorfahrt hatten. Die Reise ging über Marienburg, Königsberg, Gumbinnen. Das Endziel war Schlossberg, eine Stadt ganz dicht an der sowjetischen Grenze vor dem Krieg. Zu dieser Zeit waren deutsche Truppen noch tief im Inneren der Sowjetunion.

Wir wurden in einer Stube im ersten Stock eines Hauses untergebracht. Die Toilette befand sich im zweiten Stock, dort war auch ein Ausgussbecken und ein Tisch mit einer elektrischen Kochplatte.

Zwei Tage später wurden wir in Schlossberg in die Schule eingeschult. Die von Au Familie war auch dorthin evakuiert worden, und Konrad war in meiner Klasse, und wir beide hielten zusammen. Uns Berlinern wurde deutlich gezeigt, dass wir Eindringlinge waren, und wir waren nicht willkommen. Diese feindlich unfreundliche Haltung ging nicht nur von den Schülern aus, sondern auch von den Lehrern.

Unsere Gastgeber hatten eine ähnliche Haltung uns gegenüber. Sie sagten, wir verschwendeten Energie, und so wurde uns häufig der Strom abgestellt. Das ging so für mehrere Wochen.

Inzwischen hatte sich die Lage an den Fronten sehr zu Ungunsten Deutschlands gewandelt. Die Westmächte waren auf Sizilien gelandet, die Italiener waren kriegsmüde, aber besonders verhängnisvoll war die Panzerschlacht bei Kursk, die letzte aggressive Großoperation Hitlerdeutschlands gegen die Sowjetunion. Der Defensivkrieg hatte begonnen, die Front im Osten verschob sich nun langsam westwärts.

Die Schwester meiner Mutter, Tante Lissi erkannte die Lage. Sie war eine resolute Frau, machte sich auf die Reise nach Schlossberg, und die Familie ging erneut zurück nach Berlin, zurück zum Steinberg 104a.

Aber hier hatte sich die Lage inzwischen sehr zugespitzt, fast täglich griffen angloamerikanische Bomberverbände Berlin an. Es ging fast jede Nacht hinunter in den Keller. Der Keller unter dem Neubau war keine sichere Unterkunft. Wir konnten nicht in Berlin bleiben. Was tun?

Mein Vater hatte inzwischen herausgefunden, dass in Mecklenburg, bei Dahmen, ein Heim für Mädchen der Michowitzer Schwestern bestand. Meine Schwestern wurden dort in das Heim geschickt, wenigstens für solange, bis meine Mutter eine sichere Unterkunft irgendwie außer Reichweite der Bomber gefunden hatte. Mein Vater schlug Schlesien vor. Ich litt sehr an Heimweh, klammerte mich an meine Mutter, so blieb ich bei ihr. Sie fand Unterkunft in einem Pfarrhaus, was gleichzeitig auch eine Pension war, in Hausdorf, Kreis Neurode, Grafschaft Glatz in Schlesien.

Meine Mutter war dort dann bei weitem die Jüngste, die anderen Gäste waren alte, reiche Damen. Sie hatten ihre Vorstellungen. Ein Kind durfte gesehen aber nicht gehört werden. Ich durfte nicht auf den Sesseln sitzen im Salon, für mich wurde extra ein harter Stuhl in den Salon gestellt. Es war ziemlich scheußlich. Zur Schule ging ich nicht. Meine Mutter rannte nun jeden Tag zum Bürgermeister um Unterkunft für die Familie zu bekommen.

Zwischendurch fuhren wir dann die Mädchen in Dahmen zu besuchen. Auf dem Weg dorthin übernachteten wir bei meiner Großmutter im Hansaviertel in Berlin. Während dieser Nacht geschah ein Großangriff auf Berlin. Das Haus neben uns wurde von einer Luftmine getroffen, keiner überlebte. Auch unser Haus war betroffen, Mauern krachten bis in den Luftschutzkeller herunter. Alles war so voller Staub, dass man kaum atmen konnte. Die Stahltür war dann verklemmt, und es bereitete Schwierigkeiten, aus dem Luftschutzkeller herauszukommen.

Am nächsten Morgen liefen wir zum Bahnhof Bellevue um zum Lehrter Fernbahnhof zu fahren, von wo ein Zug nach Neustrelitz ging. An beiden Seiten der Spree brannten Häuser lichterloh, Leute hockten in den Straßen, mit ärmlichen Bündeln ihrer geretteten Habseligkeiten. Obwohl es Tag war, schien alles so dunkel, der Rauch war dicht und überall.

Im Luftschutzkeller gemalt

In Neustrelitz stiegen wir um, und mit der Kleinbahn fuhren wir dann nach Dahmen. Von dort mussten wir acht Kilometer zum Mädchenheim laufen, in winterlicher Kälte. Was meine Mutter dann vorfand, war zutiefst bedrückend. Die Mädchen waren verängstigt. Für das kleinste Fehlverhalten wurden sie mit dem Siebenstriemer geschlagen. Edelgard, gerade drei Jahre alt, war so verängstigt, dass sie jede Nacht das Bett nass machte, und wurde daraufhin jeden morgen verprügelt. Das waren die Christen. Die Michowitzer Schwestern! Die drei Mädchen mussten von dort weg.

Zurück in Hausdorf bestürmte meine Mutter den Bürgermeister, bewegte sich nicht fort von seiner Tür. Und so wurde uns schließlich eine Unterkunft zugewiesen, im Schloss bei der Gräfin von Pfeil. Diese war höchst verärgert, dass der Nazipöbel ihr diese unbequemen Gäste in das Schloss setzte. Wir wurden unten im Keller untergebracht in zwei dunklen feuchten Räumen. Das Schloss war ein sehr großes zweistöckiges Gebäude. Es beherbergte die Gräfin und zwei oder drei Diener und Dienerinnen. Die meisten Männer waren ja im Krieg. Trotzdem war meine Mutter froh, eine Unterkunft gefunden zu haben. Ihre Schwester, Tante Loni, holte dann die Mädchen von Dahmen ab und brachte sie nach Hausdorf.

Mein Vater war voller Begeisterung, dass wir nun in Schlesien waren, an einem sicheren Platz, außerhalb der Reichweite angloamerikanischer Fliegerverbände. Er träumte von der

Zeit nach dem Krieg; er plante dann, als Diakon wieder in seiner Heimat zu arbeiten. Hausdorf war ein sehr schöner Ort. Sein Oberleutnant gewährte ihm Urlaub, und es gelang ihm, die meisten unserer Möbel aus der Weißenseer Wohnung nach Schlesien zu verfrachten. Dazu hatte er einen ganzen Eisenbahnwagon gestellt bekommen. Die beiden dunklen Räume erschienen nun nicht mehr ganz so dunkel, wir fühlten, dass wir nun wieder ein Zuhause hatten.

Ich wurde nun in die Neuroder Oberschule eingeschult. Ich hatte in der Zwischenzeit viel versäumt, und hinkte hinterher. Wir hatten einen Geschichtslehrer, der uns erzählte, wie die Germanen ihre Schwerter schmiedeten. Das wollte ich auch tun. Zu Hause fand ich ein Stückchen dicken Kupferdraht. Mit der Zange knipste ich 10 cm ab und wollte ein kleines Spielschwert daraus machen. Den Draht musste ich nun zum Glühen bringen und mit einem Hammer zum Schwert formen. Wir hatten eine elektrische Kochplatte, wenn man die anstellte, sah man den Spiraldraht rot erglühen. Da steckte ich mein Stückchen Draht hinein, und bekam so einen fürchterlichen Schlag, dass ich mich daran noch bis zum heutigen Tag erinnern kann. Unser Englischlehrer war sehr englandfreundlich, er sagte, die Engländer wären Germanen wie wir, aber der 'Jude' (sic) Churchill hatte sie auf den falschen Weg gebracht.

Gegen Ende 1944 kam die Ostfront dann immer näher. Die Alliierten hatten den 'unüberwindlichen' Atlantikwall überwunden und waren dicht am Rhein. Die Russen waren in Ostpreußen eingefallen, und aus Nemmersdorf hörte man die entsetzlichsten Geschichten. Frauen waren vergewaltigt und ermordet worden. Was bedeutete das: Vergewaltigung? Ich fragte meine Mutti, und sie erklärte mir, das ist, wenn Männer böse zu Frauen sind. Ich hatte keine Ahnung.

Im Januar 1945 erreichten die Russen dann Schlesien. Graf von Pfeil mit seinen Truppen sollte eine oberschlesische Stadt verteidigen, sah die Sache als hoffnungslos und kapitulierte. Die Stadt wurde aber im Gegenangriff wieder den Russen entrissen, und Graf von Pfeil wurde von einem Standgericht verurteilt und erschossen. Die Gräfin war darüber tief entsetzt, sie hatte die Nazis als ordinären Pöbel immer verachtet.

Sie wurde auf einmal sehr nett zu uns, aber flüchtete dann, als die Lage immer brenzliger wurde, in Richtung Westen.

Am 8. Mai marschierte die Rote Armee in Hausdorf ein. Wir verbrachten den Tag bei der Pfarrer Familie. Dort wurden im Garten Wertsachen verbuddelt, auch unser Atlas. Ich hatte oft in den Atlas geschaut. Ich erinnere mich ganz deutlich, dass ich, bevor er in rotem Wachspapier eingewickelt in die Grube gelegt wurde, ihn mir noch einmal anschaute. Da war diese große Insel, ein ganzer Kontinent, Australien. Keine Nachbarn. Nur das Meer. Nur ein einziges Land in einem ganzen Kontinent. Da würde ich gern sein, da muss es friedlich sein, da gibt es keine Feinde. So dachte ich.

Abends gingen wir in das nun leere Schloss zurück, in unsere dunkle Kellerwohnung. Gegen Mitternacht brachen Russen in das Schloss ein. Es war ein furchtbarer Krach, der immer schlimmer wurde, besonders als der Weinkeller entdeckt wurde. Aber wir blieben ungeschoren. Ein polnischer Kriegsgefangener, Anton, saß vor unserer Tür. Als Fremdarbeiter hatte er für die Graf von Pfeilschen Forstverwaltungen gearbeitet. Meine Mutter hatte ihm des öfteren etwas von unseren kargen Mahlzeiten abgegeben, ihm auch Kleidung meines Vaters geschenkt. Er sprach Russisch. Nun saß er vor unserer Tür, und ließ keinen Russen hinein, nur als sie uns etwas von ihrem in der Schlossküche gekochten Essen abgeben wollten, erlaubte er das. Er blieb zwei Tage vor unserer Tür. Das Schloss hatte aber so eine große Anziehungskraft für die plündernden Russen, dass wir dann ins Pfarrhaus der Pastor Urban Familie flüchteten.

Unser Leben war nun sehr kärglich. Jeder Ort musste sich selbst ernähren. Hausdorf war ein Bergwerksdorf mit 6000 Einwohnern. Wir hatten uns mit den Kindern eines Kleinbauern befreundet, und dort erbettelten wir einiges. Aber wir bettelten auch bei anderen Bauern. Das einzige, was wir bekamen, waren Kartoffeln, meist erfroren, mit einem widerlich süßlichen Geschmack. Ich rieb diese Kartoffeln, und versuchte Kartoffelpuffer auf der Herdplatte zu braten, ohne Fett, so verbrannten sie, aber sie halfen, meinen sehr hungrigen Magen zu füllen.

Alle Straßenzeichen und Ortsnamen waren nun russisch, a-
ber wurden Mitte Juni dann durch polnische Schilder ersetzt.
Am 21. Juni kamen zwei polnische Soldaten, und meiner
Mutter wurde befohlen, mit uns vier Kindern innerhalb von
zwei Tagen Hausdorf zu verlassen. Wir sollten um 12 Uhr
am Bahnhof Zentnerbrunn erscheinen. Dort würde ein Zug
bereit stehen.

Meine Mutter organisierte zwei Wägelchen mit Holzachsen,
und darauf wurde nun gestapelt, was wir mitnehmen konnten. Mit hunderten von anderen Ausreisenden wanderten wir
dann die vier Kilometer zum Bahnhof in Zentnerbrunn.
Dort stand ein Güterzug. Wir wurden reingepfercht, und die
Türen wurden von außen verriegelt. Der Zug fuhr dann
mehrere Stationen, und hielt dann vor einer von der SS ge-
sprengten Brücke, die ein breites Tal überspannt hatte. Polnische Soldaten trieben uns brutal aus dem Zug und hinunter
ins Tal, und fuchtelten mit ihren Gewehren herum. Meine
Mutter und wir vier Kinder waren die letzten, die es zum Zug
an der nördlichen Seite des Tales schafften. Dort stand dann
ein Personenzug. Alles war überfüllt, und wir saßen nicht zusammen. Nur Edelgard hockte neben meiner Mutter auf
dem Fußboden. Dieser Zug fuhr dann bis Hirschberg. Dort
hielt er und russische Soldaten umzingelten den Zug. "Dawai
dawai, raus aus dem Zug. Nix Zug nach Berlin. Du laufen."

Es war inzwischen spät am Abend. Wir hatten Moskauer
Zeit. Wir liefen etwas umher, und für die Nacht legten wir uns
dann an einer Kirchhofsmauer nieder, wir waren so er-
schöpft. Die Ruhe dauerte nicht lange. Die Straße war sehr
breit, und russische Soldaten versammelten sich ganz dicht in
unserer Nähe, entzündeten ein großes Feuer. Ein paar Soldaten begannen Musik zu spielen, russische Volkslieder, Kalin-
ka, Wetschernye Swon, und bald tanzten einige der Soldaten.
Ich konnte nicht schlafen, stand auf und guckte und bewunderte die Soldaten. Die Musik bezauberte mich, und bis heute
liebe ich russische Volksmusik.

Am nächsten Tag begann dann unsere Wanderung. Bergab,
bergauf, am Rande des Riesengebirges. An steilen Hügeln
warteten wir unten. Meine Mutter schob Edelgard im Wagen
hinauf. Bärbel blieb oben bei Edelgard, und meine Mutter

kam dann zurück und half Siegtraut und mir mit den Holz-achsenwagen.

Die Flucht war eine schreckliche Zeit. 34 Tage wanderten wir durch die schlesische Landschaft. Es gab keine Infrastruktur, keine Geschäfte, kein fließend Wasser. Brücken über Flüsse, die wir überqueren mussten waren oft nur zerbogene Stahlgerüste. Russische Soldaten und polnische Soldaten plünderten und nahmen uns alles weg, bis wir nur noch das hatten, was wir auf dem Körper trugen.

Wir überlebten, indem ich und die kleine Edelgard zu russischen Soldaten betteln gingen. Manche waren nett und kinderlieb, manche nicht. Einmal erbettelten wir Chleba (Brot) von einem russischen Offizier. Der wurde auf einmal ganz böse, schrie, fuchtelte herum. Edelgard fing an zu weinen, ich hatte große Angst, ich dachte, er wollte uns totmachen. Dann aber kamen ihm Tränen in die Augen, und er sagte in gebrochenem Deutsch: „Ich auch hatte Familie, Kinder, wie Du, wie das Mädchen, Frau. Alle tot. Deutsche Soldaten tot gemacht, Haus verbrannt!" Dann öffnete er seinen Rucksack, und beschenkte uns reichlich mit Brot und Wurst.

Immer wieder gingen Gerüchte herum, dass ein Zug nach Berlin fahren würde. In Kohlfurt warteten wir zwei Tage auf dem Bahnhof. Siegtraut und meine Mutter waren sehr krank und hatten Fieber. Sie lagen auf dem Bahnsteig. Dann kamen russische Soldaten und jagten uns von dem Bahnhof. Meine Mutter ging dann zur Bahnhofskommandantur, sie war völlig ratlos, sie wusste nicht, wie es weitergehen sollte.

Wir Kinder warteten auf der Straße. Plötzlich kam ein Auto vorbei, hielt, und zwei russische uniformierte Frauen stiegen aus. Sie sahen sich Edelgard an. Edelgard war ein besonders niedliches kleines Mädel. Sie zogen sie in das Auto hinein und fuhren davon. Als meine Mutter aus dem Bahnhofsgebäude rauskam und sah, was passiert war, ging sie fast von Sinnen. Sie lief in das Bahnhofsgebäude zurück, aber wurde raus getreten. „Ihr Deutschen habt alles angefangen, hau ab, Dawai." Als meine Mutter wieder hinaus kam, sackte sie in sich zusammen. Wir drei Kinder waren außer uns vor Angst.

Was ist mit Mutti? Mutti spricht nicht. Mutti kauert auf dem Hockerpflaster. Sie hört nicht.

Nach etwa einer Stunde kam das Auto mit den zwei Frauen zurück, Edelgard war frisch gebadet und trug neue Kleider. Meine Mutter reagierte anfänglich überhaupt nicht, nur langsam kam sie wieder zu sich. Sie war nicht mehr unsere junge Mutti. Sie war eine alte Frau. Und sie wurde nie wieder in ihrem weiteren Leben jung.

Das war der Krieg. Wer bezahlte für ihn? Diejenigen, die für diesen Krieg nicht verantwortlich waren, diejenigen, die unschuldig geblieben waren.

Es gelang meiner Mutter uns alle Vier zurück nach Berlin zu bringen. Endlich am 27. Juli, 34 Tage nachdem wir aus Hausdorf ausgewiesen worden waren, erreichten wir Berlin.

Wir hatten Glück. Das Haus, in dem meine Großmutter und unsere Tante Loni wohnten, war das einzige Gebäude, was den Krieg in dieser Straße einigermaßen überstanden hatte.

Dort zogen wir nun ein. Die Wohnung war groß, vier große Zimmer, so war es eigentlich recht bequem trotz der vom Krieg verursachten Schäden.

Ich wurde in die Menzelschule am gegenüberliegenden Spreeufer eingeschult. Die Hansabrücke war von der SS gesprengt worden, so hatte ich einen weiten Weg über die halb zerstörte Moabiter Brücke. Das schlimme war, ich hatte keine Schuhe, so musste ich immer barfuß zur Schule laufen. Das war zunächst ok, aber dann wurde das Wetter kälter. Aber da gelang es meiner Mutter, irgendwo ein paar Holzlatschen aufzugabeln.

Da ich in Schlesien so viel Zeit in der Schule versäumt hatte, wurde ich eine Klasse zurückgesetzt. Ich kam in die sprachliche Abteilung, und musste nun Englisch, Latein und Griechisch lernen. Aber viel lernte ich nicht. Ich war so vom Hunger geplagt, dass ich an nichts anderes denken konnte. Aber so ging es damals ja fast allen Berliner Kindern.

Tiergarten war im Britischen Sektor. Die Besatzungsmacht realisierte, dass bei dem Mangel an Nahrung und Heizung sehr viele Kinder den Winter nicht überleben würden. So wurden mit der 'Organisation Storch' Kinder und sogar ganze Schulen in die Britische Zone evakuiert. Ich sträubte mich dagegen, ich hatte Angst, meine Mutti verlassen zu müssen. Mein Vater war im Krieg vermisst gemeldet, keiner wusste, wo er war. Unsere Zukunft war zu ungewiss. Meiner Mutter, Tante Loni und meiner Großmutter wurden es klar, dass wir zwei Großen, Siegtraut und ich wahrscheinlich nicht über den Winter kommen würden, und sehr viel bessere Überlebenschancen bei einem Bauern in Westdeutschland haben würden.

Mit einem der letzten Transporte am 11. November 1945 wurden wir dann per Bus aus Berlin abtransportiert. Der Abschied war schrecklich, und ich klammerte mich an meine Mutter. Siegtraut war dagegen ruhig, sie hielt meine Hand. Dann saßen wir im Bus zusammen, und der Bus rollte durch die Mark Brandenburg. Ich fing an zu realisieren, dass ich kein Heimweh mehr hatte. Die Fahrt wurde zu einem Abenteuer. Der Bus hielt in Hannover vor dem Hauptbahnhof, und wir wurden in einen Zug transferiert, kein normaler Zug, ein Roter Kreuz Zug, der noch vor wenigen Monaten deutsche verwundete Soldaten transportiert hatte. Die Krankenschwestern waren englische Nurses. Sie waren ungeheuer lieb zu uns. Ich konnte ein bisschen Englisch sprechen, und versuchte mich mit ihnen zu unterhalten. Als wir am nächsten Morgen aufwachten, waren wir in Jever. Eine Krankenschwester gab mir eine Tafel Schokolade "Share it with your big sister." Zu der Zeit war Siegtraut einen halben Kopf größer als ich.

In Jever wurden wir auf eine Bimmelbahn verfrachtet, die dann gemächlich durch das friesische Flachland bummelte. Wir hielten in Carolinensiel. Wir waren so neugierig, wo es nun hingehen sollte. Im Kanal stand ein großes Schiff, welches ich mit Neugier betrachtete. Und zu unserem großen Erstaunen gingen wir dann an Bord. Das Schiff legte ab, und das Ziel war die Nordseeinsel Wangerooge.

Wir landeten also nicht bei einem Bauern. In Wangerooge wohnten wir dann für die nächsten drei Monate in einem Heim, in der ehemaligen Jadekaserne, und wir gingen in die

Heimschule. Unser Essen war sehr karg. Die Besatzung auf der Insel waren Kanadier. Ich sprach manchmal mit ihnen, und bald ging ich bei ihnen ein und aus. Ich musste ihnen die Koppelschlösser polieren, und dafür bekam ich dann manchmal etwas zu essen, und auch öfter mal ein Stückchen Schokolade. Ich konnte auch die Zigarettenkippen sammeln. Die pulte ich aus und verkaufte dann den Tabak an die Frauen in dem Kinderheim. An Geld mangelte es mir nicht, bloß, dass man mit diesem Geld nichts einkaufen konnte, abgesehen, dann und wann, wenn es mal gesalzene Heringe gab. Diese wuschen Siegtraut und ich dann unter dem Wasserhahn und futterten sie auf, so salzig wie sie waren. Wir hatten eigentlich immer Hunger. Der Umgang mit den Kanadiern half sehr, mein Englisch zu verbessern. Der deutsche Dorfgendarm dagegen wollte meine Besuche bei den Kanadiern verhindern, konnte es aber nicht, sie waren ja die Besatzungsmacht.

Mein Vater war in britische Gefangenschaft gelangt, und kam in ein Gefangenenlager in Berchem, Belgien. Er wurde zur Küche des belgischen Wachpersonals außerhalb des Stacheldrahtes eingeteilt und wurde dann effektiv der Chefkoch. Später sagte er immer wieder, dass das die Zeit seines Lebens war, wo er am meisten und am besten gegessen hatte.

Er wurde am 7. Dezember 1945 entlassen, und zwar nach Prisdorf in die Britische Zone. Von dort war er in der Lage, mit der Familie wieder Kontakt aufzunehmen. Nach Berlin konnte er nicht gehen, die Sowjets schickten damals Exkriegsgefangene aus dem Westen in Kriegsgefangenenlager in die Sowjetunion.

Mein Vater holte uns dann Ende Februar aus Wangerooge ab. Wir kamen in Prisdorf in das Michowitzer Kinderheim. Vater arbeitete als Landarbeiter bei den Michowitzer Schwestern. Siegtraut und ich besuchten dort die Heimvolksschule. Ich kann mich erinnern, dass wir 'Die Glocke' von Friedrich Schiller auswendig lernen mussten. Das fand ich langweilig. Aus mir wurde dann ein Exempel gemacht: Die sogenannten Gymnasiasten wären nicht so klug wie die Prisdorfer Volksschüler!

Mein Vater sehnte sich sehr, dass die Familie wieder zusammen kam. Meine Mutter bettelte ihn, nicht in die sowjetische Zone zu kommen; die Erfahrungen während unserer Flucht waren für sie zu schrecklich gewesen. Meinem Vater wurde sogar eine Stellung in Bremen als Diakon angeboten, aber Bremen war so zerstört, Unterkunft war nur für ihn erhältlich, nicht für die Familie. Meine Mutter war in der Zwischenzeit wieder in unsere Wohnung Am Steinberg 104a in Weißensee eingezogen, jetzt aber ohne unsere Möbel.

Mitte April fuhr dann mein Vater mit uns beiden in einem Güterzug in die sowjetische Zone. Der Transport kam zum Halt in Duderstadt. Von dort mussten wir dann in einem großen Treck nach Teistungen laufen. Nach dem Grenzübertritt in die sowjetische Zone hätte sich mein Vater als ehemaliger deutscher Soldat bei der sowjetischen Kommandantur melden müssen. Große Schilder wiesen auf einen Barackenkomplex, der links vom Weg ab auf einem Hügel lag. „Vati, Du musst dort hingehen". „Werdet ihr mal ruhig sein", mein Vater schritt unbeirrt weiter, zum Bahnhof in Teistungen. Von dort ging es nach Berlin. Am 17. April 1946 war dann nach fast sechs Jahren Trennung durch den Hitlerkrieg unsere Familie wieder beisammen.

Ich kam in die Oberschule 1, Berlin Weißensee, in dieselbe Schule am Schwanenteich, wo ich 1942 eingeschult worden war. Ich kam in die Klasse 3rn, mein Klassenlehrer war Dr Höppner. Er unterrichtete uns in Mathematik.

Was ich nicht begreifen konnte war das Konzept der Unendlichkeit. Eines Tages fragte ich Dr Höppner. „Irgendwo muss das Universum doch zu Ende sein, aber was liegt dann dahinter?" Dr Höppner sprach vom gekrümmten Raum, und dass die Möglichkeit bestände, dass jenseits unseres Universums andere Universen lägen. Bis zum heutigen Tage bereitet mir dieses Konzept Schwierigkeiten. Das All erweitert sich, dehnt sich aus, aber wohin?

Meine Klasse war mir in einem weit voraus, und das war in Russisch. Meine Mutter engagierte Fräulein Anders, mir Nachhilfeunterricht zu geben, aber Russisch blieb mein

Schwäche. Fräulein Anders gelang es nicht, das verlorene Jahr mit mir aufzuholen.

Es waren nur noch wenige Lehrer da, die ich aus den Jahren 1942 bis 43 kannte. Herr Rauschenbach war da, er hatte die Nazis verachtet, aber hatte sich während dieser Zeit hinter seinem klassischen Latein verbergen können. Dr Heidloff war auch noch da, auch er war niemals ein Nazi gewesen. Auch Dr Nessler war da, er war ein 'Anglophile', er bewunderte England, liebte die englische Literatur. Wir nannten ihn Gummihals; er war nicht mehr der Jüngste, und seine Haut war faltig und alt. Herr Rothe, der schlüsselbundwerfende Geschichtslehrer war nicht mehr da. Er war ein Onkel von Erhard Lange, einem meiner Klassenkameraden, und von ihm erfuhr ich, dass er nach dem Krieg von den Russen erschossen worden war. Ich empfand, dass er seine gerechte Strafe erhalten hatte.

Ich war bei weitem der Kleinste in meinem Jahr. Ich hatte nur einen Wunsch, einmal so viel Brot essen zu können, wie ich wollte. Gerd Litke und ich befreundeten uns. Auch er war klein. Seine Familie wohnte in Malchow. Sie hatten einen Garten. Und in diesem Garten wuchs eine Menge Obst. Die Litke Familie, Baptisten, waren sehr großzügig. Ich durfte so viel Obst essen, wie ich nur wollte. Bis heute muss ich daran denken, wie Gerd und seine Familie alles mit mir teilten.

Der Hunger machte es, dass ich oft zu müde und zu schwach war, mich meinen Schulaufgaben zu widmen. Ganz besonders schnell fiel ich in Englisch und Russisch zurück.

Als Kleinster in der Klasse hat man wenig Ansehen unter seinen Klassenkameraden. Ich versuchte das auszugleichen, indem ich vorlaut war, oft sogar ziemlich frech. Nicht dass das meinem Ansehen half, viele dachten dann sicher, der Hartmut der ist doof. Meine Leistungen gingen bergab. Ostern 1948, in der fünften (neunten) Klasse, erzielte ich in Englisch und Russisch je eine Fünf, und so war es sehr in Frage, ob ich am Ende des Schuljahres in die 10. Klasse versetzt werden würde.

Dr Nessler war unser Klassenlehrer. Nessler hatte so seine eigenen Gedanken über Erziehung. Eines Tages kam er in die Klasse, und sah, wie König, Spitzname King, und ich uns prügelten. Er sagte nur, dass er uns am Ende der Stunde sehen wollte. Am Ende der Stunde, es war nun große Pause, entließ er die Klasse. Uns setzte er auf zwei Stühle gegenüber und sagte, „wenn ihr Euch prügeln wollt, dann könnt ihr das jetzt tun". „Nein, wir haben uns wieder vertragen." „Das stimmt doch nicht, also los, backpfeifen." Nessler wurde bedrohlich, und so streichelten wir uns gegenseitig unsere Gesichter. „Nicht so, SO!" Mit größter Kraft versetzte er uns beiden eine knallharte Ohrfeige. So fingen wir an, uns gegenseitig ins Gesicht zu schlagen. „Das ist doch gar nichts," und er versetzte uns beiden erneute Ohrfeigen, diesmal auf beide Backen. Da schlugen wir dann beide auf uns ein, bis einer von uns vom Stuhl fiel. „Habt ihr Eure Lesson gelernt?" „Ja Herr Dr. Nessler." und damit wurden wir entlassen. Ich denke manchmal, was wären die Konsequenzen, wäre das heute geschehen.

King

Wir lasen damals 'A Christmas Carol' von Charles Dickens, und jeden Tag mussten wir etwa eine knappe halbe Seite übersetzen. Ich fand das schwierig. Und es war ja auch wirklich ein schwieriger Text, ungeeignet für Oberschüler der Unterstufe. Fast jeden Tag kam ich dran, und war dann nicht besonders gut. Auch Lesen konnte ich nicht gut, ich kam mit der Intonation und der Aussprache des Englischen nicht gut zurecht; allerdings gab Nessler sich nicht viel Mühe, individuelle Schwächen bei Schülern zu korrigieren.

Bei einer Elternversammlung Mitte 1948 sprach Dr Nessler dann mit meiner Mutter. Ich hatte meinen Eltern nichts von dieser Elternversammlung gesagt, aber meine Mutter hatte doch davon gehört und ging natürlich hin. Irgendwie hatte es

Dr Nessler wohl auch auf mich abgesehen, ich war ein kleiner Fips, und auch er war ein kleiner dürrer Mann.

Bei dieser Elternversammlung, nur zwei Monate vor der Versetzung in die 10. Klasse, machte es Nessler meiner Mutter klar, dass ich nicht versetzt werden würde, dass ich in Russisch und Englisch Fünfen hätte, dass ich undiszipliniert und vorlaut sei, faul und dumm, und nicht auf die Oberschule passte. Meine Mutter war erschrocken, sagte zu Nessler, dass ich mich doch so bemühte, und bat ihn, mir doch noch mal eine Chance zu geben.

Am nächsten Tag, vor der ganzen Klasse, veräppelte Nessler meine Mutter, sagte, wie sie geheult hätte, versprochen hätte, ich würde fleißiger werden; dass ich aber zu nichts nütze wäre, einfach zu dumm und nicht für die Oberschule reif. Ich saß da, wurde rot und röter, genierte mich schrecklich, Lutz Scherbarth und andere grinsten. Besonders schlimm fand ich, dass meine Mutter gesagt hatte, ich strengte mich an. „Du Dich anstrengen, Du weißt ja gar nicht was das ist, Sturm". Ich wäre am liebsten in die Erde versunken. Keiner meiner Klassenkameraden kam mir zu Hilfe, nach der Stunde schien es mir, als ob sie mich mieden.

Ich ging nach Hause. Ich hatte nur den einen Gedanken, dem Nessler werde ich es zeigen.

Bei Hantzsch, unserem Russischlehrer, einem Wolgadeutschen, mussten wir aus unserem russischen Lehrbuch, dem Steinitz, immer als Hausaufgabe einen längeren Abschnitt auswendig lernen. Ich setzte mich hin und zum ersten Mal lernte ich diesen Absatz auswendig. Am nächsten Tag in der Klasse, rief mich Hantzsch auf: „Nu Stürmchen? … пять….?"(5) „Nein, Herr

Hantzsch, Ich habe es auswendig gelernt!!" „Na, dann lass mal hören". Ich sagte meine Zeilen fehlerlos auf: "один!"(1) Zum nächsten Tag bekamen wir wieder einen Text zu lernen auf. Auch dieses mal setzte ich mich wieder hin, meinen Text zu lernen. Am nächsten Tag, gleich am Anfang der Stunde: "Nu Stürmchen?" Und ich konnte es wieder. Für die nächste Woche blieb es so. Jedes mal konnte ich meinen Text fehlerfrei aufsagen. Und so blieb es bis zum Ende der fünften (9.) Klasse. Am Ende des Schuljahres bekam ich meine Belohnung. Russisch: Zwei! Aber in Englisch behielt ich meine Fünf, aber mit einer Fünf wurde ich versetzt.

Wir kamen dann in die 10rn. Ich blieb fleißig. Ich bemühte mich nun auch in allen anderen Fächern. In meinen Chemiearbeiten

Lutz Scherbarth

schrieb ich nun häufig eine Eins. In mein Chemieheft steckte ich eine Menge Arbeit hinein. Trotz meiner Anstrengungen, konnte ich Fräulein Habenicht nicht so recht überzeugen; auf den Zeugnissen blieb es bei einer Zwei, Lutz Scherbarth bekam eine Eins, obwohl wir jetzt meistens die gleichen Zensuren hatten. Es ist eben so: hat man mal erst einen schlechten Ruf dann ist es nicht leicht, diesen schlechten Ruf wieder abzuschütteln.

In Englisch machte ich keine Fortschritte trotzdem ich mich auch da bemühte. Ich denke, ich war in Englisch einfach kein guter Schüler. Ich hatte Schwierigkeiten mit der Aussprache und mit der Grammatik, auch wohl mit dem Vokabular. Ich erinnere mich noch, wie wir uns mit dem 'Gerund' befassten, es machte mir keinen Sinn.

Trotzdem war Dr Nessler wohl doch fair. Er war auch unser Deutschlehrer. Ich war einigermaßen gut im Aufsatzschreiben. Wir mussten Aufsätze schreiben 'Wie eine Zeitung aussieht?' oder 'Die Vor- und Nachteile der mechanischen Musikübertragung'. In beiden Aufsätzen erhielt ich eine Eins. In einem anderen Aufsatz mussten wir über irgendeine Kriegserfahrung schreiben, und ich schrieb über ein Ereignis während unserer Flucht aus Schlesien, wo wir mitten im Kiefernwald ein schlimmes Gewitter erlebten. Es regnete kaum, und der Wald geriet in Brand, und wir hatten Mühe, den Flammen zu entkommen. Diesen Aufsatz musste ich vorlesen. Gerd Litke fand diesen Aufsatz irgendwie wohl beeindruckend; in der Pause danach kam er auf mich zu und wir erzählten. Auch er war während des Krieges in Schlesien evakuiert bei einem Förster. Gerd liebte Schlesien, er liebte die Natur. Wir wurden Freunde, und diese Freundschaft hat bis zu dem heutigen Tag angedauert – trotz der riesigen Entfernung.

Eines Tages brachte Dr Nessler das amerikanische Time Magazine vom 20. September 1948 in die Klasse mit. Auf der Titelseite war eine Karikatur der rumänischen Außenministerin Ana Pauker. Das war wohl irgendwann während 1949. Bald danach kam Dr Nessler nicht mehr zur Schule. Wir haben nie wieder von ihm gehört. Wir hatten dann andere Englischlehrer, aber ich kann mich nicht an diese erinnern. Irgendwie hatte Nessler doch Format gehabt.

Für eine Zeit hatten wir Frau. Bornschein für Deutsch. Sie war hübsch, jung und witzig. Oft setzte sie sich auf einen der Schultische, und wir Jungs wurden verrückt, weil wir ihren Schlüpfer zu sehen vermeinten.

Danach wurde unser Deutschlehrer Dr Hering, Er war ein älterer Herr, er war kein Lehrer. Er hatte ein großes Wissen, wusste aber nicht, dieses Wissen zu übermitteln. Deshalb hatten manche von uns wenig Respekt für ihn. Er dozierte, wir wurden nicht aktiv mit in den Unterricht einbezogen. In den zwanziger Jahren war er wohl ein recht bedeutender Mann gewesen, sein Freundeskreis war weit und dazu gehörten berühmte Persönlichkeiten wie Stefan George. Manche von uns, wie Jörg Peters, Gerd Litke, Kutte Schmidt und ein paar andere fühlten, dass Dr Hering ein fanatischer SEDler war, und darum boykottierten wir ihn, und meine Deutschzensuren sanken wieder ab auf genügend und dann ausreichend.

Unser Mathelehrer war Herr Tilsner. Er war auch der Direktor der Schule. Er war aus Ostpreußen. Er war ein richtiger Lehrer. Bei ihm war Mathematik interessant und es machte Spaß. Was ich bei ihm lernte, hat mich durch mein ganzes Leben begleitet. Der beste Schüler war Dieter Reuter, ein Neffe des Westberliner Oberbürgermeisters, Ernst Reuter. Dieter war ein wahres Genie.

Latein hatten wir bei 'Pope' Rödiger, dem evangelischen Pfarrer aus Lichtenberg. Bei ihm war Latein ziemlich langweilig. Wir gingen zum Postamt in Weißensee, und riefen ihn abends an und beschimpften ihn. Wir waren halt böse Buben.

Jörg Peters

Werner Baucik

Gerd Litke, Werner Baucik und ich waren Freiwillige bei der Schulspeisung, wo täglich Schüler frei ein warmes Essen bekamen. Damals war es nicht wie heute, wo alle Klassen durch Lautsprecheranlage erreichbar sind. Wir mussten die Klassen hinunter holen, wo dann Klasse nach Klasse sich ihr Essen in Kochgeschirren abholte. Manchmal blieb etwas übrig, und dann mussten wir Klassen zum Nachschlag holen. Das war sehr populär. Wir holten immer die Klassen mit den hübschesten Mädchen. Ich fand die Karin Kemper so niedlich; so bekam ihre Klasse oft Nachschlag. Sie war drei Klassen unter uns. Doch als sie bei einer Gelegenheit bemerkte, dass ich einen 'Kastenbrotkopf' hätte, war ich sehr gekränkt und dachte bei ihr hatte ich offensichtlich nun doch keine Chancen.

1949 wurde ich in die 11. Klasse versetzt. Meine Zensuren waren jetzt gut, und ich lernte, dass gute Zensuren viel mehr Zufriedenheit brachten, als vorlaut und albern in der Klasse zu sein.

Im April 1950 wurde ich dann krank. Es fing mit einem entzündeten Finger an, der so schwoll, dass er im Weißenseer Krankenhaus geschnitten werden musste. Aber das Gift hatte inzwischen auch andere Teile meines Körpers ergriffen, und ich kam ins Krankenhaus Herzberge, mit postanginöser septischer Endocarditis. Ich wurde mit Sulphonamiden behandelt, die zeigten aber keine Wirkung. Generalsuperintendent Dr Krummacher, der Vorgesetzte meines Vaters, wendete sich an Bischof Dibelius, und von den Amerikanern erhielt er Penicillin für mich. Alle paar Stunden wurde ich nun gespritzt, insgesamt bekam ich 214 Spritzen. Man hatte mich anfangs in ein Einzelzimmer für hoffnungslose Fälle abgeschoben. Eine Schwester saß neben mir, sie war wie ich 18 Jahre alt, hielt meine Hand und weinte. Ich fühlte mich eigentlich warm und wohl, seltsam aufwallende wohlige gelb-goldene fließende Gefühle strömten durch mein Gehirn.

Ende Juli kam ich aus dem Krankenhaus wieder heraus. Und keine meiner Sachen passte mehr. Die Verpflegung im Krankenhaus war gut, die aufgezwungene Ruhe sicher auch, aus einem kleinen Jungen war nun ein sehr viel größerer junger Mann geworden, von 1.49 m auf 1.78 m innerhalb von drei Monaten. Beim Abholen wurde ich mit Kleidungsstücken meines Vaters bekleidet. Aber dann mussten neue Sachen her, und die waren damals im Osten noch verhältnismäßig knapp.

Während meines Krankenhausaufenthaltes war unsere Klasse auf eine mehrtägige Exkursion gegangen. Die hatte ich versäumt. Viele meiner Mitschüler schwärmten davon. Auch andere Dinge waren vor sich gegangen, von denen ich aber nichts wusste, die aber große Konsequenzen hatten.

Am 4. September ging ich dann zurück in unsere Schule in die 12. Klasse. Aber es war nicht mehr dieselbe Klasse. Sie bestand jetzt aus den Schülern der ersten und zweiten Oberschule. Ganz viele meiner alten Mitschüler waren nicht mehr da, Werner Baucik, Jörg Peters, Kutte Schmidt, Günther

Schulz, Wolfgang Duldig und viele mehr. Bei einer Konferenz waren sie wohl alle aussortiert worden, weniger ihrer Leistungen wegen, Baucik und Peters waren sehr gute Schüler, sondern aus anderen, wahrscheinlich politischen Gründen. Ich habe nie rausbekommen, was damals eigentlich geschah. Allerdings hatte ich mich gewundert, dass mein 11. Klasse Jahreszeugnis schlechter als mein Osterzeugnis war, obgleich ich während der gesamten Zeit im Krankenhaus war, hatte dann aber geglaubt, dass der Grund dafür meine lange Abwesenheit sein musste.

Froh, endlich wieder zurück zu sein, betrat ich meine Schule. Es war eine nicht sehr große Klasse mit vielen neuen Gesichtern. Einer meiner Klassenkameraden kam auf mich zu, und sagte, dass ich in die FDJ eintreten sollte. Das wollte ich nicht, und da sagte er, „solche wie Dich brauchen wir nicht in unserem Staat".

Ich ging nach Hause, und berichtete das meinem Vater. „Da bleibst Du nicht! Morgen gehst Du nach West Berlin, und versuchst dort an eine Schule zu kommen." Er selbst ging am nächsten Tag zu unserer Schule, zur Schulleiterin Frau Stansch, und meldete mich ab. Auf meinem nun wieder etwas besseren Abgangszeugnis stand dann, dass ich die Schule verlassen hätte, um einen Beruf zu ergreifen. Ich war trotzdem traurig. Ich hatte mich sehr wohl auf unserer Weißenseer Oberschule gefühlt, und dort war auch mein bester Freund, Gerd Litke. Gerd durfte bleiben, sein Vater arbeitete bei der BVG, gehörte also der Arbeiterklasse an.

Ich traf mich mit Werner Baucik und wir versuchten nun in West Berlin anzukommen. Wir gingen zur Menzelschule im Bezirk Tiergarten. Dort wurden wir angenommen und kamen in den naturwissenschaftlichen Zweig.

Ich hatte zunächst Schwierigkeiten, besonders in Englisch und Deutsch. Im Englischen hatte ich besonders Schwierigkeiten mit der Aussprache. Unsere Klassenlehrerin war Fräulein Dürwald, sie war auch unsere Englischlehrerin. Sie war schon mal meine Klassenlehrerin gewesen, damals im Jahre 1945, als wir für einige Monate bei meiner Großmutter in Tiergarten wohnten. Fräulein Dürwald organisierte für unsere Klasse eine einwöchige Exkursion in ein feudales Heim in Frohnau, um die West- und Ostschüler einander näher zu bringen. Die Ostschüler waren politisch, antikommunistisch, aber wurden als 'radikale Linke' von den westlichen Klassenkameraden gemieden. Die Westberliner Schüler sprachen von Kinos, waren chic angezogen und unpolitisch.

Bei dieser Gelegenheit widmete Fräulein Dürwald mir eine Menge Zeit. Sie erklärte, dass englische Vokale nicht wie deutsche ausgesprochen würden, sondern meist diphthongiert wären, und es gelang ihr in kürzester Zeit, mein Englisch sehr zu verbessern.

In Deutsch hatten wir Ostschüler Schwierigkeiten. Wir waren im Osten indoktriniert worden, Aufsätze zu schreiben, die alle einen politischen Unterton hatten, waren sie nun über Goethe oder Bertold Brecht. Jetzt sollten wir unsere eigene Meinung ausdrücken, und das hatten wir entweder verlernt oder nie gelernt.

Dafür waren wir aber in den naturwissenschaftlichen Fächern unseren Westberliner Klassenkameraden bei weitem voraus. Im Russischen war ich wohl nicht schlechter als mein junger Russischlehrer, der nur etwa ein oder zwei Lektionen der Klasse voraus war. Ab und an gab er uns komplexe Hausarbeiten auf über irgendwelche russische Themen. Die sollten wir in Deutsch schreiben. Ich ging zu Herrn Hantzsch in Malchow, und bat ihn, mir zu helfen. Das tat er gern und mit großer Freundlichkeit. Mit seiner Hilfe schrieb ich meinen Aufsatz in Russisch.

Mein Abitur schnitt ich mit Gut ab, hatte Einsen in Russisch und Chemie, und fast alles andere Zweien, und wurde im Abitur im Jahre 1951, vor genau sechzig Jahren, erster in meiner Klasse an der Menzelschule.

Was sollte ich nun werden? Ich liebte Chemie, es war während der letzten Jahre mein Lieblingsfach gewesen.

Aber zunächst wollte ich nun erst einmal ein bisschen Geld verdienen. Es war das Jahr der Weltjugendspiele, die in Ostberlin abgehalten wurden. Es waren Weltjugendspiele, die einen kommunistischen Hintergrund hatten, und die Deutschland, die DDR, nach dem Krieg in einem neuen Licht zeigen sollten.

Lothar Leese, mein ehemaliger Klassenkamerad und Freund, und ich bewarben uns um einen Job bei der HO, der staatlichen Handelsorganisation in der Berliner Allee. Wir verkauften dann Bockwürste an einem Stand am Weißensee. Es wurde uns eingetrichtert, dass wir diese Bockwürste nicht mit der Hand anfassen durften, andererseits wussten wir, dass es sehr unhygienisch bei der Aufbewahrung dieser Bockwürste im Untergeschoß unter der großen HO Filiale zuging.

Als die Jugendspiele zu Ende gingen, übernahm uns die HO Filiale als Verkäufer, wir hatten uns am Wurststand einigermaßen bewährt. Wir beide bedienten dann den Eierstand. Eier wurden einzeln verkauft, das Stück zu 70 Pfennig, und wurden dann zu 45 Pfennige verbilligt, ein Zeichen des Aufschwungs in der Wirtschaft der DDR, wie das damals erklärt wurde. Eier in West Berlin kosteten 10 Pfennige (West) pro Stück zu dieser Zeit.

Lothar und ich standen an unserem Stand, durften kein Geld in der Tasche haben. Jedes Ei wurde durchleuchtet, eine ziemliche Zahl von Eiern verfehlte diesen Test, und diese Eier wurden in einen eisernen Eimer geworfen. Bei Arbeitsschluss wurde dann gezählt, wie viele Eier wir verkauft hatten, minus der schlechten oder angebrochenen Eier, und da musste unsere Kasse dann stimmen. Stimmte sie nicht, dann wurde das von unserem Lohn abgezogen. Und es stimmte öfter nicht. Am ersten Tag verloren wir fast die Hälfte von unserem Lohn, der bei 1,20 Mark pro Stunde lag. Wir lernten dann, diese Situation zu meistern, indem wir zu kleinen Betrügern wurden. Wir versuchten schlechte Eier so zu zerbrechen, dass aus zwei Eiern drei wurden. Es gab Kunden, die zehn oder sogar zwanzig Eier kauften, und da packten wir dann ein Ei weniger hinein. Nur einmal fielen wir damit rein. Ein Kunde kam, ein recht elegant aussehender Herr, er war sehr nett. Er wollte zwanzig Eier. Wir gaben ihm achtzehn. Aber er hatte mitgezählt. „Sie haben ja nur neunzehn Eier reingepackt."

Wir entschuldigten uns, und ohne zu prüfen, legten wir ihm noch ein Ei dazu. Er kam zurück am nächsten Tag, und sagte: „Sie werden es kaum glauben, als ich nach Hause kam, waren nur neunzehn Eier in der Tüte." Wir lachten verlegen, und gaben ihm schnell noch ein Ei, denn wir hatten Angst, dass unser Rechensystem auffliegen könnte und wir des Betrugs beschuldigt werden würden.

Wer Eier kaufte, musste am besten seine eigene Tüte mitbringen. Wir hatten nur alte Zeitungen, aus denen wir Tüten drehten, und worin wir dann die Eier lose legten, und zehn oder mehr Eier in so einer Papiertüte unterzubringen, war eine ziemlich unsichere Sache.

Eier verkaufen war kein guter Job. Lothar und ich bemühten uns einen besseren zu bekommen, und sahen dann zwei Jobs annonciert bei VEB[13] Fortschritt in Weißensee, einem Textilwarenbetrieb. Wir stellten uns vor und wurden angenommen, jetzt waren wir Transportarbeiter. Wir verdienten 1,50 die Stunde, und das war schon besser. Wir mussten große Stoffballen auf Lastautos laden, die vom Güterbahnhof abgeholt wurden. Diese Ballen wurden dann in der Fabrik bis unter die Decke gestapelt. Wir arbeiteten schnell und fleißig, und wenn nichts mehr zu tun war, machten wir es uns gemütlich und schliefen ganz oben auf den Ballen.

Ich bewarb mich dann zum Chemiestudium an der Technischen Universität in Charlottenburg. Ich musste mich einer mündlichen Prüfung unterziehen, und zu meiner Verwunderung wurden nur wenige Fragen über Chemie gefragt, man war viel mehr am Allgemeinwissen interessiert. Ich erinnere mich, dass ich über das Buch 'Vom Winde verweht' berichten musste.

Ich wurde angenommen, und begann mein Studium an der TU im Wintersemester 1951/52. Die Technische Universität war nun eine Universität, nicht mehr eine Hochschule wie früher, und so mussten wir auch humanistische Fächer studieren. Ich entschied mich für Spanisch, Kunstgeschichte und 'Thomas Mann'. Die Vorlesungen über Thomas Mann wurden von Prof. Altenberg gehalten. Er war inspirierend und

---

[13] Volkseigener Betrieb

sagte, dass wir in der interessantesten Zeit der Weltgeschichte lebten, und wir sollten diese Gegenwart mit Intensität erleben. In Anthropologie hatte ich Professor Muckermann, der hatte im Krieg im KZ gelitten, er war ein wahrer Humanist. Mein Professor in Chemie war Prof. Jander, der im Krieg Giftgase entwickelt hatte.

Im Sommersemester 1953 machte ich mein Praktikum bei Schering im Wedding. Das war nun ganz und gar anders als ich mir Chemie vorgestellt hatte. Ich arbeitete im Forschungslabor für Kontaktinsektizide. Ich wurde unter dem Dach einer Ruine untergebracht, da fehlte die halbe Wand, und zuweilen fegte der Wind durch meine Arbeitsstätte. Die Arbeit war äußerst trist. Diese Insektizide wurden für den Export nach Afrika entwickelt. Die Lösungssubstanz oder besser die Substanz, mit denen diese Insektenmittel verspritzt werden sollten, war Wasser. Ich musste dann diese Insektizide in einem Zylinder durchmischen, wobei viel Schaum entstand. Dieser Schaum wurde dann mit einigen Tropfen Äther beseitigt. Jedes mal musste die Menge des Insektizids um einige Milligramm geändert werden, oder leicht differenzierte Insektizide wurden vermengt. Dann musste ich mit einer Stoppuhr und einer von Schering entwickelten Feinwaage die Sedimentationsraten messen, je langsamer, desto besser. Es war schrecklich langweilig.

Ich gewöhnte mich an den Geruch des Äthers, und allmählich fand ich das Inhalieren stimulierend. Während dieser Zeit brach ich mir den Arm, es war etwas kompliziert, und ich bekam eine Narkose im Weißenseer Krankenhaus, Äther, wie das damals so üblich war. Ich bekam eine Maske auf mein Gesicht gesetzt, der Äther tropfte, und ich sollte zählen. Und ich zählte. Von 100 rückwärts: 99, 98, 97, 96, 95, usw. 89, 88, 87. Bei der Narkose atmete ich eine Menge Äther ein, es dauerte eine ungewöhnliche Weile, bevor ich dann endlich einschlief; und ich hörte noch wie die Ärzte und Schwestern sich wunderten.

Im Sommer las ich auf dem Anschlagbrett in der Mensa der TU, dass Studenten gesucht würden, die in England in Studentenlagern bei der Ernte arbeiten konnten. Ich meldete mich, und wurde angenommen. Dazu brauchte ich aber einen westdeutschen Bundespass, und den beantragte ich dann. Es machte nichts, dass mein Personalausweis ein DDR Dokument war. Ich musste mich dann für ein Visum nach England bewerben. Als ich das erhalten hatte, brauchte ich ein Durchreisevisum für Belgien, denn der Zug fuhr von Aachen nach Ostende, von dort ging die Fähre nach Dover. Was ich aber nicht hatte, und sicher auch nicht bekommen hätte, war ein ostzonaler Interzonenpass nach Westdeutschland. So flog ich von Westberlin, Tempelhof nach Hannover. Ein sensationelles Ereignis, der erste in der Familie, der mit einem Flugzeug reiste.

England war eine überwältigende Erfahrung. Erstaunt war ich, dass ich noch acht Jahre nach dem Kriegsende Lebensmittelmarken bekam, diese waren in Westdeutschland mit der Währungsreform 1948 abgeschafft worden.

Ich arbeitete in einem Camp in Yorkshire, in einem kleinen Dorf das Melbourne hieß. Ich arbeitete mit Jugoslawen, Bayern, Spaniern, Israeliten zusammen, und es herrschte eine fantastische Stimmung. Ich wurde in einem Akkordteam aufgenommen, und verdiente wirklich äußerst gut, der Rekord war fünf Pfund an einem Tag. Nach den sechs Wochen Arbeit fuhr ich dann per Anhalter durch England, Schottland und Irland. Die Menschen waren nett, und dieser Aufenthalt hatte einen großen Einfluss für den Rest meines Lebens. Während der fünfziger Jahre ging ich noch drei mal nach England, jedes mal zwei Monate oder länger.

Diesen Besuch, 1953, musste ich dann zu meinem Bedauern abbrechen. Meine Eltern befürchteten, dass die Behörden in Ostberlin meine Abwesenheit bemerken würden, und forderten mich auf, umgehend zurück zu kommen. Widerstrebend verließ ich dann England. Und da gab es dann auch noch andere Gründe, dass ich ungern in die Realität zurückkehrte. Ich war mir nicht mehr über meine Zukunft sicher. Wollte ich noch weiter Chemie studieren? Zum Schluss meines Praktikums hatte ich fast einen Widerwillen entwickelt. Schering strömte einen Geruch aus, der mich fast krank machte, wirklich oder eingebildet, ich weiß es nicht mehr.

Das Wintersemester 1953/54 wurde mein letztes an der TU. Später im Leben habe ich diesen Beschluss manchmal bereut. Wäre mein Leben anders abgelaufen, hätte ich durchgehalten?

Am Ende des Semesters suchte ich wieder Arbeit. Ich fand diese als Lektor am Verlag 'Volk und Welt', nicht weit vom Brandenburger Tor. Diese literarische Arbeit gefiel mir sehr. Bücher die ich als Korrektor las, waren, 'Wie der Stahl gehärtet wurde', 'Die Elenden' und einige andere. Ich war sehr gut in diesem Job, obwohl ich manchmal vom Korrigierlesen ins Lesen überwechselte, und einmal musste ich fast vierzig Seiten zurückgehen, so interessant war die Lektüre gewesen. Das Geld war nicht zu schlecht, obwohl viel weniger, als ich für die gleiche Arbeit in Westberlin verdient hätte. Aber Jobs in Westberlin waren knapp, und da ich im Ostsektor wohnte, wären 70% sowieso in Ostmark zwangsumgewechselt worden. Diese Geltung bestand, um Westberlinern, die im Osten arbeiteten, einen Teil ihres Einkommens 1 : 1 in Westgeld zu tauschen.

Am 16. Februar 1954 war ich mit Gerd Litke zu einer Operette im Metropol Theater gewesen. Wir liefen zur Straßenbahnhaltestelle in der Bornholmer Straße. Dort war Karin Kemper mit ihrer Freundin. Und dieses zufällige Treffen wurde für mein Leben der entscheidendste Moment. Nach zwei Tagen trafen wir uns wieder, und so fing es an mit uns beiden.

Mit Karin besprach ich meine Probleme mit Chemie. Sie dachte, dass ich eigentlich durchhalten sollte, aber sagte dann, „Wenn du fühlst, du willst die Richtung wechseln, dann tue es jetzt und gehe mit Energie daran".

Zwei Einflüsse entschieden die Wahl der Fächer. Der eine waren die Erfahrungen, die ich in England erlebt hatte; der andere war die literarische Beschäftigung beim Verlag 'Volk und Welt'. So entschied ich mich für Anglistik. Mein zweites Fach wurde Geografie, ein Fach was ich auch in der Schule immer gern hatte. Mich interessierte Geografie. Es war ein Fach, wo viele Wissenschaften zusammen kamen, um das Aussehen und den Bestand der Erdoberfläche zu erklären.

An der Freien Universität machte ich nun gute Fortschritte, und kam gut voran in Anglistik wie auch in Geografie. Seminare fand ich hoch interessant und ich war sehr erfolgreich. 1955 kam Karin dann zur FU um Meteorologie zu studieren, mit Geografie als Nebenfach. Und da machte das Studieren noch viel mehr Freude.

Am 17. Juni 1953 hatte ich an den großen Demonstrationen teilgenommen, und für zwei Tage gehofft, dass nach dem fürchterlichen Krieg und der Nachkriegszeit mit Hunger in einem geteilten Deutschland, nun doch ein besseres Leben in Freiheit auf uns zu käme. Diese Hoffnung wurde zerschlagen.

Mein Onkel Hans entdeckte in einer Zeitung, dass irgendwie ein Fotograf einer westlichen Agentur mich fotografiert hatte, wie ich Steine auf einen sowjetischen Panzer warf. Zwar zeigte mich das Bild von hinten, aber mein Onkel erkannte mich. Er war bei der Westberliner Kriminalpolizei. Für die nächsten paar Wochen blieb ich dann in Westberlin.

Es war klar, dass meine Zukunft im Westen war, wo man nicht beschränkt war, seine Meinung sagen durfte, frei war. Als die Lage sich ein Jahr später beruhigt hatte, ging ich mit meinem Vater zum Volkspolizeirevier in der Goethestraße in Weißensee. Ich beantragte Umzug nach Westberlin. Der Umzug wurde mir genehmigt. Nicht viel später, und das wäre nicht mehr möglich gewesen.

Als Karin Mitte 1956 auch offiziell ganz nach Westberlin umsiedeln wollte, ging das nicht mehr. Unter Walter Ulbricht hatten sich die Fronten zwischen Ost und West sehr verhärtet, und es gab Menschen wie meine Mutter, die befürchteten, dass Grenzübertritte zwischen Ost und West eines Tages nicht mehr möglich sein würden. Nur wenn wir heirateten, war eine offizielle Abmeldung noch möglich. Und offiziell musste es für uns sein, hätten wir illegal die Ostzone verlassen, dann hätten wir nicht mehr unsere Eltern, unsere Familien besuchen können.

Am 28. Juli 1956 ließen wir uns im Standesamt Tiergarten trauen. Für uns war das eine Formalität, es kam uns nur auf das Stückchen Papier an, das wir für die Abmeldung brauchten. Unsere richtige Heirat fand dann in der Pfarrkirche in

Weißensee statt, am 8. September 1956.

Knapp ein Jahr später wurde unser erstes Baby geboren, Ulrike. Unser sehr bescheidenes Stipendium wurde nun knapp, und ich arbeitete so viel ich konnte für die Heinzelmännchen, der Studentenorganisation an der FU, die Studenten Gelegenheitsbeschäftigungen vermittelte. 1959, im März kam dann unser Sohn Thomas zur Welt. Da war nicht mehr viel mit dem Studium für mich los. Ich musste Geld verdienen.

Zur gleichen Zeit war ich so weit, das Staatsexamen zu machen, ich konnte aber nicht sehen, wie wir das finanziell hinkriegen sollten. Mein Thema für die Staatsexamensarbeit, die in Englisch geschrieben werden musste, war 'The Metrical Art of Byron's Don Juan'. In einem langen Essay, in Deutsch geschrieben, hatte ich ein Thema über Lord Byron gut hingekriegt und bei Professor Hübner hatte ich im Hauptseminar dafür eine 1+ erhalten. In Geografie mussten wir unter anderem einen Kontinent als Spezialgebiet wählen, ich entschied mich für Australien und Klimatologie.

Karin war auch so weit, die Diplomprüfung in Meteorologie abzulegen. Aber auch sie war ziemlich voll beschäftigt mit den zwei Kleinen.

Dazu hatten wir aber auch andere Bedenken. Nikita Chrustschev, der sowjetische Regierungschef, hatte 1958 ein Ultimatum gestellt, wobei Westberlin den Sonderstatus verlieren und in die DDR einbezogen werden sollte. Der kalte Krieg hatte eine Phase erreicht, wo wir alle dachten, dass er mit einem Atomkrieg enden würde. Zu der Zeit sahen wir den australischen Film 'On the Beach' (Das letzte Ufer). Die Welt erschien trostlos.

Bei meinem Besuch in London, im Herbst 1959, wo ich für meine Staatsexamensarbeit Material an der Londoner Universität sammelte, besuchte ich die kanadische Botschaft, die australische und neuseeländische, um mich zu informieren.

Die Neuseeländer zeigten wenig Interesse; Deutsche waren knapp fünfzehn Jahre nach dem Krieg noch personae non gratae. Die australische Botschaft dagegen gab mir eine Menge Informationsmaterial und verwies mich an die australische Militärmission in Berlin, in der Nähe der Gedächtniskirche. Karin legte ihr Veto ein gegen Kanada, wenn dann nur in ein wärmeres Klima.

Nach meiner Rückkehr sprach ich bei der australischen Militärmission vor, füllte auch einen Fragebogen aus, war aber überzeugt, dass daraus nichts werden würde.

Wir waren zu tief mit unseren Problemen beschäftigt, Geld war knapp, und wir mussten uns eine neue Wohnung suchen. Das war sehr schwierig, aber schließlich gelang es Karin, das Wohnungsamt Tiergarten zu überzeugen, und kurz vor Weihnachten 1959 wurde uns eine Wohnung in Alt Moabit vermittelt, Seitenflügel, vierter Stock. Es war eine Zweizimmerwohnung, mit winziger verrosteter Toilette, ohne Bad, ohne Waschgelegenheit, in der Küche nur ein gusseisernes Ausgussbecken. Es gab nur eine Gasflamme, aber da war ein großer Feuerherd aus dem Jahre 1871. Im Wohnzimmer war ein Kachelofen. Wir waren froh, unsere eigene Wohnung zu haben, so primitiv sie auch war.

Im Januar hatten wir dann alles einigermaßen nett eingerichtet, als ein Brief von der australischen Militärmission bei uns eintrudelte. Wir sollten alle zu einem von der Militärmission akkreditierten Arzt gehen, polizeiliche Führungszeugnisse beantragen, und in der zweiten Januarwoche zu einem Interview in der Australischen Militärmission erscheinen. Unsere Überraschung war groß. Damit hatten wir nicht gerechnet.

Mit den Kindern erschienen wir zum Interview. Der australische Beamte war sehr beeindruckt, er sagte, dass Geografen in Australien benötigt wären, besonders in den riesigen noch unentwickelten Gebieten.

Ich wurde nach meinen Arbeitserfahrungen gefragt, und die waren ja hauptsächlich nur bei den Heinzelmännchen. Also "Odd jobs!" sagte der Beamte. Nun war ich unsicher. 'Odd', das hieß doch soviel wie seltsam, sonderlich, na ja und job war ein Wort, das ich kannte. Merkwürdige Gelegenheitsarbeit – na, da hatten wir doch keine Chance. Ich wusste damals ja noch nicht, dass 'odd jobs' einfach Gelegenheitsarbeit bedeutete. Ich war ziemlich enttäuscht. Uns wurde noch gesagt, dass wir einen Bescheid bekommen würden, aber auf keinen Fall irgendwie etwas am gegenwärtigen Alltag ändern sollten, da die Auswahl ziemlich streng war, und viele Auswanderungsbewerbungen abgelehnt würden. Wir zwei waren uns nicht so sicher und glaubten, dass wir keinen besonders guten Eindruck gemacht hätten. Fünfzig Jahre später hatten wir Einsicht in das Interviewprotokoll: 'Most highly recommended.'

Unser Leben ging weiter wie immer. Ich arbeitete bei den Heinzelmännchen; da ich wenig freie Zeit hatte, ging es mit meiner Staatsexamensarbeit nur langsam voran.

Und da schlug Mitte Februar ein dicker Brief wie eine Bombe bei uns ein. Er enthielt die Tickets sowie sämtliche Papiere für die Reise nach Australien mit der 'M/S Castel Felice' von Cuxhaven, Abreise am 13. März! Für mich war es eine Paniknachricht, und ich wäre am liebsten ausgestiegen aus diesem Experiment. Karin war von härterer psychologischer Beschaffenheit. Sie sah nur nach vorne. Wir mussten uns für zwei Jahre verpflichten, brachen wir diese Verpflichtung und kehrten vorher zurück, dann müssten wir die Reisekosten zurückzahlen.

Die nächsten paar Wochen waren reine Hektik. Der Haushalt musste aufgelöst werden, wir mussten packen, uns bei der Uni abmelden. Thomas musste noch getauft werden, und diese Taufe, bei meinen Eltern in Weißensee war dann auch unsere Abschiedsfeier.

Die letzten Wochen waren für mich Tage der tiefsten Traurigkeit. Was hatte ich gemacht? Karin war viel positiver. „Wir werden erfolgreich sein, wir haben eine einmalige Chance unsere Zukunft neu zu gestalten. Und sollten wir es dann aus irgendeinem Grund anders wollen, können wir nach zwei Jahren zurück nach Deutschland, werden dann aber an Erfahrung viel reicher sein." Karin sagte auch: „Die politische Lage in Europa sieht so unsicher aus, Australien ist weitab vom Schuss, da können unsere Kinder in Frieden aufwachsen."

Die letzten Tage vergingen wie im Fluge. Wir mussten im Auswandererheim in Bremen Lesum am 11. März sein. Inzwischen waren drei riesige Kisten auf die Reise gegangen. Trotzdem hatten wir noch eine Unmenge Handgepäck, und beim Abschied am Flugplatz Tempelhof, hatten wir elf Gepäckstücke. Wir flogen mit British European Airways nach Hannover. Das wenige Geld, das wir hatten, ging dann noch zum größten Teil drauf: Wir mussten eine Unsumme für unser Übergepäck zahlen.

All diese Unbilden trugen dazu bei, dass der Abschied am Flugplatz nicht zu schwer wurde. Vorher hatten wir uns von meinen Eltern in der Wohnung in der Charlottenburger Straße 142 in Weißensee verabschiedet. Mein Vater brach fast zusammen, meiner Mutter war das Herz so betrübt, dass sie nicht mal weinen konnte. Meine Mutter sah ich nie wieder. Und auch Karins Mutter sollten wir nie wieder sehen. Am Flugplatz klammerte sie sich an Thomas und Ulrike, wollte die Kleinen nicht gehen lassen. Beide unserer Mütter starben aus Kummer innerhalb von zwei Jahren.

Vom Flughafen in Hannover ging es per Bus zum Hauptbahnhof. Karin kümmerte sich um die Kinderchen. Es war eine eisige Nacht. Ich schleppte die elf Gepäckstücke zur Bushaltestelle, die etwa 250 m entfernt lag. Immer zwei Stücke Gepäck, und dann wieder zurück, die nächsten zwei Stücke.

Mir fielen plötzlich die Schuppen von den Augen. Was hatte ich angestellt? Was für eine Wahnsinnsidee? Ich bettelte Karin zurückzufliegen. Mit dem nächsten Flugzeug. „Nein." „Bitte?" „Nein!"

Die Castel Felice war ein ziemlich altes Schiff, es stammte aus dem Jahre 1927. Im Krieg hatte es eine Zeit lang als Truppentransporter gedient. Es war ein verhältnismäßig kleines Schiff mit 12 000 BRT, hatte keine Stabilisatoren, und im Golf von Biskaya und später in der Großen Australischen Bucht schaukelte es so, dass fast alle Passagiere schwer seekrank waren.

Karin und ich wurden getrennt untergebracht. Ich war unten auf dem E-Deck mit einer Anzahl von jungen, meist auch verheirateten Männern. Karin teilte ihre Kabine auf dem C-Deck mit einer jungen Frau und deren kleinen Jungen. Auch das war eine Enttäuschung. Aber letzten Endes kostete uns die Überfahrt ja keinen Pfennig, und wie das englische Sprichwort sagt: Beggars can't be choosers.

Am Abend des 13. März stachen wir in See. Die Bordkapelle spielte „Nun ade du mein lieb Heimatland . . ." und die Augen der meisten waren voller Tränen.

Am nächsten Morgen ging eine Durchsage durch das Schiff, wer gut Englisch sprechen kann, sollte sich umgehend beim Bursar melden. Ich meldete mich mit zehn anderen jungen Leuten. Wir wurden einer Prüfung unterzogen, und sechs wurden ausgesucht unter der Leitung von Mr Lionel Lobstein Englisch an Bord zu unterrichten. Unterricht sollte vormittags und nachmittags stattfinden, je zwei Stunden. Bezahlung sollten ein Australisches Pfund pro Tag sein, auszahlbar bei unserer Ankunft in Australien. Dieser Job machte mir dann riesigen Spaß. Ich hatte am Ende zwei Klassen mit je sechzig Schülern, und es machte mir Freude, den Fortschritt zu sehen. Mit Lionel Lobstein befreundete ich mich. Seine jüdische Familie war 1933 nach Australien aus Deutschland ausgewandert, und so war sie dem Naziterror entgangen.

Die Reise war wunderbar. Wir waren in Deutschland bei miserablem Winterwetter abgereist, und nun wurde das Wetter langsam milder. Wir waren eines der ersten Schiffe, das nach dem Suez Krieg 1956 wieder den Suez Kanal passierte. Dabei geschah es, dass eine der beiden Schiffsschrauben Wrackmaterial am Boden des Kanals berührte, und beschädigt wurde. In Suez warteten wir einige Tage, der Schaden konnte nicht behoben werden. Der italienische Kapitän weigerte sich, mit dem beschädigten Schiff die lange Reise über den Indischen Ozean zu wagen. So wurde ein alter pensionierter Kapitän aus Genua ausgeflogen, der das Kommando übernahm. Mit einer Schraube war die Fahrt nun sehr verlangsamt, und die Geschwindigkeit war von siebzehn Knoten auf knapp zehn Knoten reduziert, sodass wir erst am 21. April in Melbourne ankamen. Mir war das nur recht, erstens bedeutete jeder extra Reisetag ein extra Pfund Verdienst, zum anderen wurden wichtige Entscheidungen in die Zukunft verschoben, einer Zukunft vor der ich einigermaßen Angst hatte.

Bei der Ankunft in Melbourne wurde ich dann dem Zollpersonal als Dolmetscher zugeteilt, und dafür gab es dann noch einmal fünf Pfund Lohn. Ich war erstaunt, was Leute so alles mitgebracht hatten, Dolche, eine Pistole, versteckt in einem Stiefel. Es war ein sehr interessanter Tag.

Gleichzeitig waren wir verwundert, wie kalt und miserabel das Wetter war. Wir hatten all unsere warme Kleidung in Deutschland zurückgelassen, und nun war es ein regennasser Tag mit Temperaturen unter zehn Grad. Das hatten wir nicht erwartet.

Am Abend ging es dann per Zug in ein Einwandererauffangslager nach Bonegilla, einem kleinen Ort in der Nähe von Wodonga/Albury, etwa 550 m hoch gelegen. Es war eisig. Unser erster Kauf in Australien war ein kleines elektrisches Heizgerät.

Am nächsten Tag wurden wir registriert, und zu meinem Entsetzen fand ich, dass mein Beruf 'ungelernter Arbeiter' war. Dagegen protestierte ich, der Beamte war recht freundlich, strich das aus, und ersetzte es mit 'Student'. Das machte aber keinen Unterschied. Mir wurde ein Job als Stahlwerker im Eisenhüttenwerk Port Kembla zugewiesen. Den Job verweigerte ich. Aber das war es dann auch, keine weiteren Jobangebote. Unser zeitweiliges Einkommen war australische Arbeitslosenunterstützung, aber das ging fast alles drauf auf Unterkunft und Verpflegung im Lager.

Ich beschloss dann selbst etwas zu unternehmen, fuhr per Anhalter nach Melbourne und ging dort zum Arbeitsamt. Ich wurde interviewt, ich sagte, ich würde gern dort arbeiten, wo meine Geografie mir nützlich wäre. Man schickte mich zum viktorianischen Innenministerium, ich wurde dort befragt, und wurde dann zum staatlichen Viktorianischen Touristenbüro, dem Victorian Government Tourist Bureau, geschickt. Ich hatte ein erneutes Vorstellungsgespräch. Der Boss war der Mann, der bei den Olympischen Spielen 1956 für die Unterkunft der Sportler aus aller Welt die Verantwortung hatte. Ich bekam den Job als Clerk.

Bei dieser Reise mietete ich auch gleich ein halbes Haus, dicht am Meer, in dem sehr schönen südlich von Melbourne gelegenen Stadtteil North Brighton.

Ich trampte dann ins Lager nach Bonegilla zurück, und zwei Tage später saßen wir vier im Zug nach Melbourne.

Zunächst hatten wir so gut wie gar keinen Hausrat, die Kisten kamen erst zwei Wochen später. Obwohl uns viele Dinge fehlten, beschlossen wir, wenigstens bis die Zukunft uns klarer erschien, ein Leben der Inventarlosigkeit zu führen, ein Begriff, den ich an der Freien Uni Berlin im Geografiestudium gelernt hatte.

Mein erster Job war Assistent Correspondence Clerk. Ich musste die Briefe korrigieren, die die Schreibkräfte getippt hatten. Nach einer Weile kam ich zum Fluglinienschalter für interne Flüge, wo ich Tickets verkaufen musste.

Gleich am ersten Tag stellte mich mein Boss, der stellvertretende Leiter des Reisebüros allen meinen neuen Kollegen und Kolleginnen vor. "This is Hartmut." Kollegen, die im Rang höher waren, wurden mir als Mr oder Miss oder Mrs mit Nachnamen vorgestellt, allerdings gab es nur eine weibliche Person höheren Ranges unter den knapp fünfzig Angestellten. Die mir gleich im Rang waren, oder unter mir, das waren die Mädchen an den Schreibmaschinen, wurden mir mit Vornamen vorgestellt. Der stellvertretende Chef hieß Mr Streckfuss. Er hasste diesen seinen Namen. Seine Vorfahren waren in den 1840er Jahren aus Schlesien nach Südaustralien ausgewandert. Nach zwei oder drei Vorstellungen sagte er dann zu mir: „Hartmut – that sounds very clumsy, let's call you Hart. Do you mind?" Und seit diesem Tage heiße ich Hart. Nur Karin sagt noch Hartmut zu mir. Ich fand eigentlich immer, dass Hartmut nie so recht zu mir passte, ich war nicht besonders hart, ich war nie besonders mutig.

So ziemlich am Anfang wurde ich zurechtgewiesen. Ich radelte die zehn Kilometer zur Arbeit in die City mit meinem ostdeutschen Diamant Rennrad. „Das schickt sich nicht für einen Public Servant". Auch im Hochsommer mussten wir immer Jackett und Schlips tragen. So fuhr ich mit Jackett und Schlips. Ich stellte das Rad immer hinten im Reisebüro in einem dunklen Flur ab, der von der hinteren Parallelstraße zugänglich war. Dieser wurde dann abgeschlossen. So ließ ich dann mein Rad im Hinterhof. Der Konflikt löste sich dann, als eines Tages auf dem Nachhauseweg die Kette los kam, in die Speichen geriet, und ich einen sehr schweren Fall im dichtesten Berufsverkehr hatte. Autos quietschten, und ich lag dann direkt vor einem Auto, das in der letzten Sekunde gebremst hatte. Von da an fuhr ich mit der Stadtbahn zur Arbeit.

Nach sechs Wochen musste ich dann zu einer Prüfung. Diese bestand ich, und von über hundert Prüflingen war ich unter den ersten zehn. Ich war nun Beamter auf Zeit, bis zu meiner Einbürgerung. Die Warteperiode war damals fünf Jahre. Meine Vorgesetzten waren mit meinem Resultat sehr beeindruckt, und ich wurde der Tourist Development Authority unterstellt. Dort half ich Broschüren zusammenzustellen, und ab und an wurde ich auf Reisen geschickt, Fotos für solche Broschüren aufzunehmen. Das war interessante Arbeit, und die Arbeit machte mir Spaß.

Trotz allem war ich nicht hundertprozentig zufrieden. In Berlin hatte ich das Studium kurz vor Abschluss aufgegeben. Ich war also nicht fertig geworden. Und obwohl ich als Clerk einigermaßen gut bezahlt wurde, gab es keine richtigen Aufstiegsmöglichkeiten, besonders nicht in der Werbeabteilung des Reisebüros. Ich sprach mit meinem Chef darüber. Einer der Angestellten sollte zur Weiterausbildung zum Teilstudium an die Melbourne Universität geschickt werden. Da gab es zwei Kandidaten, ich war der eine mit den besseren Qualifikationen, aber die Wahl fiel auf den anderen Bewerber. Ich war nicht naturalisiert, und darum im Staat Victoria für ein Stipendium nicht berechtigt.

Im August 1961 wurde ich zur Filiale nach Sydney geschickt, um dort das Schaufenster für den Melbourne Cup zu dekorieren. Der Melbourne Cup ist eines der reichsten Pferderennen der Welt. Dieser Tag ist für die Melbourner arbeitsfrei und zieht große Menschenmengen an.

Ich fuhr im 1. Klasse Schlafwagen nach Sydney, einer Entfernung von knapp tausend Kilometern. An der Grenze zwischen Victoria und Neu Süd Wales wurde der Zug gewechselt, New South Wales Züge fuhren auf Normalspur, die Viktorianische Eisenbahn damals auf Breitspur.

Ich stieg in Melbourne in den Zug an einem nieseligen kalten Winterabend ein und kam in Sydney an einem herrlichen sonnigen Frühlingsmorgen an. Ich hatte drei Tage Aufenthalt. Für den Job brauchte ich einen halben Tag. Die Sydney Kollegen setzten mich dann in einen Bus, um eine Stadttour zu machen. Ich verliebte mich in Sydney.

Den anderen freien Tag benutzte ich, zur Sydney Universität zu gehen. Ich sagte ich wollte Lehrer werden. Ich hatte meine deutschen Papiere bei mir. Diese wurden sorgfältig geprüft. Ich wurde dann in einen Raum gesetzt und musste einen Tauglichkeitstest machen. Musste ich naturalisiert sein? Nein, nicht in Neu Süd Wales, aber ich müsste mich nach bestandenem Examen für zwei Jahre verpflichten, Lehrer zu sein, und in der Auswahl der Schule hätte ich keine Wahl. Das Studium war frei, und ich würde mit zwei Kindern ein Stipendium von £30 pro Monat erhalten. Das war weit weniger als ein Drittel, was ich in Melbourne verdiente. Der Kursus dauerte ein Jahr und falls bestanden, erhielt man das Diploma of Teaching. Arbeit war danach garantiert.

Man würde mir in zwei Wochen Bescheid geben und genau zwei Wochen später traf ein eingeschriebener Brief ein. Ich war angenommen worden, musste eine Menge Formulare unterschreiben, und sollte mich am 15. Februar 1962 zur Matrikulation am Sydney Teachers College melden.

Ich zog nach Sydney um, Karin und die Kinder holte ich zu Ostern, am 20. April 1962 nach. Es gelang uns den gesamten Umzug mit zwei vollgeladenen Volkswagen zu vollziehen, dank unserer Inventarlosigkeitsphilosophie.

Das Studium am Sydney Teachers College war hochinteressant.

Geografie wählte ich als Hauptfach, aber was sollte das andere Fach sein. In New South Wales bestand ein großer Mangel an Mathematiklehrern, so fragte man mich, ob ich vielleicht Interesse an diesem Fach hätte. Ich hatte mehrere Semester Mathematik an der TU studiert, und so fiel mir die Entscheidung leicht.

In Pädagogik musste ich ein Referat über Martin Buber halten. In Geografie mussten wir eine Abhandlung über die verschiedenen Klimagebiete Australiens schreiben. Für diese Abhandlung bekam ich ein A+. Die Zensuren waren ganz anders als in Deutschland, nicht von 1 bis 6. Hier ging es von A bis D, oder eine Note aus Zehn, wo '10 out of 10' das beste war, und '1 out of 10' ganz schlecht war. Auch wurden und werden immer noch Prozente benutzt. Klimatologie war ja mein Spezialgebiet in Deutschland gewesen, und für meinen Aufsatz benutze ich das von Köppen entwickelte System. Der Geografieprofessor war dann zwanzig Jahre später ein Kollege von Karin, und bei einer Party erzählte er mir, dass er sich immer noch an meinen Aufsatz erinnern konnte.

Wir hatten auch Sport, ein sehr wichtiges Fach im sportverrückten Australien. Rugby war der Hauptsport für die Wintersaison, Cricket im Sommer. Ich musste für diese Sportarten die Spielregeln lernen, Spaß machten mir diese beiden Sportarten nicht, obwohl ich in Cricket ein 'A' bekam. Der Sportdozent prüfte unsere Fähigkeiten auf dem großen Universitätssportplatz. Ich hielt das Schlagholz irgendwie für mich sehr ungeschickt und verkrampft, wie ich das bei anderen gesehen hatte; zufälligerweise schlug ich den Cricketball dann in die richtige Richtung, und er rief "Excellent Hart!", und das war es: 'A' in Cricket. Wir mussten auch eine Art Schwimmmeisterprüfung ablegen, das fiel mir nicht sehr schwer. Außerdem mussten wir in irgendeinem Sport eine offizielle Schiedsrichterprüfung machen, da entschied ich mich für Fußball. Fußball oder Soccer war damals nicht sehr populär, man beschrieb es als äolisches Pingpong. Jeder Oberschullehrer in Australien beteiligt sich am Sport Curriculum, und muss möglicherweise dann ein Team betreuen und coachen, und bei Spielen zwischen Schulen dann Schiedsrichter sein.

Zum Jahresende im College mussten wir dann auch Leichtathletikprüfungen machen, 100m, Hochsprung, Weitsprung. Das Unisportstadium war gerade total renoviert worden, war nun sehr modern, und ich war wohl der erste, der dort zum Weitsprung ansetzte. Ich segelte durch die Luft in die Piste, und landete auf einem Brocken Zement, der irgendwie vom Bauen dort vom Sand verdeckt übrig geblieben war. Ich brach mir mein rechtes Handgelenk.

Ich trug den Gipsverband für acht Wochen. Am Jahresende waren die schriftlichen Prüfungen, und da konnte ich nun nicht daran teilnehmen. Ich musste bis Mitte Januar warten, und saß dann für die Nachprüfungen. Die Zeit, die ich dadurch verlor, oder gewann, nutzte ich aber auf das intensivste. Wir wohnten in einer kleinen zwei-einhalb Zimmer Wohnung direkt an einer Bucht des Sydney Harbours. Ich zog aus unserer schönen gemütlichen Schlafstube aus in die Study, und studierte dort jeden Tag bis spät in die Nacht.

Am Teachers College hatte man uns beigebracht, wie man besonders intensiv lernen konnte. Von diesen Techniken hatte ich in Deutschland nie gehört. Man sollte nie zu lange eine Sache studieren, nach etwa zwei Stunden Pause machen, und dann ein anderes Gebiet angehen. Lerntechniken immer wieder ändern, Zusammenfassungen schreiben, Vorlesungsskripten in den Rändern mit Untertiteln versehen, durch die Skripten gehen, und systematisch Fragen stellen, ein anderes mal diese Fragen beantworten, Essaytitel aufschreiben und dann diese in Punktform beantworten, usw. Als der Tag der Prüfung dann kam, merkte ich, dass ich überhaupt keine Angst hatte, mich ganz sicher fühlte. Ich bestand dann die Prüfungen sehr gut.

Drei Tage später bekam ich ein Telegramm, am 29. Januar 1963 mich zum Dienst an der Cleveland Street Boys' High School in Sydney bei der Social Science Faculty zu melden.

Am genannten Tag meldete ich mich beim Headmaster, der schickte mich zum Deputy Headmaster, und der stellte mich dann dem Social Sciences Subject Master vor.

Alle Schulen hatten einen ähnlichen Aufbau. Der Headmaster war der Boss der Schule, unter ihm stand der Deputy. Dann kamen die Subjects Departments, oft Faculties genannt, und ein Subject Master oder eine Subject Mistress stand diesen vor. Es gab die folgenden Departments; Englisch, Geschichte, Mathematik, Kunst, Manual Arts (Tischlerei, Metallarbeit, Technisches Zeichnen), Social Science (Geografie, Gesellschaftskunde, Asian Social Studies, Kommerz, Buchhaltung, Wirtschaftswissenschaften), Science (Physik, Chemie, Biologie) und Musik. Englisch, Science und Mathematik waren Pflichtfächer, alle anderen Fächer Wahlfächer, so dass zwischen den Departments oft heftige Konkurrenz bestand, Schüler anzuziehen.

Mein Problem war nun, dass mit Mathematik und Geografie ich nicht direkt in die Social Science Faculty passte. Und ich war dieser Faculty zugewiesen worden. Von Economics, Book-keeping und Commerce hatte ich keine Ahnung. Ich hatte aber Glück, ich hatte nur Geografie und Social Science Klassen.

Als nächstes stellte ich fest, dass der Kurs, den ich am Sydney Teachers College abgelegt hatte, nur einen sehr niedrigen Status hatte. Dieser Abschluss wurde nicht als Universitätsabschluss bewertet, sondern als Two-year Trained, und demgemäß war mein Gehalt sehr viel niedriger als das der meisten anderen Lehrer. Auch konnte ich als two-year trained Teacher nicht gleich Beamter werden, sondern musste erst durch eine Inspektion nach drei Jahren durchkommen, abgesehen davon, dass ich mich naturalisieren lassen musste.

Ich kam durch diese Inspektion ohne Schwierigkeiten. Und am 30. Januar 1965 wurde ich naturalisiert, musste aber meine deutsche Staatsbürgerschaft aufgeben. Darüber war ich etwas traurig.

Eins war mir klar. Ich wollte nicht ein two-year trained Teacher bleiben. Ich empfand das als ungerecht, ich hatte so viele Jahre in Deutschland studiert, und bei unserem Interview im Januar 1960 hatte ich gefragt, ob unser Studium anerkannt werden würde, und der Beamte hatte das mit ja beantwortet.

Da blieb mir nun nichts anderes übrig, ich bewarb mich bei der Sydney University. Sydney Uni sah sich alle meine Papiere an, und erlaubte mir Credit für vier Fächer: Englisch 1 und 2, Geografie 1 and 2. Um ein Fach voll zu studieren brauchte man drei Einheiten. Zum Bachelor of Arts brauchte man neun Einheiten, ein Minimum von drei Fächern, davon mindestens zwei mit drei Einheiten. Der Dekan, der durch meine Papiere ging, bestätigte, dass mein Stand sehr viel höher wäre, aber es war der Grundsatz aller Australischen Universitäten, nur für ein Maximum von vier Einheiten Kredit zu gewähren. Selbst wenn ich das deutsche Staatsexamen gehabt hätte, wäre das nicht anders gewesen. Das galt für alle europäischen Länder, aber nicht für Groß Britannien, die USA oder Länder des British Commonwealth. Auf meine Fragen warum, wurde mir geantwortet, dass deutsche Universitäten australische Universitätsgrade auch nicht anerkennen würden.

Also begann ich 1964 ein Abendstudium an der Sydney University. Ich entschied mich für Economics 1 und Deutsch 1. Economics, weil ich merkte, dass ohne dieses Fach im Social Science Gebiet an den Schulen in Neu Süd Wales kein richtiges Fortkommen war. Aber es dauerte nicht lange, dass ich realisierte, dass dieses Fach mir Spaß machte. Es war sehr interessant, in ein neues Gebiet zu dringen.

Das Ministerium, das Department of Education unterstützte mein Bemühen, es trug die Studienkosten, allerdings musste ich mich für drei weitere Jahre verpflichten, aber das fiel mir nicht schwer, Lehrer sein machte mir große Freude.

Deutsch wählte ich, weil ich glaubte, dass ich gegenüber den meisten anderen Studenten im Vorteil sein würde. Das bestätigte sich dann auch, bei den Jahresabschlussprüfungen wurde ich erster in Deutsch. In Economics wurde ich siebenter von siebenhundert Studenten. Mir lagen die mathematisch basierten Theorien in Economics.

Im zweiten Jahr, 1965 wählte ich dann Geography 3 und German 2. Wieder bekam ich sehr gute Noten, in diesem Jahr wurde ich zweiter in Deutsch. Das Education Department belohnte mich nun damit, dass mir three-year trained Status zuerkannt wurde, und damit erhöhte sich mein Einkommen.

1966 wurde ich dann auf die Forest High School für Jungen und Mädchen versetzt, nicht weit von unserem neuen Haus.

Dieses Haus hatten wir uns Anfang 1966 für $11 500 gekauft. Es lag in Narrabeen, einem Küstenstadtteil Sydneys mit dem herrlichsten, viele Kilometer langen Strand und einer Mangroven umwachsenen Lagune. Unser Haus hatte einen großen Garten mit wunderbaren Bananenstauden, und einer riesigen Eukalypte, in deren Borke die tödliche Funnelweb Spinne hauste, die aber nicht aggressiv war. Damals, 1966, gab es noch kein Antiserum gegen den Biss dieser Spinne.

Der Nachteil war nun, dass es bis zur Uni über dreißig Kilometer waren, und ich musste mich beeilen, nach der Schule rechtzeitig zu den Vorlesungen zu kommen. Und nach der Uni war der Nachhauseweg dann noch einmal sieben Kilometer länger.

Ich belegte Kurse für Economics 2 and German 3. Wieder wurde ich erster in German. Professor Farrell, der Dekan der Faculty of Arts, und Chef der germanistischen Abteilung bot mir eine Stelle als Tutor an mit der Zusicherung im dann folgenden Jahr eine Einstellung als Lecturer zu bekommen. Das war ein fantastisches Angebot, jedoch ich lehnte ab, es passte damals nicht in meine Zukunftsträume. Wir waren in Australien, und das wäre ja beinahe eine Negation gewesen, warum wir ausgewandert waren. Ich dachte, das war beinahe wie zurück nach Deutschland zu gehen. Diese meine Absage habe ich dann in meinem (sehr viel) späteren Leben manchmal bereut.

Auch in Economics bekam ich als Note 'Distinction'.

Jetzt war ich fertig mit der Uni. Jetzt war ich ein Graduate Four Year Trained Teacher, und mein Gehalt stieg kräftig in die Höhe. Ich bildete mich aber noch weiter fort, besonders in Economics. In Geografie wurde ich Mitglied der Geographical Society of New South Wales. Ich entwickelte Schulexkursionen in der Sydneyer Region, Flussläufe, Strand-

und Küstengeografie, Erdböden, Landnutzung in der Gürtellandschaft um Sydney und gab darüber Vorträge. Für das Abitur in Geografie, dem Higher School Certificate[14], war es eine Voraussetzung, dass Schüler an Exkursionen teilgenommen hatten.

Ich schrieb dann auch mehrere Schulbücher in Geografie und das produzierte dann extra Einkommen. Und wir wollten vorwärts kommen. Ich bewarb mich um einen Posten an einer Abendschule, wo ich Geografie unterrichtete, und Erwachsene für das Higher School Certificate in Geografie vorbereitete. An Sonntagen nahm ich die Fachschüler auf Exkursionen, und mit doppelter Bezahlung am Sonntag, waren diese etwa sechs Stunden dauernden Exkursionen finanziell sehr ertragreich. So arbeitete ich voll in zwei Berufen.

Forest High School – meine 12. Klasse

Inzwischen war die Familie auf vier Kinder angewachsen, Kristina wurde während meiner Teachers College Zeit im Juli 1962 geboren, und Catleen im Oktober 1965. Dadurch, dass ich zwei Jobs hatte, war es möglich, dass Karin sich voll um die Familie kümmern konnte. In den ersten fünf Jahren jedoch hatte sie Teilzeit Jobs und Heimarbeit gemacht, und dadurch waren wir ja dann auch in der Lage, schon nach knapp sechs Jahren in Australien uns unser eigenes Haus zu kaufen.

Außerdem arbeiteten wir beide jeden Sonnabend in der Deutschen Sonnabendschule der kirchlichen Gemeinden in Sydney, um in Einwandererkindern die deutsche Sprache zu erhalten. Das gelang nur so ziemlich kläglich. Die Kinder von deutschen Einwanderern wollten integriert sein, sie wollten Englisch sprechen, nicht Deutsch.

Damals in den sechziger Jahren war Australien alles andere als multikulturell. Sprach man eine andere Sprache, war man Außenseiter. Karin sprach mit unseren Kindern deutsch im Bus in Sydney, und wurde zurechtgewiesen. Das ist heute nicht mehr so, Australien ist multikulturell, und Einwanderer genieren sich nicht mehr, ihre eigene Sprache zu sprechen.

Unsere vier Kinder können alle deutsch sprechen, Ulrike und Kristina am besten, aber für alle ist es eben nur die zweite Sprache. Von unseren elf Enkeln sprechen nur zwei Deutsch, und das ist, weil Ulrike ihre Kinder auf die Deutsche Schule in Sydney geschickt hat. Eine dritte Enkeltochter hat dann Deutsch an der Uni studiert, aber man merkt deutlich, dass es nicht ihre erste Sprache ist. Bei Karin und mir war es so, dass wir am Ende unseres Arbeitslebens fast nur noch Englisch miteinander sprachen, aber das hat sich nun wieder geändert; wenn wir zwei unter uns sind, dann sprechen wir fast nur Deutsch.

Damals war ich einem Hobby verfallen, und das war Skin-diving, Tauchen und Spearfishing, Speerfischen. Die Unterwasserwelt in Sydney ist sehr bunt und vielfältig. In den Sandsteinfelsen gibt es Unterwasserhöhlen, und damals, am Ende der sechziger und Anfang der siebziger Jahre war der Fischreichtum enorm. Für Jahre aßen wir nur selbstgefangenen Fisch, auch köstliche Abalone Muscheln, selten Fleisch.

1971 bewarb ich mich dann um einen Posten als Dozent in Geografie an der Universität von Papua Neu Guinea, am Goroka Campus. Papua Neu Guinea war zu dieser Zeit noch unter australischer kolonialer Verwaltung. Es handelte sich also um einen Posten, der von der Australischen Regierung in Canberra finanziert wurde. Ich bestand während meines Interviews darauf, dass ich nicht mein Beamtentum in Neu Süd Wales für diesen Job aufgeben wollte, und so wurde ich erst einmal für zwei Jahre nach dem Territory of Papua and New Guinea sekundiert, mit der Möglichkeit diese Frist verlängern zu lassen. Meine Bewerbung war auch deshalb erfolgreich, weil ich für die Macquarie Universität als Master Teacher an der Forest High School arbeitete; ich musste Studenten während ihres Praktikums betreuen und Demonstration Lessons geben.

Im Januar 1972 flog ich dann nach Port Moresby. Ich wurde für zwei Wochen in ein ganz kleines Dorf hundert Kilometer östlich von Port Moresby geschickt, um mich mit der Kultur des Landes bekannt zu machen. Diese zwei Wochen waren

Kaparoko

höchst interessant. Kaparoko war ein Dorf, das im Meer lag, Holzhäuser, die auf Stelzen im Wasser gebaut waren. In diesen Pfahlbauten fühlten sich die Menschen einigermaßen sicher vor feindlichen Angriffen. Neu Guinea war ein sehr in Stämme zersplittertes Land, eine Tatsache, die dadurch unterstrichen wird, dass es in Papua Neu Guinea 850 verschiedene Sprachen gibt.

Bei meiner Rückkehr nach Port Moresby bot man mir dann an, das neu zu gründende Commerce Department aufzubauen. In TPNG[15] war der gesamte Handel, die gesamte Bürokratie zu dieser Zeit noch in australischen Händen. Es gab so gut wie keine Einheimischen, die in Geschäften, Polizei, Schulen beschäftigt waren. Die einzigsten Unternehmen waren Village Trade Stores, Kleinstunternehmen, die aber meistens nur eine Lebensdauer von weniger als einem Jahr hatten, einfach, weil es den Trade Store Unternehmern an kommer-

---

[15] Territory of Papua and New Guinea

zieller Erfahrung mangelte. Vetternwirtschaft oder das sogenannte Wantok System (wantok Pidgin für 'one talk', dieselbe
Sprache) bedeutete, dass diese Trade Stores fast immer
schnell in Schulden versanken, da sie ihren Clanangehörigen
traditionell kein Geld abnehmen konnten.

Inzwischen hatte sich im Land eine Unabhängigkeitsbewe-
gung gebildet unter der Führung von Michael Somare. In
Canberra waren die Liberalen an der Macht, ultrakonserva-
tiv, und der Minister für die externen Territorien, Sir Paul
Hasluck hatte die paternalistische Meinung geäußert, dass
Neu Guinea niemals ein unabhängiges Land werden könnte,
weil es den Menschen in diesem Land einfach an Fähigkeiten
mangelte. Das war aber nicht die Politik der Labor Party, die
dann im Dezember 1972 die Wahlen gewann. Es wurde beschlossen, Papua New Guinea in drei Jahren die Unabhän-
gigkeit zu gewähren.

Meine neue Aufgabe verlangte, dass ich nun völlig selbststän-
dig Kurse entwickeln konnte, die auf das Land zugeschnitten
waren. In einigen katholischen Schulen Papua Neu Guineas
unterrichteten Nonnen Buchhaltung und Handel, wo sie als
Lehrplan den Syllabus von Neu Süd Wales benutzten. Dieser
war aber, wie ich fand, total irrelevant für dieses Land. Ich
besuchte Trade Stores and PMV Businesses (Public Motor
Vehicles), die in kleinen Nutzfahrzeugen hinten auf der La-
defläche Passagiere beförderten. Auch diese PMV Businesses
hatten kurze Lebensdauer, Wantoks wurden umsonst trans-
portiert, und diese Pritschenautos wurden meist nicht gewar-
tet, so dass sie bei den äußerst schlechten Straßen in Papua
Neu Guinea oft nach einem Jahr nicht mehr gebrauchsfähig
waren. Alle diese Sachen versuchte ich in meinen Kursen zu
berücksichtigen. Ich entwickelte ein sehr vereinfachtes Buch-
haltungssystem, das auf solche Businesses zugeschnitten war.

Zu Beginn des Studienjahres war dann ein großer Andrang
für meinen Kommerzkursus. Auf dem Campus war ein kleines Studentencafé. Ich übernahm dieses, und veränderte es in
eine Art Trade Store, und meine Studenten mussten dort
dann praktische Arbeit ablegen. Sie halfen mit Buchführung
und Entscheidungen, welche Artikel anzubieten waren und
zu welchen Preisen. Unter anderem wurde entschieden, dass

Kondome verkauft werden sollten. Ein Drittel der Studentinnen wurden schwanger während der drei Studienjahre. Dieser Schritt wurde dann äußerst heftig von katholischen Missionaren angegriffen. Der College Trade Store blühte dann sehr schnell auf, und bald lockten die billigen Preise auch Kunden aus den Dörfern der Umgebung an. Alle Transaktionen waren in bar, Kredit wurde nicht gewährt.

Einige meiner Studenten erreichten später hohe Posten in Papua Neu Guinea, Sir Wiwa Korowi wurde Governor General. Dr Mark Solomon wurde ein Direktor der Universität von Papua New Guinea, andere erreichten hohe Stellungen in Regierung und Wirtschaft.

Ich übernahm eine weitere Aufgabe als Betreuer für Studenten der Queensland University, die Economics im Fernstudium studierten und die in den nördlichen Provinzen der Insel Neu Guinea arbeiteten. Das waren hauptsächlich Australier, die in der Verwaltung in PNG arbeiteten.

Ganz zu Anfang als ich in unser Haus in Goroka einzog, stellte sich ein sehr junger Mann, Apele Apaso bei mir vor, er wollte einen Job als 'Hausboi' haben. Ich dachte, das wäre ausbeuterisch, kolonialistisch, aber meine Kollegen überzeugten mich dann, dass ich damit Einkommen für eine ganze Highlandfamilie schaffen würde. Apele nannte mich 'Masta', aber ich brachte ihm so langsam bei, dass ich Hart hieß und nicht Masta war. Bei allen Mahlzeiten saß er bei uns mit am Tisch. Ich wurde darüber von der Collegeleitung kritisiert, aber das machte mir nichts aus. Apele sprach kein Wort Eng-

lisch, und nur etwas Papua New Guinea Pidgin. Heute vierzig Jahre später, sind wir immer noch in engem Kontakt mit ihm. Er hat fünf Kinder. Alle sind sie durch die Oberschule gekommen, drei haben Universitätsabschluss, einer ist ein leitender Beamter bei der Polizei. Die jüngste Tochter ist zu Hause und kümmert sich um ihre Eltern und die Enkel. Wir haben zur Ausbildung der Kinder beigesteuert. Wenn ich zurückdenke, gehört deren Erfolg und diese

Freundschaft zu denjenigen Ereignissen in meinem Leben, die mich wirklich happy gemacht haben.

Auch sonst war die Zeit in Papua Neu Guinea fantastisch. Zweimal im Jahr mussten die Studenten in Schulen für vier Wochen ein Praktikum absolvieren. Als Dozenten mussten wir dann diese Praktika beaufsichtigen und bewerten. Auf diese Weise kam ich in die entlegensten Teile des Landes, nach Rabaul auf New Britain und Bougainville, ehemaliges deutsches Kolonialland, und es war interessant, dort noch kleine Überreste aus diesen Zeiten zu beobachten. Ich betreute Studenten in Wabag, Mount Hagen, Finschhafen, und überall war das Bild verschieden. Selbst die Menschen waren völlig unterschiedlich, die kleinen aber sehr stämmigen Highlander, die sehr attraktiven Menschen in Manus und Milne Bay.

Auch hier ging ich wieder Skin-diving; Tauchen im warmen Wasser, der Fischreichtum, die Muscheln und die Korallenwelt faszinierten mich.

Prince Phillip, Karin, Catleen und Kristina

Im Februar 1974 kam das königliche Ehepaar nach Goroka und wir wurden Queen Elisabeth und Prince Phillip vor gestellt.

Mit Karin erkletterte ich Mt Wilhelm, den höchsten Berg in Papua Neu Guinea, 4509m hoch, damals wurde er noch auf über 5000m geschätzt. Es war eine recht schwierige Kletterei, ganz oben lag Schnee, und wir hatten dort den herrlichsten Ausblick, zwar nur für eine kurze Zeit. Wir langten ganz früh am Morgen auf der Bergspitze an, und hatten für eine Stunde klares Wetter, dann wurden wir von dichten Wolken umringt.

Ich bat das Neu Süd Wales Erziehungsministerium, mein Secondment um ein Jahr zu verlängern, was mir gewährt wurde. Am Ende des Jahres 1974 entschieden wir uns dann aber zurück nach Australien zu gehen. Ulrike war so weit, im Jahre 1975 ihr Abitur (HSC) zu machen. 1974 hatten wir sie nach Australien geschickt, um dort zur Schule zu gehen, und 1975 hätte dann Thomas auch nach Australien gemusst. Wir waren eine Familie, wir wollten zusammenbleiben.

Ich bewarb mich um eine Stelle als Privatdozent am College of Advanced Education in Darwin, aber daraus wurde nichts, Darwin wurde zu Weihnachten 1974 durch einen gewaltigen Wirbeslsturm, Cyclone Tracy, zerstört.

Also ging es zurück nach Sydney. Ich bekam eine Stelle als Studiendirektor am ältesten Gymnasium Australiens, der Fort Street High School, als Subject Head der Social Science Faculty.

1978 wurde ich zum Oberstudiendirektor befördert, und der Weg war frei mich als Schulleiter zu bewerben. Ich zog es aber vor, auf der Fort Street High School zu bleiben. Fort Street war eine selektive High School, und nur die begabtesten Schüler wurden dort aufgenommen. Da machte das Unterrichten großen Spaß. Meine Social Science Abteilung bestand aus hervorragenden Lehrern. Ich war zufrieden.

Außerdem arbeitete Karin ganz in der Nähe, und wir konnten zusammen zur Arbeit fahren. Karin war nun die administrative Chefin des Sydney Teachers College, der Institution, wo ich vor 20 Jahren meine Laufbahn als Lehrer begonnen hatte. Auch Karin hatte ihr Studium beendet, sich in Psychologie spezialisiert.

Schule war von 9 Uhr bis 15.15 Uhr. Karin arbeitete bis 17 Uhr. Ich benutzte die Nachmittage für die Schule zu arbeiten, Vorbereitungen zu machen. Ich war für die Lehrpläne in meiner Abteilung verantwortlich, auch dafür, dass sie eingehalten wurden, für alle Zensuren, ich hatte Beaufsichtigungspflicht der mir unterstellten zehn Lehrer und war für ihre berufliche Entwicklung verantwortlich.

Innerhalb der Schule war ich für die Stundenplankonstruktion verantwortlich. Das war eine sehr schwierige Aufgabe, weil fast jeder Schüler einen anderen Stundenplan hatte, da sie die verschiedensten Lehrfächer wählen konnten. Es gab keine Freistunden für die Schüler. Jeder Tag hatte acht 40-Minuten-Schulstunden, außer Mittwochs, wo am Nachmittag Sport getrieben wurde.

Viele der Schüler spielten in Schulmannschaften, die dann in den verschiedensten Sportarten gegen andere Schulen auftraten, um für die Distriktmeisterschaft zu spielen. So hatte Mittwoch nur fünf Stunden. Die Konstruktion der Stundenpläne war äußerst komplex, und am Jahresende brauchte ich dazu mindestens vier Wochen. Da ich hauptsächlich HSC Klassen unterrichtete, und die Abiturprüfungen Ende Oktober begannen, widmete ich dieser Aufgabe meine ganze Energie.

Das Abitur, das Higher School Certificate wurde vom Erziehungsministerium zentral gesetzt und war bis auf Fremdsprachen ausschließlich schriftlich. Viele Lehrer fürchteten sich fast genauso vor dem Abitur wie die Schüler. Hatte man den richtigen Stoff gelehrt, hatte man Fragen richtig antizipiert? Für jedes Fach dauerte diese schriftliche Prüfung drei Stunden. Diese Prüfungsarbeiten wurden dann außerhalb der Schule zentral zensiert.

1978 gewann unsere Schule den ersten Preis in einem Preisausschreiben, das die Verschönerung der Schulhöfe zur Aufgabe hatte. Fort Street High School war eine Inner City Schule, und da bestanden viele Möglichkeiten, die Schullandschaft zu verschönern. Einen Entwurf hatte meine Faculty dann erarbeitet, und der erste Preis war ein Apple II Computer. Das war sensationell. Und dieser Computer erleichterte mir dann die Planung der Stundenpläne für das neue Jahr und die Verwaltungsarbeit.

Mit Hilfe der Elternschaft brachten wir dann die nötigen Finanzen zusammen, und kauften weitere Computer, und rüsteten ein Klassenzimmer in einen Computer Raum um. Ab

1979 führte dann die Schule ein neues Wahlfach, Computer Science ein, und das wurde dann meinem Social Science Department unterstellt. Apple war damals der einzigste Desk Top Computer und hatte viele Jahre keine Konkurrenz. Unsere Apple II Computer ersetzten wir dann mit Macintosh Computern. 1987 kaufte ich mir einen eigenen Macintosh, und bin seit dem ein Macintoshfanatiker geblieben – bis zum heutigen Tag. Mein erster Macintosh hatte eine Speicherkapazität auf Disketten von 20 KB. Der Computer, auf dem ich meine Geschichte schreibe, hat eine Kapazität von 500 Gigabyte, 25 000 mal größer. Wer hätte sich das damals vorstellen können. Als wir zu unserer Zeit zur Schule gingen, gehörten diese technischen Wunder in das Reich der Fantasie.

Lehrer unterrichteten 28 Vierzig-Minuten Stunden pro Woche, Head Teachers 21, der stellvertretende Schulleiter 14 und der Schulleiter war ausschließlich für die Administration der Schule verantwortlich. Anwesenheitspflicht für alle Lehrer war von 8.45 bis 15.15 Uhr.

Meine andere Aufgabe innerhalb der Schule war die Liaison mit der Pädagogischen Fakultät der Sydney Universität, das Praktikum für Lehramtskandidaten zu organisieren. In diesem Zusammenhang gab ich auch Demonstration Lessons für Studenten der Sydney University.

1978 wurde ich vom Abgeordneten für North Sydney als Justice of the Peace (Friedensrichter) vorgeschlagen und wurde dann in diesem Ehrenamt vom Justizministerium bestätigt. Dieses Amt hielt ich bis zu meinem 75. Geburtstag.

Als Staatsbeamter hatte man die Möglichkeit, nach zehn Jahren Arbeit, Long Service Leave, Treueurlaub, zu nehmen. Nach zehn Jahren waren es zwei Monate, aber man konnte auch vier Monate frei nehmen, dann allerdings erhielt man nur die Hälfte des Gehaltes, aber das bedeutete ja auch weniger Steuerabzüge. Danach wuchs dieser Treueurlaub alle zwei Jahre um einen Monat, oder zwei Monate bei halber Bezahlung.

Diese Möglichkeiten nutzten wir beide und flogen regelmäßig jedes zweite oder dritte Jahr nach Deutschland und Europa.

Wir reisten auch nach China, Indien, Indonesien, Nepal, Thailand, Alaska, Neuseeland, Südafrika und Japan.

In Japan hatte unsere Schule eine Sister School Beziehung mit einer Schule in Tokyo. Durch die Geografische Gesellschaft von Japan, wo ich einen Vortrag hielt, lernte ich Professor Shuichi Hozumi kennen. Mit ihm und seiner Familie entwickelte sich ein enges freundschaftliches Verhältnis. Oft besuchten wir ihn in Japan, und er uns in Australien. Er schrieb ein Buch über Australien, wobei ich ihm behilflich war. Das freundschaftliche Verhältnis besteht bis zum heutigen Tage. Er hat ein sehr schönes Haus in der Ibaraki Präfektur nördlich von Tokio. Es erlitt ziemlichen Schaden in dem schrecklichen Erdbeben im März 2011, und die Umgebung zeigt erhöhte radioaktive Werte.

Eines der Fächer in Social Science war Asian Social Studies. Ich hatte in diesem Fach einen sehr erfolgreichen Lehrplan entwickelt. Dieser Plan gewann mir eine Studienreise nach Indien. Diese vier Wochen in einer so fremdartigen Kultur beeindruckten mich sehr.

Aus West Berlin erhielt ich Besuch von zwei Lehrern, die für einen Monat am Leben der Fort Street High School teilnahmen. Ich nahm sie mit auf eine Klassenfahrt in die australischen Wüstengebiete, und sie waren sehr beeindruckt, wie intensiv unsere Schüler kleine Forschungsprojekte ausführten, die für das Bestehen in Geografie im Higher School Certificate Pflicht waren. Beide fanden aber, dass Schüler in Australien zu früh spezialisiert wurden. In den beiden Oberstufenjahren hatte jedes Fach sechs Wochenstunden, und man konnte dieses Fach auch auf einem höheren Niveau studieren, mit neun Schulstunden pro Woche. Sie fanden, dass zum Beispiel Geografie oder Mathematik auf demselben Niveau lagen, wie die anfänglichen Semester an deutschen Universitäten. Sie kritisierten, dass wir zu jung Spezialisten ausbildeten, die aber dann möglicherweise keine Ahnung von anderen Gebieten hätten. Sie fanden es auch seltsam, dass in den Schulen von Neu Süd Wales Economics unterrichtet wurde, einem Gebiet, das in Deutschland nur in höheren Lehranstalten gelehrt wird.

Diese Jahre an der Fort Street High School waren wunderbare Jahre. Wir waren gesund, reisten viel. Unsere Kinder waren inzwischen erwachsen und hatten ihre Berufe. Auch die ersten Enkel waren da. Das Leben war jetzt in einem regelmäßigen Rhythmus, aber wir wollten noch mehr vom Leben. Wir überlegten uns, wie wir die Zukunft gestalten wollten. Ich war jetzt, im Jahre 1989 57 Jahre alt, Karin 53. Sollten wir noch weitermachen? Lehrer hatten einen schweren Beruf, und die Lebenserwartung von Lehrern lag weit unter dem australischen Durchschnitt, besonders für Lehrer, die bis zu ihrem 65. Lebensjahr arbeiteten. Wir entschieden uns in den Ruhestand zu gehen, Karin Ende 1989, ich im Februar 1990.

Wir beschlossen statt monatlicher Pension uns die gesamte Ruhestandssumme pauschal auszahlen zu lassen. Das erbrachte viele neue Verpflichtungen und einen neuen Wirkungskreis. Wir mussten diese ziemlich große Summe investieren. Wir sahen uns den Aktienmarkt an, und legten das meiste unseres Geldes dort an. Das hieß nun auf dem Laufenden zu bleiben, kaufen und verkaufen, und das ging alles sehr gut bis 2008, als die Globale Finanzkrise die meisten unserer Aktien im Wert ziemlich reduzierte. Unsere Guthaben haben sich verringert, aber wir haben immer noch eine herrliche Wohnung direkt am Hafen in Sydney mit wunderbarer Aussicht, allerdings ist diese nur 56 qm groß. Dann haben wir noch ein Haus in den Blauen Bergen, in Katoomba, das wir besonders gern im Sommer haben, weil die Temperaturen dort doch deutlich niedriger als in Sydney liegen; unser Haus ist 1040m über dem Meeresspiegel.

Australien hatte ein großzügiges Auslandshilfsprogramm in den Salomoneninseln. 1990 bekam ich ein Angebot von der Universität Sydney an dieser Auslandshilfe teilzunehmen. Ich wurde nach Honiara geschickt, zum dortigen Erziehungsministerium. Ich sollte dazu beitragen, ein Economics und Commerce Programm für die dortigen Oberschulen zu entwickeln und ein Lehrbuch für die Oberstufe zu schreiben. Dieses sollte auf die Wirtschaft des Landes zugeschnitten sein.

Ich hatte viel zu lernen. Ich flog nun in die entlegensten Gegenden, besuchte kleinste Dörfer, um diese meist Subsistenzwirtschaft intensiv zu studieren. Oft ging es auch per

Schiff, und selbst per Kanu; nach Kolombangara, einer vulkanischen Insel waren das immerhin fast vierzig Kilometer über das offene Meer. Dort versuchte man eifrig, sich wirtschaftlich zu entwickeln. An einem kleinen reißenden Gewässer hatte man ein kleines Kraftwerk installiert, genug um Elektrizität in die kleinen Häuser und die Schule zu bringen, aber besonders wichtig für den Aufbau einer kleinen Industrie, einem kleinen Sägewerk, das wertvolle Hölzer bearbeitete, und für die Herstellung von Bambusmöbeln aus einheimischen Bambusstauden. Auf dem Rückweg von dieser Insel kamen wir in ein Unwetter, und die Sicht war weniger als zehn Meter. Trotzdem fuhr unser Kanu unbeirrt weiter, und nach drei Stunden kamen wir genau an dem Punkt an, wo wir ankommen sollten. Unglaublich.

Auf New Georgia ging es wieder mit dem Kanu auf eine lange Reise, diesmal aber an der Küste entlang. Wir kamen in einem Dorf an, wo man Kanus baute, große Kanus aus riesigen Baumstämmen, die von Menschen über zwei Kilometer zum Strand geschleppt wurden, um dort mit Queräxten bearbeitet zu werden. Diese Kanus wurden dann mit Außenbordmotoren betrieben, und oft für lange Reisen benutzt. Am liebsten hätte ich so ein Kanu gekauft und nach Sydney verfrachtet, aber die Frachtkosten waren so hoch, dass wir für dasselbe Geld in Sydney eine kleine Luxusyacht bekommen hätten. In den siebziger Jahren hatten wir ja eine kleine Yacht besessen, sie aber dann später wieder verkauft, wir bezahlten für den Erlös unsere letzten Hausschulden ab. Wir wollten schuldenfrei sein.

Auf Malaita besuchten wir ein winziges Inseldorf. Die ganz kleine künstliche Insel war von Menschen vor hunderten von Jahren gebaut worden. Sie hatten ein ganz besonderes Verhältnis zu Haien, sie konnten sie rufen, und die Haie schwammen auf sie zu. Die Leute dieser Insel waren wohlhabend, sie produzierten Muschelgeld, das sie mit Steinen schliffen. In der lokalen Wirtschaft spielte dieses Geld noch eine wichtige Rolle, Schweine wurden mit Muschelgeld gekauft und verkauft, der Brautpreis, der oft sehr hoch war, wurde mit Muschelgeld bezahlt; und auf den örtlichen Märkten wurden Fische, Kokosnüsse, tropische Früchte, Korbwaren mit Muschelgeld gehandelt.

Auf der Insel Gizo ließen wir uns zur Plum Pudding Insel rudern, um einen Tag Freizeit zu genießen, und unter den herrlichsten Korallen zu tauchen, Haie zu beobachten, und die buntesten Fische, die man sich vorstellen kann, zu bewundern. Es war die Insel auf die sich John F Kennedy retten konnte, als sein kleines Torpedoboot 1943 von einem japanischen Zerstörer gerammt worden war. Die Insel war baumlos; wir verbrachten dort den ganzen Tag, und holten uns dort den schlimmsten Sonnenbrand unseres Lebens.

In Munda, auf New Georgia gab es Wiesen mit den herrlichsten Orchideen. Dort lagen wir fiebernd im Bett, nicht wegen der Temperaturen, die auch nachts sehr heiß waren, sondern weil Deutschland im Fußballendspiel gegen Argentinien stand. Deutschland wurde Weltmeister mit einem 1:0 Sieg. Wir waren so happy, und am nächsten Morgen wurden wir von den Einheimischen gefeiert. Das war wunderbar.

Mit dieser Arbeit, die schöner als die schönsten Ferien waren, verbrachten wir beide das Jahr 1990. Ab und an flogen wir dann mal zurück nach Sydney, um nach dem Rechten zu sehen.

Als ich hörte, dass die Abiturklasse einer Schule östlich von Honiara riesigste Schwierigkeiten hatte, weil sie keinen Lehrer für Economics hatte, stellte ich mich freiwillig zur Verfügung, der Schule und den dreißig Schülern auszuhelfen. Ich hatte fünf Wochen, sie für das externe Examen vorzubereiten und zwei Jahre mussten aufgeholt werden. Ich wurde dann damit belohnt, dass die zwei ersten Plätze im Land von meinen Schülern belegt wurden. Während der gleichen Zeit hatte Karin die Verwaltung der Schule auf einen Stand gebracht, dass sie von den Inselbewohnern übernommen werden

konnte. Die Schule wurde dann im neuen Jahr von der katholischen Kirche den Einheimischen übergeben.

Dort hätte ich weiterarbeiten können, aber wir hatten nun inzwischen schon fünf Enkel, und es war wichtig für uns und unsere Familie, dass wir an ihrem Aufwachsen teilnehmen konnten.

Trotzdem blieb ich aber mit dem Berufsleben verbunden. Die Universität Sydney engagierte mich, Lehrerpraktikanten im Sydneyer Raum zu betreuen. Zweimal im Jahr waren vier Wochen Practice Teaching, und ich fuhr dann von Schule zu Schule, die Lehramtskandidaten zu betreuen und zu beurteilen. Es war für mich höchst interessant zu beobachten, wie unterschiedlich verschiedene Schulen funktionierten, das hing zum Teil von der Schulleitung ab, zum Teil vom sozial-ökonomischen Hintergrund der Umgebung. Schüler in wirtschaftlich besser situierten Stadtbezirken hatten von Anfang an weitaus bessere Chancen, später weiter im Leben zu kommen. In dieser Tätigkeit fuhr ich fort bis zu meinem 72. Lebensjahr.

Statt Ruhestand begannen wir dann mit Renovierungsarbeiten. Wir hatten unser großes Haus in Neutral Bay, an der Nordseite des Hafens von Sydney verkauft, indem unsere Familie aufgewachsen war. Dafür hatten wir eine Wohnung in

Sydney direkt am Hafen gekauft. Die Wohnung war renovierbedürftig, und wir Zwei bauten sie völlig um. Gleichzeitig hatten wir ein altes Haus in den Blauen Bergen gekauft, das wir total ummodellierten. Heute ist es ein freundliches und helles Haus, und wir fühlen uns dort sehr wohl. Unser sehr großes Haus in den Blauen Bergen am Rande des National-

parks mitten in der Natur hatten wir verkauft, nachdem wir mit viel Glück Weihnachten 2002 ein schreckliches Buschfeuer überlebt hatten. Nur der Einsatz von drei Hubschraubern und acht Feuerwehren verhinderte die Zerstörung unseres Hauses, aber rings umher war nur verbrannter Wald.

Und wie ist unser Leben jetzt?

Die meiste Zeit verbringen wir damit, unsere Lebensgeschichte aufzuschreiben. Wir finden, dass das sehr wichtig ist für unsere Kinder und Kindeskinder. Unsere Wurzeln liegen in Deutschland. Wir sind die Generation, die den großen Schritt gewagt hat, in den sechsten Kontinent auszuwandern.

In diesem Jahr, 2011, haben wir den antarktischen Kontinent besucht, das war ein einmaliges Erlebnis. Nun sind wir in allen sieben Erdteilen gewesen.

Auch sind wir rund um Australien gefahren, eine 22 000 Kilometer lange Reise. Kürzlich fuhren wir mit unserem Geländewagen quer durch Australien, durch unbewohnte Wüstengebiete. Es gibt kaum eine Region in Australien, die wir nicht bereist haben.

Alle zwei Jahre fliegen wir nach Deutschland zurück zu unseren Wurzeln. Ich werde öfter vom Heimweh gepackt, früher war das nie so. Karin ist durch und durch Australierin, sie zieht das Leben hier dem Leben in Deutschland vor und leidet nicht an Heimweh. Ich fühle mich nach 51 Jahren oft noch hin und her gerissen.

Wir haben größte Freude an unseren Enkeln, elf an der Zahl, im Alter von 26 Jahren bis runter zu 8 Jahren, das sind unsere kleinen Zwillingsmädchen. Am 12. Juli 2011 ist unser erstes Urenkelkind geboren worden – ein kleines Mädchen. Und in diesem Jahr, 2011, feiern wir unseren 55. Hochzeitstag. Unser Leben, mein Leben war und ist schön, weil ich mit einer wunderbaren Frau verheiratet bin, in die ich heute genau so wie vor fast sechzig Jahren verliebt bin. Sie hat mein Leben schön und reich gemacht.

Etwas, was mir auch Freude macht, ist, dass der Kontakt mit meinen ehemaligen Klassenkameraden in Weißensee wieder lebendig geworden ist.

Und was ist mir sonst noch wichtig? Ich bin totaler Atheist. Politisch stehe ich sehr links, bin mir aber bewusst, dass die Demokratie das einzige System ist, indem es möglich ist, weniger fähige Regierungen wieder abzulösen. Das war und ist nicht möglich in Diktaturen. Politiker in diesen Systemen, so gut ihre ursprünglichen Absichten gewesen sein mögen, haben am Ende nur ein Ziel, und das ist, in Kontrolle zu sein und zu bleiben, was dann zur Unterdrückung der Bevölkerung führt. Vor kurzer Zeit sahen wir im Rahmen der deutschen Filmfestspiele in Sydney die Serie 'Weißensee', sechs Stunden lang. Hier wurde deutlich, wie Diktaturen funktionieren. Es war dann auch schön, Weißenseer Szenen zu sehen, denn ich bin und bleibe ein Weißenseer.

Und die Schule, die mich für das Leben vorbereitet hat, ist unsere alte Oberschule am Schwanenteich in Weißensee.

HANS VOGT ALIAS „FEUCHTE"

Hier mein kleiner Bei
trag für die Chronik:

Sie heißen? „Vogt ohne
'i'. Schon bei Schiller
erwähnt!" Ihr erinnert
euch? Daraus konstru-
ierten einst Kalle Mül-
ler und Willy Weber
„Feuchte". Und wenn
ich heute gelegentlich
nach meiner Schulzeit
gefragt werde – dieser
Gag fällt mir immer
wieder sofort ein. Apro-
pos Schulzeit. Bis auf
wenige Ausnahmen ha-
be ich eigentlich nur an-

genehme Erinnerungen. Egal, ob vor dem Kriegsende im Internat oder nach 1945 zunächst auf der grünen Wiese vorm
Weißenseer Gymnasium. Tiefpunkt meiner Schulkarriere war
eine extrem politisch gefärbte Diskussion mit der damaligen
Rektorin Frau Dr. Maxsein. Sie endete für „Nalle" Müller
und mich mit dem Rausschmiss am Ende der 11. Klasse. Also
mussten wir uns im damaligen Westberlin eine neue Bleibe
suchen. Was nicht ganz einfach war, da es nur zwei Gymnasi-
en, davon eins in Steglitz, gab, auf denen auch russisch gelehrt wurde. Kurios: Rund ein Vierteljahr später wechselte
mit großem Gedöns in der Westberliner Presse Frau Dr.
Maxsein freiwillig die Fronten und trieb fortan als CDU-Be-
zirksschulrätin – ich glaube in Charlottenburg – ihr Unwesen.

Kaum in Westberlin angekommen erwischte mich es noch
einmal. Das 13. Schuljahr wurde eingeführt! Doch nun kam
mein Sport ins Spiel. Als Mitglied der Eisschnelllauf-Natio-
nalmannschaft setzte sich der einstige DDR-Sportausschuss
dafür ein, dass ich meine schulische Ausbildung wieder in
Ostberlin aufnehmen durfte. Sie endete 1951 mit dem Abi an

der Karl-Friedrich-Schinkel-Oberschule Berlin-Prenzlauer Berg. Nach etlichen Fehlschlägen bei der Suche nach einer beruflichen Existenz konnte ich schließlich (Beziehungen schaden nur dem, der keine hat!) als Volontär einen Job in der Sportredaktion der „NZ am Montag" – Hauspostille der einstigen NDPD[16] – ergattern. Und diesem Metier blieb ich sozusagen ein Leben lang treu. Im Fernstudium an der DHFK[17] Leipzig und der Journalistenschule Berlin machte ich mein Diplom. Als Sportlehrer habe ich jedoch nie gearbeitet. 1959 wechselte ich als Redakteur in die Redaktion „Deutsches Sportecho", dem ich 39 Jahre lang als stellvertretender Abteilungsleiter Leistungssport angehörte. Als Reisekader, so hieß das im damaligen Sprachgebrauch, konnte ich bis auf Australien die ganze Welt bereisen. Höhepunkte waren neben der Berichterstattung von vielen Europa- und Weltmeisterschaften im Eislaufen, Turnen und Motorsport zweifellos die Reportagen von den Olympischen Sommerspielen 1960 in Rom und den Winter Games 1988 in Calgary (Kanada).

Nach der Wende wurde der Sportverlag von Springer übernommen. Damit war aus Konkurrenzgründen zugleich das Schicksal der Sportzeitung besiegelt. Am 31. Januar 1990 erschien die letzte Ausgabe des Sportechos. Für mich war es erfreulicherweise nicht das Ende. Als ehemaligen Motorsportler – ich bin fast zehn Jahre lang Rallye- und Rundstreckenrennen gefahren – bot man mir die Stelle des verantwortlichen Auto-Redakteurs für die BILD-Zeitung Neue Bundesländer an. Dass ich einmal für die BILD auch Kommentare würde schreiben, das hätte ich mir jedoch nicht träumen lassen!

Seit 1997 bin ich nun Rentner. Und genieße das Zusammensein mit meiner Familie in vollen Zügen. Verheiratet bin ich auch. Seit 54 Jahren mit unserer ehemaligen Klassenkameradin Renate „Alschi" Alscher. Wir haben zwei erwachsene Kinder, die ebenfalls am Weißenseer Gymnasium ihre Examen gemacht haben. Genau in dem gleichen Klassenraum und auf derselben Bank auf der Kalle Müller und ich einst gesessen haben. Dazu gehören noch vier Enkel, die uns sehr

---

[16] National Demokratische Partei Deutschlands

[17] Deutsche Hochschule für Körperkultur

viel Freude bereiten. Einer ist bei den Marinefliegern, eine studiert Wirtschafts-Ingenieurwesen, der dritte hat gerade sein Abi gemacht und der Jüngste – wie nennen ihn Einstein – wird wohl schon mit knapp siebzehn sein Abi machen.

So, das war`s von Feuchte

NACHWORT

… und das war's von uns. Alle sind wir um die Achtzig, aber trotzdem ist es uns gelungen, unsere Geschichten zusammen zu bringen, über Zeiten zu erzählen, die nun schon lange der Vergangenheit angehören. Der Anfang unseres Lebens war schwer, aber in vieler Hinsicht haben wir in einer hochinteressanten Zeit gelebt. Was am besten aus unserem Buch herauskommt ist, dass man sich vor dem Älterwerden nicht zu fürchten braucht. In gewisser Weise wird das Leben immer schöner, die Summe der Erfahrungen und Erinnerungen wird immer größer, und das macht das Leben reicher. Man sieht sich um, man kann zufrieden sein, man weiß, mit unserem Leben haben wir dazu beigetragen, dass es weiter geht. Wir können nur hoffen, dass es die Generationen, die nach uns kommen, auch so gut haben werden, wie wir es hatten; dass die Menschen zum Frieden finden können und dass die Erde weiter ein bewohnbarer Planet im Universum bleibt.